GEWALT, GÖTTER UND INTRIGEN

DIE WELT VON Game of Thrones

STEFAN SERVOS

cross cult

Impressum: GEWALT, GÖTTER UND INTRIGEN – DIE WELT VON GAME OF THRONES
wird herausgegeben von Amigo Grafik, Teinacher Straße 72, 71634 Ludwigsburg.
Verleger: Andreas Mergenthaler und Hardy Hellstern, Autor: Stefan Servos;
verantwortlicher Redakteur und Lektorat: Markus Rohde; Lektorat: Kerstin Feuersänger und Gisela Schell;
Satz: Rowan Rüster/Amigo Grafik; Cover Artwork: Martin Frei;
Print-Ausgabe gedruckt von CPI Moravia Books s.r.o., CZ-69123 Pohorelice. Printed in the Czech Republic.

Print ISBN 978-3-86425-436-9 (September 2014) • E-Book ISBN 978-3-86425-475-8 (September 2014)

WWW.CROSS-CULT.DE

INHALTSVERZEICHNIS

VORWORT

Der gewaltsame und zudem unerwartete Tod von Ned Stark, Wächter des Nordens, in der ersten Staffel von „Game of Thrones“ zählt mittlerweile wohl zu den berühmtesten Spoilern[1] der Fernsehgeschichte und wird in der gleichen Liga gehandelt wie der Tod von Dumbledore in „Harry Potter“ oder das Verwandtschaftsverhältnis zwischen Luke Skywalker und Darth Vader in „Star Wars“. Dabei kann die exakte Schilderung von Ned Starks Tod bereits seit 1996 (bzw. seit 1997 in Deutschland) in der Buchreihe „Das Lied von Eis und Feuer“ von George R. R. Martin nachgelesen werden. Scherzhaft wird Zuschauern der Fernsehserie „Game of Thrones“ mittlerweile sogar davon abgeraten, die Bücher zu lesen, da diese voller Spoiler seien. Und der Slogan „The Internet Is Dark And Full Of Spoilers“ wurde, inspiriert von dem Zitat „The night is dark

1 „Spoiler“ (aus dem Englischen „to spoil“, also „verderben“) bezeichnet eine Information über einen wichtigen Handlungsabschnitt einer Geschichte, beispielsweise in einem Buch, einem Film, einem Videospiel oder auch einer Fernsehserie, die eine entscheidende Handlungswendung enthüllt und dadurch den Genuss am vollständigen Werk verdirbt. Mittlerweile aber oft überinterpretiert als jegliche Information zur Handlung.

and full of terrors", das sowohl im Roman als auch in der Serie vorkommt, zu einem der beliebtesten Memes[2] im Zusammenhang mit der HBO-Fernsehserie.

In dem vorliegenden Buch setze ich mich als Autor so ausgiebig und akribisch wie möglich mit der epochalen Erzählung von George R. R. Martin und der Adaption als Fernsehserie auseinander. Dabei gehe ich stets vom aktuellen Veröffentlichungsstand der Buchreihe sowie der Fernsehserie zu dem Zeitpunkt aus, zu dem dieses Buch entstanden ist (Sommer 2014). Konkret bedeutet dies, dass ich auf Ereignisse der Handlung bis zur 4. Staffel der HBO-Serie sowie bis zum 10. Band, „Ein Tanz mit Drachen", der Buchreihe (bzw. Band 5 in der englischen Originalausgabe) eingehen werde. Während im englischsprachigen Raum bisher nur fünf Bände erschienen sind, sind es in Deutschland bereits zehn, da im Zuge der Übersetzung jeder englische Band in zwei deutsche Bände unterteilt wurde. Bei der Erwähnung der Bände gehe ich stets von den in Deutschland erschienenen folgenden zehn Bänden aus:

- Die Herren von Winterfell. 1997. ISBN 3-442-24729-2
- Das Erbe von Winterfell. 1998. ISBN 3-442-24730-6
- Der Thron der Sieben Königreiche. 2000. ISBN 3-442-24923-6

2 Ein „Meme" bezeichnet ein Internetphänomen, bei dem sich ein Gedanke, ein Ausspruch oder eine Idee, meistens in Verbindung mit einem Bild bzw. einer Grafik, in Form einer Kettenreaktion selbst repliziert und so mit ungeheurer Geschwindigkeit u. a. über soziale Netzwerke ausbreitet.

- Die Saat des goldenen Löwen. 2000. ISBN 3-442-24934-1
- Sturm der Schwerter. 2001. ISBN 3-442-24733-0
- Die Königin der Drachen. 2002. ISBN 3-442-24734-9
- Zeit der Krähen. 2006. ISBN 3-442-24350-5
- Die dunkle Königin. 2006. ISBN 3-442-24416-1
- Der Sohn des Greifen. 2011. ISBN 978-3-7645-3104-1
- Ein Tanz mit Drachen. 2012. ISBN 978-3-7645-3102-7

Wenn im Text also von „Band 3“ die Rede ist, dann beziehe ich mich auf „Der Thron der Sieben Königreiche“.

Auch wenn ich versuchen werde, drastische Handlungswendungen nicht konkret zu beschreiben, komme ich nicht umhin, einige der Ereignisse anzureißen. Dies bedeutet, dass Leser oder Zuschauer, die noch nicht alle Bücher gelesen oder alle bisher erschienenen Episoden der Fernsehserie gesehen haben, auf den folgenden Seiten durchaus auf Informationen stoßen könnten, die sie selbst als Spoiler bezeichnen würden. All diejenigen seien hiermit offiziell gewarnt.

Des Weiteren möchte ich darauf hinweisen, dass ich mich bei der Auseinandersetzung mit dem Gesamtwerk von George R. R. Martin zunächst an Handlung und Charakteren der Romanreihe orientiere. Dort wo Änderungen durch die Fernsehserie eine Rolle spielen wird dies auch entsprechend vermerkt sein.

Zudem habe ich mich entschieden, mich bei Namen und Begriffen nach der aktuellen deutschen Übersetzung zu richten, die auch in der Synchronisation der Fernsehserie berücksichtigt wurde. Sie dürfte mittlerweile den meisten deutschen Lesern bekannt sein und hat sich als die Hauptübersetzung etabliert.

Zuletzt sei angemerkt, dass im Folgenden oft der Begriff „Westeros" stellvertretend für die von George R. R. Martin geschaffene Welt verwendet wird. Selbstverständlich ist mir bewusst, dass Westeros nur jenen Kontinent in der bekannten Welt bezeichnet, auf dem ein Großteil der Handlung spielt, und es noch weitere Kontinente gibt (z. B. Essos oder Sothoryos). Aber ebenso wie man Tolkiens Welt oft umgangssprachlich als Mittelerde bezeichnet, obwohl Mittelerde nur ein Teil von Arda ist, soll der Einfachheit halber in diesem Buch Westeros stellvertretend für Martins Welt stehen.

So, nun aber viel Spaß beim Lesen und in diesem Sinne: Hodor!

Stefan Servos,
August 2014

EINE GESCHICHTE DES ERFOLGS

„‚Liest du gerne Bücher, Bran?‘, fragte Jojen ihn.
‚Manche Bücher. Geschichten, in denen gekämpft wird, mag ich. Meine Schwester Sansa mag Geschichten, in denen geküsst wird, aber die sind dumm.‘
‚Ein Leser durchlebt Tausende Leben, ehe er stirbt‘, sagte Jojen. ‚Der Mann, der nie liest, lebt nur sein eigenes.‘“[3]

George R. R. Martin aus Santa Fe, New Mexico, ist ein Nerd, wie er im Buche steht: Der korpulente Mann mit dem zauseligen Bart und dem Kassengestell auf der Nase spielt gerne Fantasyrollenspiele, liebt Fast Food und Comics. Er ist Fan der Fernsehserie „Battlestar Galactica“, fiebert aber auch mit, wenn sein geliebtes American-Football-Team, die New York Giants, auf dem Platz steht. Schon während seiner Jugend entdeckt Martin außerdem seine Liebe fürs Schreiben. Und er hat Talent: Seine Science-Fiction-

3 Der Sohn des Greifen, S. 682

Kurzgeschichten kommen gut an und mit 29 Jahren veröffentlicht er schließlich sogar seinen ersten Roman. Da er selbst ein begeisterter Leser von Fantasyautoren wie J. R. R. Tolkien („Der Herr der Ringe“) und Tad Williams („Der Drachenbeinthron“) ist, beschließt er Anfang der 90er-Jahre, selbst einen Ausflug in das Fantasygenre zu wagen. Und so beginnt er, eine eigene epische Geschichte in einer phantastischen Welt zu kreieren. Doch anders als die Erzählungen seiner literarischen Vorbilder entwickelt Martin ein düsteres Opus voller Sex und Gewalt, in dem fast alle Charaktere ums Überleben kämpfen. Martin beschreibt mit unglaublichem Realismus eine mittelalterlich anmutende Welt mit komplexen Charakteren und einer Vielschichtigkeit, die der realen englischen Geschichtsschreibung in nichts nachsteht (und sogar von ihr inspiriert wurde), vor allem der der englischen Rosenkriege mit ihren unzähligen Königen, Adelshäusern und Intrigen. Sein Roman über Politik, Krieg und Intrigen kam 1996 unter dem Titel „A Game of Thrones“ in die amerikanischen Buchhandlungen und schlug ein wie eine Bombe. Die Geschichte zog Abertausende von Lesern in ihren Bann. Schon bald galt das Buch sowohl unter Fans als auch unter Kritikern als Meilenstein der modernen Fantasy.

Aber worum geht es eigentlich? Dunkelheit zieht über den Kontinent Westeros herein, der Wintereinbruch steht bevor. Was bei uns nur ein müdes Gähnen hervorgerufen hätte, kommt in Westeros einer mittleren Katastrophe gleich, denn dort dauert so ein Winter gut und gerne mal ein paar Jahrzehnte. Als dann auch noch der engste Vertraute des Königs auf mysteriöse Weise stirbt, wird Lord Eddard Stark in die Hauptstadt Königsmund gerufen, um dessen Nachfolge anzutreten. Doch am Hofe des schwachen Königs Robert Baratheon scharen sich Intriganten und Verräter. Währenddessen plant in einem fernen Steppenland Exil-Prinz Viserys Targaryen, seine Ansprüche auf den Eisernen Thron der Sieben Königreiche geltend zu machen. Er verheiratet seine 13-jährige Schwester Daenerys mit einem Stammesfürsten, um die Befehlsgewalt über dessen gewaltige Armee zu erhalten, die ihm bei der Rückeroberung der Krone helfen soll. Und schon bald wird klar: In Westeros geht's hart zur Sache. Im Mittelpunkt der Handlung steht das politische Ränkespiel zwischen Königen, Fürsten und ihren Handlangern. Gewalt und Verrat stehen an der Tagesordnung. Das ist nichts für zarte Gemüter, denn Martin schreckt auch nicht davor zurück, seine Hauptcharaktere völlig unerwartet und meistens grausam über die Klinge springen zu lassen. „George R. R. Martin ist absolut kein Märchenonkel, der wohlige Geschichten am Kaminfeuer erzählt", warnte die Nürnberger Zeitung[4]. Leser, die auf Einhörner, Feenwälder und Glitzermagie gehofft hatten, blieben zumeist verstört zurück. Und einige verliehen ihrer Wut

4 Clemens Helldörfer: „Ist George R. R. Martin der ‚neue Tolkien'?", Nürnberger Zeitung, 25.3.2012

Ausdruck, indem sie George R. R. Martin in Foren oder Online-Rezensionen als „perversen Opa“ beschimpften und sein Werk als „widerlich“ bezeichneten. Ein Amazon.de-Rezensent urteilte sogar: „Meines Erachtens gehört dieses gewaltverherrlichende und mit pädophilen Tendenzen durchsetzte Machwerk zum Schlimmsten, was je in diesem Genre geschrieben wurde.“

Aber die begeisterten Stimmen überwogen stets. Für die Genrefans bot diese Geschichte so viel mehr als all die anderen Fantasyromane, mit denen der Markt mittlerweile regelrecht überschwemmt ist. In erster Linie waren es die Qualität der Schilderung und die Komplexität der Figuren, die viele Leser faszinierten. Während sich andere Fantasyautoren noch am Monomythos mit drei Akten, Guten und Bösen und klar verteilten Rollen die Zähne ausbissen, so wie es der Mythenforscher Joseph Campbell als klassische Heldenreise definierte, war George R. R. Martin schon längst über dieses konservative Konzept hinaus und setzte von Anfang an auf Realismus. Statt schwarz und weiß waren Martins Charaktere grau angelegt. Und wer zunächst als Bösewicht erschien, konnte aus einer anderen Perspektive durchaus zum Helden mutieren. Die Akteure bei George R. R. Martin werden durch bestimmte Motivationen zu ihren Taten angetrieben, und ob dies dann gut oder böse ist, hängt hauptsächlich vom Standpunkt ab. Aber auch der wechselt von Kapitel zu Kapitel. Damit erreichte George R. R. Martin eine Komplexität, die einen ungeheuren Sog auf den Leser ausübt, so wie man es bei Fantasyromanen zuvor selten erlebt hatte. Bei Martin ging es nicht um das effektvolle Abfackeln hohler Magie-Effekte, sondern von Anfang an standen die Figuren im Vordergrund. „Das Lied von Eis und Feuer" lebt von den geschliffenen Dialogen und von der Ambivalenz der Helden. Es gibt keine klar verteilten Rollen. Und so kann es passieren, dass man als Leser plötzlich mit einem vermeintlichen Bösewicht sympathisiert oder die Motive eines Mörders nachvollziehen oder zumindest verstehen kann. Dabei wird man das ein ums andere Mal vom Autor hinters Licht geführt. Immer wieder legt George R. R. Martin falsche Fährten aus und immer, wenn man meint, etwas verstanden zu haben, ist plötzlich alles ganz anders.

Nach und nach erschienen weitere Bände. Doch der Weg war steinig, denn zwischenzeitlich sah es so aus, als würde das monumentale Ausmaß des Epos dem Autor selbst über den Kopf wachsen. Die Wartezeiten auf die Fortsetzungsbände zogen sich immer weiter in die Länge und stellten die Fans auf eine harte Probe. Als 2005 der vierte englische Band bereits fünf Jahre auf sich warten ließ, machten sich regelrechte Entzugserscheinungen bei den Lesern bemerkbar. Ihre Forderungen wurden lauter und vehementer. Einige begannen Martin sogar persönlich zu beleidigen. Schließlich war es Autorenkollege Neil Gaiman („Der Sternwanderer"), der die Fans in einem offenen Brief unter dem Titel „George R. R.

Martin is not your bitch" zur Räson rief und darauf hinwies, dass der Autor kein Schreibroboter, sondern ein Mensch sei. Mittlerweile genießt ein Song mit diesem Titel Kultstatus im Internet.

Schon bald nach der Veröffentlichung entdeckten die amerikanischen Literaturkritiker das Buch. Und anders als in Deutschland, wo Fantasy im Feuilleton anscheinend kategorisch abgelehnt wird, wurde es in renommierten Zeitungen wie der New York Times gelobt. Der Erfolg ließ nicht lange auf sich warten, schon bald tauchte „Game of Thrones" auf den Bestsellerlisten auf. Der Roman lieferte bis dato nie gekannte Unterhaltungswerte, verlangte im Gegenzug aber auch eine gewisse Aufmerksamkeit. Die Leser mussten sich auf die Geschichte und vor allem die Dutzende Charaktere einlassen. Oft half nur noch der Blick in den Anhang, um einen groben Überblick über all die Personen und ihre Adelshäuser zu behalten.

Einige Literaturkritiker ließen sich reflexartig zu Vergleichen mit J. R. R. Tolkien hinreißen, mit dem Martin aber bis auf das Genre und den Grad der Komplexität gar nicht so viel gemeinsam hat, wie mancher glaubt. Martins Werk ist vielmehr eine Historien-Imitation, ein künstliches Geschichtswerk in einer Fantasywelt, die dem mittelalterlichen Großbritannien nicht unähnlich ist. Dies steht im Gegensatz zu Tolkiens Werk, das vom Autor im Sinne eines klassischen Mythos angelegt war. Das Einzige, was das „Lied von Eis und

Feuer“ zu Beginn mit dem „Herrn der Ringe“ wirklich gemeinsam hatte, war die Tatsache, dass es zunächst als Trilogie geplant war. Daraus wurden dann aber schnell fünf und schließlich sieben Bücher (bzw. in Deutschland entsprechend 14 Bände).

Lange Zeit waren Tolkiens Epos „Der Herr der Ringe“ und der damit verbundene Aufbau einer solchen Welt maßgebend für viele andere Fantasyautoren. Die Archetypen aus Tolkiens Geschichten haben sich bis heute in Romanen und Rollenspielen durchgesetzt. Die Helden sind stets Elfenkrieger, Waldläufer oder mutige Halblinge, und auf der anderen Seite steht der fiese Zauberer-Dämon, der das Ziel hat, die gesamte Welt zu unterjochen, was eindeutig einer bösen Absicht entspricht. Elben, Zwerge, Orks, die klare Gesinnungen haben; Gut gegen Böse. Zwar gibt es auch bei J. R. R. Tolkien ambivalente Charaktere, die in ihrer Gesinnung eher grau gezeichnet sind, wie beispielsweise Boromir oder auch Gollum. In diesen lassen sich durchaus sowohl gute als auch böse Tendenzen erkennen. Davon abgesehen sind die Seiten aber klar definiert. Das sind die Regeln des Monomythos. Es gibt keine typische Heldenreise ohne Gut und Böse, und am Ende siegt natürlich das Gute. Das ist bewährt und man weiß, was man bekommt. Genau das gibt dem Leser Sicherheit, bietet aber auch nur wenige Überraschungen.

Daher beschloss George R. R. Martin, sein Werk in eine neue Dimension zu heben. Bei ihm gibt es keine epische Königsbürde, angetreten aufgrund einer alten Prophezeiung. Martin fragte sich vielmehr, welche Steuern dieser König erheben würde, wie er das Volk ernährt, welche Handelsabkommen und welche Gesetzesänderungen für sein Amt wichtig sind. Außerdem hebelt Martin jegliche erzählerischen Prinzipien aus und lehrt seine Leser von Anfang an (beziehungsweise ab dem Tod von Ned Stark), dass niemand sicher ist. Seine Charaktere sind allesamt undurchschaubar, ihre Absichten verschleiert, ihre Gesinnung nur eine Frage des Standpunktes. Da kann ein vermeintlich böser Protagonist eigentlich ganz nett und humorvoll sein, ein vermeintlich guter aber getrieben von falscher Ehre oder Fanatismus. Und wer obsiegen wird, das steht in den Sternen. Einige Leser fühlten sich dadurch ziemlich vor den Kopf gestoßen. Fast so, als gäbe es einen stillschweigenden Vertrag zwischen Fantasyautor und Leser, dass man die „comfort zone" nicht verlässt. Und vielleicht traf das für viele Jahre sogar zu. Aber dann kam George R. R. Martin, und überall auf der Welt wurden arme, unschuldige Bücher zornentbrannt in die Ecke geschleudert, nur um vom Leser reumütig wieder aufgehoben zu werden, weil sie dann doch so spannend waren, dass man wissen wollte, wie die Geschichte weitergeht.

Es ist keine Untertreibung, wenn man sagt, dass George R. R. Martin das Fantasygenre neu definiert oder zumindest maßgeblich beeinflusst hat. Wurde der literarischen Gattung der Fantasy bisher vor allem eine Befriedigung der ursprünglichen Sehnsüchte nach Mythologie und Romantik zugesprochen, so bricht George R. R. Martin mit diesem Bild. Er bringt den Realismus in die Geschichte. Während in anderen Erzählungen der Feind einfach getötet wird, steht in Martins Welt der Tötende immer vor der moralischen Frage, ob er das Richtige tut, denn es gibt ja weder Gut noch Böse. In Westeros werden Menschen nicht getötet, weil sie böse sind, sondern weil es um das eigene Leben geht, oder man tötet auch aus Sadismus oder als Strafe. Moralisch ist jeder Mord fragwürdig. Hat ein Held dann überhaupt noch das Recht, sein Gegenüber zu töten? Und macht ihn das überhaupt noch zum Helden?

Jedem, der den Romanzyklus „Das Lied von Eis und Feuer" gelesen hat, sollte klar sein, dass George R. R. Martin bei Weitem kein Moralist ist wie viele seiner Kollegen. Als Autor hält er sich mit moralischen Bewertungen zurück und erzählt seine Geschichte schonungslos und, so scheint es, ohne große Anteilnahme. Das schockiert viele Leser zunächst, übt aber zugleich auch einen ungeheuren Reiz aus, da man eine solche Erzählweise in der Fantasyliteratur schlichtweg nicht gewöhnt ist. Der nicht vorhandene moralische Zeigefinger und das damit einhergehende, recht hohe Abstraktionsniveau veranlassen den Leser dazu, sich selbst ein Bild von den handelnden Charakteren zu machen. George R. R. Martin gibt keine Hilfestellung und nur wenig Orientierung. Der Leser selbst ist gefordert und es wird ihm nicht leicht gemacht, in der Geschichte Identifikationsfiguren zu finden. So bedauert man beispielsweise Daenerys Targaryen, wenn sie als 13-jähriges Mädchen aus politischen Gründen zwangsverheiratet wird, ist aber einige Zeit später genauso schockiert von ihr, wenn sie den Befehl gibt, die reichen Bürger Yunkais aufspießen zu lassen. Keiner der Charaktere hat wirklich Vorbildfunktion oder handelt einwandfrei tugendhaft. Zudem spart George R. R. Martin am Einsatz phantastischer Elemente. Die Geschichte lässt sich Zeit, bis erste offensichtlich übernatürliche Dinge auf den Plan treten.

Mit dem Erfolg der Serie kam auch die Vermarktung. Brettspiele, Zinnfiguren, Schwerter, T-Shirts, Sammelkarten und Kalender waren nur ein Vorgeschmack auf das, was kommen sollte. 2007, zehn Jahre nach Veröffentlichung des Buches, kaufte der amerikanische Bezahlsender HBO die Filmrechte und im Frühjahr 2011 flimmerte endlich die erste Staffel der spektakulären Fernsehadaption „Game of Thrones" über amerikanische Bildschirme. Die Verkaufszahlen der Bücher schossen abermals in die Höhe. Erstmals seit ihrer Veröffentlichung waren im Sommer 2011 alle fünf Bände der Serie gleichzeitig in den Top Ten der Bestsellerliste der New York Times vertreten, was einem literarischen Ritterschlag gleichkommt.

Einziger Wermutstropfen bisher: Die Buchreihe wird so bald nicht abgeschlossen sein. Bei dem gemächlichen Schreibtempo des Autors wird der letzte Roman vermutlich erst in fünf bis zehn Jahren erscheinen, wenn nicht sogar noch später. Bleibt die Frage, ob die Fernsehserie mit jährlich einer Staffel (die im derzeitigen Duktus einem deutschen Band entspricht) nicht irgendwann die Romanserie eingeholt hat. Dabei gibt es noch so viele ungelöste Rätsel. Und George R. R. Martin hat versprochen, dass einige davon definitiv aufgelöst werden.

„Drei Dinge braucht der Erzähler: Fantasie, eine gute Schreibe und Ausdauer“, hielt Bestsellerautor Ken Follett einmal fest. Dass er über die ersten beiden Eigenschaften verfügt, hat George R. R. Martin zu Genüge unter Beweis gestellt. Bleibt zu hoffen, dass auch das letzte Merkmal „Ausdauer“ sich als zutreffend erweist.

DIE DEUTSCHE AUSGABE – DIE KRUX MIT DER ÜBERSETZUNG

Als 1997 nur ein Jahr nach der US-Veröffentlichung der erste Band unter dem Titel „Die Herren von Winterfell“ auch in Deutschland im Blanvalet Verlag erschien, blieb ein vergleichbarer Erfolg aus, denn hierzulande entdeckten zunächst nur sehr wenige Fans die Fantasysaga für sich. Zwar führte Mundpropaganda bald schon zu einer kleinen, eingeschworenen Fangemeinde, aber der Großteil der Fantasyleser hatte nie etwas von George R. R. Martin und seinem Eisernen Thron gehört. Bei einer Internetumfrage auf der Website www.herr-der-ringe-film.de im Jahr 2004, bei der nach dem beliebtesten Fantasyschriftsteller gefragt wurde, stimmten nicht einmal 2 % der Teilnehmer für George R. R. Martin. „Das Lied von Eis und Feuer“ blieb lange Zeit ein Geheimtipp unter Fantasyfans. Warum deutsche Leser „Das Lied von Eis und Feuer“ so lange ignorierten, ist rätselhaft. Theorien dafür gibt es viele. Waren es vielleicht die äußerst kitschigen 80er-Jahre-Fantasycover der deutschen Erstausgaben? Vielleicht wurden sie auch einfach nur schlecht vermarktet? Aber eines der größten Mankos der deutschen Erstveröffentlichung war sicherlich die schludrige Übersetzung, in der nicht nur einiges falsch übersetzt, sondern in der die Eigennamen komplett uneinheitlich behandelt worden waren. Übersetzer der ersten beiden Bände war Jörn Ingwersen, der ab dem dritten Band von Andreas Helweg abgelöst wurde.

Während man manche Namen einfach wörtlich übersetzte (der Waisenjunge „Hot Pie“ wurde zu „Heiße Pastete“), wurden die meisten Namen gar nicht übersetzt, was zu solchen Stilblüten führte wie *„Jon Snow wandte sich von der Kingsroad ab und blickte sich um. Die Feuer von Castle Black waren hinter einem Hügel verborgen“* oder *„Sie schossen den Tumblestone hinab, ließen sich von der starken Strömung am hoch aufragenden Wheel Tower vorübertreiben.“*[5] Dieser wilde Deutsch-Englisch-Sprachmix wirkte unausgegoren und war holprig zu lesen. Der Serie fehlte einfach die Natürlichkeit, wie man sie beispielsweise aus der Margaret-Carroux-Übersetzung von „Der Herr der Ringe“ kannte. Dabei hatte Carroux so meisterhaft vorgemacht, wie man auch phantastische Namen eindeutschen kann, ohne dass sie an Qualität verlieren („Baggins“ – „Beutlin“ oder „Shire“ – „Auenland“). Da die Handlung von „Das Lied von Eis und Feuer“ im fiktiven Westeros spielt und nicht in Großbritannien, wirkt die Verwendung englischer Begriffe fehl am Platz und uneinheitlich.

---

5 Beides Zitate aus der ersten deutschen Ausgabe von „Das Erbe von Winterfell“

Dementsprechend darf man nicht annehmen, dass Englisch und die Gemeinsprache in Westeros ein und dasselbe sind. Die Bewohner von Westeros sprechen kein Englisch, sondern ihre eigenen Sprachen, und in den jeweiligen Sprachfassungen der Romane entspricht immer die vorliegende Sprache (also Spanisch, Deutsch, Französisch) der Gemeinsprache in Westeros. Da also beispielsweise die Bastardbezeichnung des Nordens in der Gemeinsprache das Wort für „Schnee" ist, ist es auch konsequent, es so zu übersetzen, anstatt für Jons Nachnamen den englischen Begriff „Snow" zu wählen, was ebenso abwegig wäre, wie ihn „la neige"[6] zu nennen.

Als HBO die Verfilmung der Romanreihe als Fernsehserie ankündigte, beschloss der deutsche Blanvalet Verlag, sich noch einmal kräftig ins Zeug zu legen und die Romanreihe gründlich zu überarbeiten. Das Buch wurde in die neue Rechtschreibung übertragen und alle Namen von Orten und Personen konsequenterweise eingedeutscht. Maßgeblich dafür verantwortlich waren die Übersetzer Sigrun Zühlke und Thomas Gießl, wobei Letzterer stets engen Kontakt zum Fandom pflegte und sich mit den Anhängern der Buchreihe in diversen Online-Foren beriet. So wurde dann aus „Eastwatch-by-the-Sea" die „Ostwacht an der See" aus „Eyrie" wurde „Hohenehr" und statt mit Pennys wurde

6 Französisch für „Schnee"

nun mit Hellern bezahlt. Einige der Übersetzungen brachten sogar richtig schöne Namen hervor, so wurde „Mole's Town" zu „Mulwarft", aus „Yronwood" wurde der „Isenwald" und aus „White Harbor" wird „Weißwasserhafen". Nur einige wenige Namen erwiesen sich auch in der deutschen Übersetzung als Stolpersteine, wie beispielsweise das von Übersetzungskritikern oft und gerne zitierte „Casterlystein" (englisch „Casterly Rock"). Auch an der Übersetzung von „Lord" und „Lady" bissen sich die Übersetzer die Zähne aus, denn es gibt im Deutschen schlichtweg keine geeigneten Äquivalente. Schon bei der Arbeit an „Der Herr der Ringe" sorgten diese Titel bei Übersetzerin Margaret Carroux für Kopfzerbrechen. Sie übersetzte sie schließlich mit „Herr" bzw. „Herrin". Dies hätte aber in der Umgebung von Westeros einfach nicht gepasst, weil „Herr" und „Herrin" von viel zu niedrigem Stand sind, um auf der Ebene der Adelstitel noch zu funktionieren. Die Übersetzung mit „Fürst"/„Freiherr" bzw. „Fürstin"/„Freifrau" hätte zwar ihren Reiz gehabt, wäre aber faktisch falsch gewesen, da die Titel „Lord" und „Lady" durch alle Adelsschichten Gebrauch finden und eine Königin eben keine Fürstin ist. Daher wurde beschlossen, diese beiden Titel nicht zu übersetzen. Aber auch hierbei handelt es sich nicht um eine Schwäche der deutschen Übersetzer, sondern um ein Manko, das auf George R. R. Martin zurückgeht, der übrigens zugegeben hat, dass er bei der Erstellung des Feudalsystems in Westeros etwas geschludert hat.

Im Großen und Ganzen ist die neue Übersetzung aber doch wesentlich flüssiger zu lesen und die Welt dadurch viel stimmiger. Hier drei Beispiele:

> **Alt:**
> Sie waren in feinsten Moleskin gehüllt …
> **Neu:**
> Sie waren in feinstes Hirschleder gehüllt …
>
> **Alt:**
> Lord Eddard Stark stieg ab, und sein Mündel Theon Greyjoy holte das Schwert hervor. „Ice" wurde dieses Schwert genannt.
> **Neu:**
> Lord Eddard Stark stieg ab, und sein Mündel Theon Graufreud holte das Schwert hervor. „Eis" wurde dieses Schwert genannt.
>
> **Alt:**
> „Und sie folgten dem Milkwater?", fragte Lark von den Sisters.
> **Neu:**
> „Und sie folgten dem Milchwasser?", fragte Lark von den Drei Schwestern.

Trotz ihrer Qualität führte die neue Übersetzung zu einem Aufschrei der alteingesessenen Fans, die sich an die englischen Begriffe, Namen und Ortsbezeichnungen gewöhnt hatten. Wirklich konstruktive Kritik wich vor allem der Beschwerde über die Veränderung und die Umstellung; ein regelrechter Shitstorm brach los. Dieser führte teilweise zu abstrusen Argumentationen, so merkte beispielsweise ein Foren-User an, dass „Ice" ein viel coolerer Name für ein Schwert sei als „Eis".

Einzig die Begründung, dass man Namen und Orte manchmal nicht mehr richtig zuordnen könne, war wirklich einleuchtend. Darauf reagierte der deutsche Verlag, indem er ab Band 9, „Der Sohn des Greifen", ein ausführliches Übersetzungsglossar einfügte, in dem Alt und Neu miteinander verglichen wurden, sodass die Leser der alten Übersetzung bei Unklarheiten nachschauen konnten, was gemeint war. Aber auch das beruhigte die Kritiker der Übersetzung nicht und die Leserschaft spaltete sich in zwei Lager: jene, die die neue deutsche Übersetzung mögen, und jene, die sie aus Prinzip hassen (sich aber seltsamerweise an der stilistisch fragwürdigen ersten Übersetzung kaum stören). Zum Glück bleibt allen, die sich mit den deutschen Namen und Bezeichnungen nicht anfreunden können, immer die Möglichkeit, die Bücher im englischen Original zu lesen.

GEORGE R. R. MARTIN – DER MANN HINTER DEM MYTHOS

20. September 1948 – ein verhältnismäßig milder Tag an der amerikanischen Ostküste. Nur eine halbe Autostunde von den eindrucksvollen Wolkenkratzern und der High Society Manhattans entfernt befinden sich die Öl-Raffinerien und Frachthäfen von Bayonne. Dichter Smog und Dieselgeruch liegen schwer in der Luft. In der Ferne kann man die Stahlbögen der Bayonne Bridge erahnen, die erst seit wenigen Jahren nach Staten Island herüberführt. Ein Monster von einer Brücke mit einer Gesamtlänge von 1762 Metern – zu jener Zeit die längste Brücke der Welt. Mächtige Kräne heben unermüdlich Container auf die Frachter. Der Krieg hat seine Spuren hinterlassen, nicht nur in der Bevölkerung. Der Dollar kämpft gegen die Inflation und in den Häfen liegen gewaltige Schlachtschiffe und Flugzeugträger der amerikanischen Marine. Im Frachthafen murren die Hafenarbeiter über den warmen Spätsommer. Die Arbeit in den Docks ist schwer, die Gesichter der Männer sind gezeichnet von der Belastung. Viele sehen älter aus, als sie sind. Einer der einfachen Hafenarbeiter ist Raymond Collins

Martin, kurz Ray, dessen Vorfahren aus Italien nach Amerika ausgewandert sind, mit nur wenig Gepäck und dem Traum von einem besseren Leben. Doch reich wurden die Martins nicht. Ray, der von seinen Kumpeln im Hafen nur „Smokey" genannt wird, und seine Frau Margaret müssen jeden Dollar zweimal umdrehen. Die Martins haben nur das Nötigste zum Leben. Der Wertverfall des Dollars macht es nicht gerade einfacher. Die beiden leben bescheiden im Haus der Großmutter am Broadway Ecke 31ste, dem Zentrum der Industriestadt. Das Haus ist klein, aber dennoch leben die beiden dort gemeinsam mit Rays Mutter und deren Bruder sowie Grandma Jones und deren Schwester. Alle sind sie streng katholisch. Sonntags geht es in den Gottesdienst und vor jedem Abendessen wird gemeinsam gebetet.

Doch heute, am besagten 20. September 1948, ist Ray alias Smokey nicht in den Docks, er ist bei seiner Frau Margaret und hält ihre Hand, denn sie bekommt ein Baby. Die Geburt ist aufregend für das junge Paar, es ist ihr erstes Kind. Aber alles verläuft gut. Es ist ein Junge und sie nennen ihn nach dem Vater George Raymond, mit vollem Namen also George Raymond Martin[7].

Der kleine George wächst behütet auf, aber mit nur wenig Kontakt zu Gleichaltrigen. In der Gegend gibt es nicht viele Kinder. Die Martins sind die einzige Familie, die am Broadway in Bayonne wohnt, in den meisten

7 Das zweite „R", das später zu seinem Markenzeichen werden soll, gibt es zu dem Zeitpunkt noch nicht.

Häusern befinden sich Geschäfte oder Werkstätten. George ist gerade einmal zwei Jahre alt, als er ein kleines Schwesterchen mit dem Namen Darleen bekommt. Aber George kann mit dem kleinen Baby nicht viel anfangen, lieber lauscht er Grandma Jones, wenn diese wieder eine ihrer Geschichten von früher erzählt. Viel Platz für Privatsphäre ist nicht in dem kleinen Haus. Acht Personen leben mittlerweile unter dem Dach der Großmutter. Daher beschließen Raymond und Margaret 1952, mit den Kindern (George ist vier, Darleen zwei Jahre alt) in ein staatlich gefördertes Wohnprojekt umzuziehen, die „LaTourtette Gardens“ in der 1st Street, direkt am Wasser, im Schatten der mächtigen Bayonne-Brücke. Der vierstöckige Wohnblock, in dem die Familie Appartement 114 bezieht, befindet sich direkt gegenüber den Brady's Docks, wo schon Georges Großeltern gearbeitet haben. Auch wenn es wahrlich nicht die beste Wohnlage ist, so ist die Siedlung doch ein Traum für George. Es gibt einen eigenen Spielplatz, einen Basketball-Platz und vor allem … andere Kinder. Und die Grünanlagen zwischen den Wohnblöcken stecken voller aufregender Abenteuer.

Aber so gerne er draußen mit den anderen Kindern spielt, so gerne ist er auch allein. Manchmal sitzt er nur für sich in seinem Zimmer und schaut durchs Fenster aufs Meer hinaus. Dann beobachtet er, wie die großen Tanker die Häfen verlassen und in alle Welt aufbrechen.

Familie Martin kommt nur sehr selten aus New Jersey raus. Aber die Schiffe beflügeln Georges Fantasie. Der kleine Junge ist so begeistert von den Flaggen an den Schiffen, dass ihm seine Eltern eines Tages ein Buch über Landesflaggen schenken. George liest das Buch immer und immer wieder und es dauert nicht lange, bis er jede Flagge dem jeweiligen Land zuordnen kann. So weiß er, dass die Schiffe nach Großbritannien, Südafrika oder Norwegen aufbrechen. George träumt davon, selbst auf einem der Schiffe zu sein, um exotische Länder und fremde Kulturen zu entdecken. Doch das Reisen ist seiner Familie aus finanziellen Gründen nicht möglich. Die Martins haben nicht einmal ein Auto. So bleibt George nur seine Fantasie. Und die wird beflügelt durch seine Bücher. Die erlauben es ihm, nicht nur in ferne Länder zu reisen, sondern auch in andere Zeitalter. Ob durch die Wälder von Sherwood an der Seite von Robin Hood, an der Tafel von König Artus oder im Kampf gegen Marsianer in H. G. Wells' „Der Krieg der Welten". Die Geschichten inspirieren ihn und schon früh beginnt er, sich eigene Fantasiewelten auszudenken. Bereits in der ersten Klasse arbeitet er an einer Weltraum-Enzyklopädie, in der er Planeten und Monde auflistet und sich für diese jeweils klimatische Bedingungen, Flora, Fauna und Bevölkerungen ausdenkt. Dabei bedient er sich zwar kräftig bei Geschichten wie „Flash Gordon" oder „Rocky Jones", kreiert aber auch viel Eigenes. In dieser Zeit entstehen auch seine ersten eigenen Erzählungen, so wie die um die Abenteuer seiner Schildkröten. Da George sich nämlich ein Haustier wünscht, Hunde und Katzen in dem Wohnprojekt aber verboten sind, haben ihm seine Eltern mehrere Mini-Schildkröten geschenkt, wie sie zu jener Zeit für wenige Dollar en masse in Kaufhäusern wie Woolworth verkauft wurden. Diese Schildkröten bevölkern bald Georges Spielzeugburg direkt neben seinem Bett. Natürlich bekommt jedes Tier auch einen eigenen Namen, und in seiner Fantasie erleben die Mini-Schildkröten aufregende Abenteuer als Könige, Burgfräulein und Ritter. Er beginnt, die Geschichten über das Schildkröten-Königreich und den König der Schildkröten aufzuschreiben. Die kleinen, gepanzerten Reptilien werden zu seinen Lieblingstieren[8], doch sie haben den Nachteil, dass ihnen in dieser nicht artgerechten Umgebung keine lange Lebensdauer beschert ist. Manchmal findet George eine der Schildkröten tot im Burghof, manchmal taucht aber auch eine entwischte Schildkröte erst Wochen später leblos unter dem Kühlschrank auf. Dies beschäftigt George und er beginnt, die Tode in seine Geschichten einfließen zu lassen. Er erdichtet düstere Intrigen im Kampf um die Macht im Schildkrötenkönigreich. Vermutlich seine erste dramatische Geschichte.

1955 wird Georges zweite Schwester Janet geboren.

---

8 Und sie sind es bis heute. George R. R. Martin hat die Schildkröte zum offiziellen Insigne seines Hauses ernannt und trägt stets Schildkröten-Anstecker an der Jacke oder an der Mütze.

Wieder wird es zu eng in der Wohnung und die Martins ziehen in ein größeres Appartement (Nr. 116) im gleichen Gebäude. George ist jetzt sieben Jahre alt und verschlingt Bücher, Comics (die er „Funny Books“ nennt) und natürlich Fernsehserien. Er kann gar nicht genug bekommen von den fiktiven Geschichten, die von Abenteuern in fremden Welten berichten. Am liebsten liest er die „Classics Illustrated“-Comics, aber auch „Archie“, „Uncle Scrooge“ und „Cosmo the Merry Martian“. Seine Lieblingshelden sind wie bei vielen Kindern Batman und Superman. Daher entwickelt er auch ein besonderes Faible für „World's Finest Comics“, wo die beiden monatlich Seite an Seite kämpfen.

Georges Welt ist überschaubar und reicht über vier Wohnblocks von der 1st Street, wo die Familie wohnt, bis zur 5th Street, wo sich Georges Schule, die Mary J. Donohoe No. 4 Elementary School, befindet. Er beginnt nun, immer öfter selbst Geschichten aufzuschreiben. Und er macht eine unglaubliche Entdeckung: Er findet heraus, dass man mit dem Schreiben Geld verdienen kann. Den Anfang macht eine Gruselgeschichte über einen Monsterjäger. Sie ist etwa eine Seite lang und ein Klassenkamerad kauft sie ihm für einen Penny ab. Motiviert durch dieses Erlebnis beginnt George, sich zu steigern. Seine zweite Geschichte ist schon zwei Seiten lang und er bekommt zwei Pennys. Als Kaufanreiz gibt es natürlich auch immer eine dramatische Lesung der Geschichte kostenlos dazu. Die anderen Kinder lieben es, wenn George gruselige Geschichten erzählt, und bewundern sein berühmtes Werwolf-Heulen. Die letzte Geschichte des Monsterjägers ist schließlich schon fünf Seiten lang und George bekommt einen ganzen Nickel. Davon kauft er sich ein Milky Way und genießt den süßen Geschmack des Erfolgs. Die Entscheidung steht fest: Eines Tages will er Autor werden.

Schon damals sind seine Geschichten nichts für Zartbesaitete. Einige seiner Schilderungen sind so lebhaft, dass einer seiner Klassenkameraden nachts regelrechte Albträume davon bekommt. Als dessen besorgte Mutter nachfragt, warum er solche Angst habe, erzählt er von Georges Gruselgeschichten. Die aufgebrachten Eltern beschweren sich direkt bei Georges Vater und dann ist erst mal Schluss. Gruselgeschichtenschreibverbot! Aber das ist kein Grund für den kleinen George, das Schreiben an den Nagel zu hängen. Er widmet sich von nun an dem etwas harmloseren Science-Fiction-Genre und erfindet die Geschichte vom Weltraumpiraten „Jarn of Mars“, der mit seiner Crew auf Meutermission im Weltraum unterwegs ist. Um jeglichen Ärger im Keim zu ersticken, hört er auf, die Geschichten mit seinen Klassenkameraden zu teilen. Er schreibt vorerst wieder nur für sich selbst.

George ist nun zwölf Jahre alt. Er hat genug von aalglatten Superhelden und begeistert sich zunehmend für Figuren mit Ecken und Kanten, wie die von Stan

Lee und Jack Kirby. Allen voran sei hier die Superheldenfamilie „Fantastic Four“ genannt, die im deutschsprachigen Raum als die „Fantastischen Vier“ bekannt wurde, die erste Superheldenserie, in der die Protagonisten keine muskulösen Schönlinge sind, sondern individuelle Persönlichkeiten, von denen einer sogar ein grobschlächtiges Monstrum ist (Das Ding). Zudem müssen diese Helden ihre Identität nicht verbergen, sondern können einfach sie selbst sein. Das beeindruckt und imponiert George. Die Figuren von Lee und Kirby, zu denen später auch Hulk, Iron Man, Thor und die X-Men zählen, haben Fehler, sind melancholisch oder wütend, eitel oder gierig. Sie kämpfen miteinander, haben Schwierigkeiten, die Miete zu bezahlen, und manche haben gesundheitliche Probleme. Es sind Charaktere, mit denen sich George identifizieren kann, keine unfehlbaren Idole wie die Superhelden vorher. Bis heute bereut er es ein bisschen, dass er damals in einem Anflug von Mildtätigkeit einen großen Teil seiner Comics an das Bayonne-Kinderkrankenhaus spendete.

Etwa zur gleichen Zeit, 1960/61, entdeckt George ein faszinierendes Buch, das von den Ereignissen in einer phantastischen, mittelalterlichen Zweitwelt handelt, mit Halblingen, Elben, Kriegern und finsteren Orks: John R. R. Tolkiens „Der Herr der Ringe“ zieht ihn sofort in den Bann. George ist beeindruckt von der Komplexität und der Tiefe der Mythologie, denn was Tolkien erschaffen hat, ist mehr als ein einfacher Roman. Er hat einen eigenen Kosmos entwickelt, mit eigenen Regeln, physikalischen Gesetzen und Zusammenhängen. George spielt mit dem Gedanken, Tolkien einen Brief zu schreiben. Dass er es nie tut, bedauert er viele Jahre später, denn Tolkien wird eines seiner literarischen Vorbilder. Vermutlich auch deswegen eignet er sich kurz darauf die Mittelinitialen von John R. R. Tolkien an. 1961 steht für George nämlich auch das heilige Sakrament der Firmung an. Im streng katholischen italienischen Zweig der Familie Martin ist es üblich, dass sich der Firmling den Namen eines Heiligen aussuchen darf, den sogenannten Firmnamen. George entscheidet sich für den Namen seines Cousins „Richard", ein richtiger Rittername. Von nun an heißt er offiziell George Raymond Richard Martin. Die Kurzform seines Namens verwendet er ab sofort als Autorennamen für seine Geschichten und macht ihn damit zu seinem Markenzeichen: George R. R. Martin.

Im Juni 1962 beendet George die Elementary School erfolgreich mit der 8. Klasse. Als Abschlussgeschenk erfüllen Georges Eltern ihrem Sohn einen Traum: Er bekommt einen eigenen Fernseher auf sein Zimmer! Endlich muss George nicht mehr mit seinem Vater Football oder alte Western schauen, von nun an stehen „The Twilight Zone" und spannende Thriller auf dem Programm. George verbringt viele Stunden vor dem

Fernseher. Nach den Sommerferien beginnt für ihn dann aber schon wieder der Ernst des Lebens. Seine Eltern haben ihn an der erzkatholischen Marist High School angemeldet, die gerade erst ihre Pforten in der 57. Straße eröffnet hat, direkt am Newark Bay auf der anderen Seite der Stadt. Doch da die Schule nun viel weiter entfernt ist, muss George jeden Morgen eine Stunde früher raus, um den Schulbus zu erwischen, der fast 40 Minuten bis zum nördlichen Ende von Bayonne braucht. Die Highschool-Zeit ist keine schöne Zeit für George. Er ist schlecht in der Schule und beißt sich vor allem an Latein und Französisch die Zähne aus. Das Schlimmste für ihn ist aber, dass es sich um eine reine Jungenschule handelt. Da er schüchtern ist und nun nicht einmal mehr mit Mädchen zur Schule geht, wird er zwischen seinem 14. und 18. Lebensjahr kaum mit Mädchen sprechen. Und das in der heißesten Phase der Pubertät. Eine Katastrophe. Später wird er diese Jahre sogar als die schrecklichsten seines Lebens bezeichnen. George zieht sich mehr und mehr zurück und lenkt seine Energie in andere Interessen: Er taucht tiefer in die Welt von Comic- und Scifi-Geschichten ein und schreibt selbst viele Kurzgeschichten. Da seine Schulkameraden nicht sonderlich viel damit anfangen können, verbringt er seine Zeit lieber alleine auf seinem Zimmer als auf der Straße mit den anderen Jungs. Er hat zu jener Zeit nicht viele Freunde. Aber dies ändert sich im August 1963 durch einen Leserbrief, den er an den Comicverlag Marvel schreibt, in dem er Stan Lees außergewöhnliche literarische Fähigkeiten preist. Der Brief wird in der 20. Ausgabe von „Fantastic 4“ in voller Länge veröffentlicht und löst eine regelrechte Kettenreaktion aus. Da Georges volle Anschrift in dem Comic veröffentlicht wird („George R. Martin, 25 East First St., Bayonne, N. J.“), bekommt der 16-Jährige schon bald Post von Gleichgesinnten. George hat vorher eigentlich nie wirklich Post von irgendjemandem bekommen. Er ist immer mehr der Einzelgänger gewesen, weil er sich einfach mehr für Fantasy- und Science-Fiction-Geschichten als für Rock'n'Roll und Sport interessiert. Seine einzigen Freunde sind die Mitglieder der Schach-AG[9]. Nun aber schreiben ihm plötzlich andere Jugendliche, die die gleichen Interessen haben wie er. Zu einem von ihnen, einem texanischen Jungen namens Howard Waldrop, entwickelt George eine dauerhafte Freundschaft. Die beiden ahnen natürlich noch nicht, dass sie beide einmal berühmte Autoren sein werden, aber beide träumen davon[10]. Einige seiner neuen Brieffreunde schicken George außerdem sogenannte Fanzines, also von Fans selbst hergestellte Magazine. Schlecht geschrieben, schlecht gezeichnet und schlecht gedruckt. Aber George liebt diese Hefte und beginnt, einzelne von ihnen zu

9 Im letzten Highschool-Jahr wird er sogar Leiter des Schul-Schach-Teams.

10 Eine Freundschaft, die bis heute besteht. Vor allem auf Conventions treffen sich die beiden immer noch regelmäßig.

abonnieren. Dafür muss er ausreichend Briefmarken und frankierte Rückumschläge an den jeweiligen Herausgeber schicken und hoffen, dass die nächste Ausgabe des Fanzines bei ihm ankommt. Die Möglichkeit, in einem solchen Fanzine eigene Geschichten zu veröffentlichen, motiviert ihn ungemein. George schnappt sich also die alte Schreibmaschine, die er auf dem Dachboden bei Tante Glady gefunden hat, und legt los. Die alten Farbbänder sind bereits so verbraucht, dass er viel Kraft im Ein-Finger-Tipp-Verfahren benötigt, um überhaupt Farbe auf das Papier zu bekommen. Und George erfindet einen Superhelden im Weltraum, der aber anders als Superman über keinerlei Muskeln verfügt, ja, nicht mal einen Körper hat, sondern nur aus einem Gehirn in einem Goldfisch-Glas besteht. Dieser Held bekämpft die Kriminalität mithilfe einiger austauschbarer Roboterkörper. Diese verfügen natürlich je nach Gelände über Räder, Raketenantrieb oder Panzerketten und selbstverständlich auch über eine Vielzahl an Waffen (oder wahlweise auch Tentakeln). Der Name dieses Helden: Garizan, der mechanische Krieger.

Irgendwann sind die ersten drei Abenteuer von Garizan auf Papier gebannt und stolz schickt er sie an ein kleines Fanzine. Doch zu seiner Enttäuschung wird keine der Geschichten jemals abgedruckt. Der Herausgeber des Fanzines ist plötzlich nicht mehr erreichbar und die Original-Manuskripte (es gab damals ja keine Digital-Kopien) sind für immer verschollen.

Von diesem ersten Rückschlag lässt George sich aber nicht entmutigen. Er schreibt weiter und erfindet einen maskierten Krieger mit einer Peitsche namens Manta Ray. Dieser Superheld tritt in der ersten Geschichte gegen den Bösewicht „The Executioner“ an, der mit seiner Minigun statt Kugeln kleine Guillotine-Klingen verschießt. Er schickt die Geschichte an Johnny Chambers, den Herausgeber des frisch erschienenen Fanzines „Ymir“, und im Februar 1965 ist es dann endlich so weit: Die Abenteuer von Manta Ray erscheinen in der 2. Ausgabe, und für das Cover hat der Illustrator Don Fowler den Kampf zwischen Manta Ray und dem Executioner sogar visuell umgesetzt. Die Geschichte kommt gut an bei den Lesern und Georges Selbstbewusstsein wächst. Manta Ray geht in Serie und mit jeder neuen Ausgabe von „Ymir“ erscheint ein weiteres Abenteuer. George ist nun Feuer und Flamme und beginnt, an immer mehr Fanzines mitzuarbeiten, unter anderem an „The Comic World News“. Für das versucht er sich sogar einmal als Cover-Illustrator und entwirft ein Titelbild, auf dem die Menschliche Fackel (aus „Fantastic Four“) in feuriger Schrift den Titel des Fanzines schreibt. Das Bild ist furchtbar schlecht und George muss einsehen, dass Zeichnen nicht so sein Ding ist.

Doch so viel Spaß und Bestätigung die Fanzines bringen, so frustrierend sind sie auch. Die Qualität der kleinen Hefte ist extrem schlecht, da sie meistens im Matrizendruckverfahren hergestellt werden. Bei dieser Methode muss vor dem Druck zuerst eine Druckvorlage angefertigt werden. Dabei handelt es sich um ein Blatt Papier, das an den zu bedruckenden Stellen mit abzugebender Farbe beschichtet wird, die sogenannte Matrize. Um diese herzustellen, legt man das Blatt auf eine spezielle Folie, die ähnlich wie Kohlepapier funktioniert, und schreibt oder zeichnet darauf. Allerdings wird der Durchschlag nicht auf ein neues Blatt geschrieben, sondern auf die Rückseite des zu beschreibenden Papiers. Diese Kopie ist also spiegelverkehrt und dient als Vorlage für den Druck. Die Beschichtung der Folie besteht aus einem speziellen, alkohollöslichen Wachs, und durch den Druck des Schreibens bleibt diese auf der Rückseite des Papiers haften. Die Matrize wird auf eine Trommel gespannt und diese dann gedreht. Unter der Trommel wird das zu bedruckende saugfähige Papier hindurchgezogen, ein Abzug entsteht. Nachteil des Verfahrens ist nicht nur die begrenzte Anzahl von Abzügen, die pro Matrize gemacht werden können – selten mehr als 100 –, sondern auch die abnehmende Qualität von Heft zu Heft. Mit jeder Kopie werden die Abzüge blasser, weil die Wachsfarbschicht langsam aufgebraucht wird. Darüber hinaus müssen alle Matrizen von Hand gefertigt werden. Das ist mühsam und die Resultate sind meistens unbefriedigend.

Deswegen ist das Fanzine „Star-Studded Comics“, das von den drei Texanern Larry Herndon, Buddy Saunders und Howard Keltner herausgegeben wird, zu jener Zeit auch etwas ganz Besonderes, da es im aufwendigen Offset-Verfahren und 4-farbig gedruckt wird. Für dieses Fanzine erfindet George 1964 die Figur des „White Raider“, einen Superhelden auf Skiern, in dessen Skistöcken sich Flammenwerfer und Maschinengewehr verbergen. Der „White Raider“ ist anders als die Superhelden zuvor. Er kämpft nicht gegen Superschurken, sondern gegen die Kommunisten. Es ist die Hochphase des Kalten Krieges, die USA stehen mit der Kuba-Krise vor einem Weltkrieg, in Berlin ist die Mauer gebaut worden und Präsident John F. Kennedy ist kürzlich erst bei einer Wahlkampfreise durch Dallas vor Hunderten von Augenzeugen in einem offenen Wagen durch einen Kopfschuss getötet worden. Mit dem „White Raider“ trifft George also genau den damaligen Zeitgeist. In dieser Geschichte zeichnet sich übrigens bereits eine Marotte von George R. R. Martin ab, für die er später berühmt werden soll: Der Held verliert den Kampf gegen seine Gegner und stirbt am Ende. Die Geschichte gefällt den Machern von „Star-Studded Comics“, wird aber trotzdem abgelehnt, da sich in diesem Fanzine bereits eine Zahl von Charakteren etabliert hat und man keine weiteren Figuren einbringen will. George beginnt also, Geschichten für diese vorgegebenen Charaktere wie beispielsweise Powerman zu schreiben. George R. R. Martins „Powerman vs. The Blue Barrier!“ erscheint in Ausgabe 7 des „Star-Studded Comics“ im Jahr 1965.

Und der „White Raider“ kommt in einem anderen Fanzine namens „Batwing“ etwas später zum verdienten Ruhm.

George taucht mehr und mehr ins Fandom ein und besucht 1964 das erste Mal eine Convention, also eine jener Veranstaltungen, auf der sich Gleichgesinnte treffen, um sich über ihre Hobbys auszutauschen und neue Freunde kennenzulernen. Es handelt sich um die Tri-State Con (später auch bekannt als New York Comic Con 1964), die in nur einem Raum im Greenwich Village Hotel in Manhattan abgehalten wird und unter anderem von einem 16-jährigen Nerd namens Leonard Norman Wein, kurz Len, ins Leben gerufen wurde. Len Wein ist damals natürlich noch niemandem ein Begriff, wird aber eines Tages einer der bekanntesten Comicautoren von Marvel und DC sein, für die er unter anderem Figuren wie das „Swamp Thing“ (Das Sumpfding) und „Wolverine“ entwickelt. George ist endlich in seiner Welt. Conventions bieten ihm die Möglichkeit, mit Gleichgesinnten nicht nur per Brieffreundschaft in Kontakt zu treten, sondern sie persönlich zu treffen. Er beschließt, von nun an so oft wie nur möglich auf Conventions zu gehen, und ahnt nicht, dass sie eines Tages sein Leben maßgeblich beeinflussen werden.

Es ist eine besondere Geschichte mit dem Titel „Only Kids Are Afraid of the Dark“ in „Star-Studded Comics“

Ausgabe #10, die für George den endgültigen Durchbruch in der Fanzine-Community bedeutet. Es handelt sich um eine mystische Geschichte über einen Superhelden namens Dr. Weird, der gegen Geister, Werwölfe und andere übernatürliche Wesen kämpft. Die Geschichte gewinnt bei der Fanzine-Preisverleihung der Alley Awards den ersten Platz als beste Fan-Geschichte und wird später sogar als Comic adaptiert. Das ist 1966. George ist gerade 18 geworden und hat die Highschool abgeschlossen. Er will nun mehr von der Welt sehen, packt seine Klamotten in drei große Koffer (ein Geschenk seiner Eltern zum Schulabschluss), klemmt sich die Schreibmaschine unter den Arm und steigt in einen Greyhound-Bus nach Evanston, Illinois, nördlich von Chicago. Dort hat er sich für die Medill School of Journalism der Northwestern University eingeschrieben. Er beginnt, skandinavische Geschichte zu studieren (vor allem weil er Wikinger cool findet und es ihn an die Texte von Tolkien erinnert, wie er später einmal scherzhaft anmerken wird), und kommt so das erste Mal in Kontakt mit nordischen Sagas, der Edda und den Texten des finnischen Nationaldichters Johan Ludvig Runeberg. In den ersten Monaten an der Universität kommt er aber kaum noch zum Schreiben. Seine Leidenschaft muss hinter dem Studium zurückstehen. Noch nie war er so weit weg von zu Hause. Eine komplett neue Welt mit neuen Freunden (und Feinden) und jeder Menge Arbeit hat sich ihm eröffnet. Er tauscht seine Comics gegen Studienlektüre ein und es dauert eine ganze Weile, bis er endlich wieder anfängt, zu schreiben. Seine Geschichten werden zunehmend ernster, bleiben aber weiterhin phantastisch. Martin beginnt, für das renommierte Science-Fiction-Magazin „Analog Science Fiction and Fact" zu schreiben, das bereits seit 1930 erscheint[11] und für das schon Starautoren wie Robert A. Heinlein („Starship Troopers") und Isaac Asimov („Ich, der Robot") Geschichten verfasst haben.

Nachdem er 1971 seinen Master-Abschluss in der Tasche hat, zieht es George von Evanston einige Kilometer gen Süden, nach Uptown Chicago. In der Margate Terrace 932 teilt er sich eine kleine Wohnung mit wechselnden Mitbewohnern und diversen Katzen. Um die Hauptmiete von 150 Dollar aufzubringen, wird jeder verfügbare Platz genutzt, sowohl das Esszimmer als auch die Veranda werden an andere Studenten untervermietet. Zeitweise leben fünf Personen und ebenso viele Katzen in der winzigen Wohnung. Doch das stört George nicht. Er lebt bescheiden und braucht nur eine kleine Ecke für sich und seine Schreibmaschine.

Es ist die Zeit der Nixon-Ära, und der Vietnamkrieg

---

11 Ursprünglich unter dem Namen „Astounding Stories of Super Science" erschien das monatliche Magazin erstmals im Januar 1930 und wird nach einigen Namenswechseln bis heute unter dem Namen „Analog Science Fiction and Fact" herausgegeben. Es ist damit das langlebigste und ohne eine Unterbrechung erscheinende Science-Fiction-Magazin der Welt.

fordert mehr und mehr Leben junger Amerikaner. Anstatt nach Vietnam zu gehen, bewirbt sich George als VISTA Volunteer und absolviert zwei freiwillige soziale Jahre für die Cook County Legal Assistance Foundation. Diese Gesellschaft kümmert sich um die Armen der tristen Vororte von Chicago. Mit dem frischen Journalismus-Abschluss in der Tasche wird er zum „Director of Communications and Education" ernannt. Seine Aufgaben bestehen vor allem darin, die Rundbriefe der Stiftung zu verfassen und Pressemeldungen zu schreiben.

Zu jener Zeit pflegt George einen guten Kontakt zu Ben Bova, einem Redakteur von „Analog Science Fiction and Fact". Als Bova 1972 vom Redakteur zum Herausgeber aufsteigt, mausert sich George R. R. Martin bald zu einem der Hauptautoren. Seine Geschichten sind emotional, mitreißend und erfrischend anders.

Doch weder sein VISTA-Job noch das Schreiben bringen ihm zu dieser Zeit viel Geld ein. Einmal fährt er mit dem Zug nach Kansas zu einer Convention mit nur 75 Cent in der Tasche, ohne zu wissen, wo er dort übernachten wird oder wie er etwas zu essen bekommt. Aber George knüpft immer schnell Kontakte und trifft vor Ort Brieffreunde, wie den oben erwähnten Texaner Howard Waldrop, sodass er immer irgendwie und irgendwo unterkommt. Und dann, auf einer Convention in Dallas im Jahr 1973, passiert es: George begegnet Lisa Tuttle, einer College-Studentin aus Syracuse (New York) mit einem Hang zur Schriftstellerei. Als er sie kurze Zeit später auf der Worldcon in Toronto wieder trifft, funkt es so richtig zwischen den beiden. George und Lisa werden ein Paar, doch aufgrund der räumlichen Distanz müssen sich die beiden zunächst einmal mit einer Fernbeziehung begnügen. Sie schreiben sich regelmäßig Briefe und besuchen sich, sooft es nur geht. Das Leben ist schön für George. Er ist das erste Mal richtig verliebt und hat das Gefühl, eine Seelenverwandte gefunden zu haben. Lisa liegt mit ihm auf einer Wellenlänge und es ist fast so, als ob die beiden sich schon ihr Leben lang gekannt hätten. Lisa inspiriert ihn sogar zu einer außergewöhnlichen Kurzgeschichte mit dem Titel „A Song for Lya" über zwei Telepathen – sie kann Gedanken und er Emotionen lesen –, die aufgrund ihrer Fähigkeiten eine außergewöhnliche Liebesbeziehung führen, die intensiver ist als alle Beziehungen, zu denen Normalsterbliche in der Lage sind. George ist glücklich. Das Leben scheint perfekt.

Leider verschlägt es Lisa nach Abschluss ihres Studiums in Syracuse erst nach Houston und dann nach Los Angeles. Über 2.000 Meilen liegen nun zwischen den beiden und die Besuche werden schwieriger. Die Beziehung leidet zunehmend unter der Distanz. Anfang 1974 teilt Lisa George in einem Brief mit, dass sie sich in einen anderen Mann verliebt hat. Für George bricht eine Welt zusammen. Seine erste Liebe endet mit großem Schmerz. Da ist es ihm auch kein Trost mehr, dass seine Kurzgeschichte „A Song for Lya“ (erschienen im Analog Magazine) 1974 mit dem renommierten Hugo Award ausgezeichnet wird. Doch die Geschichte hat nicht nur die Juroren beeindruckt. Auf der Philcon wird George R. R. Martin von einer jungen Frau mit kurzen roten Haaren angesprochen, die ihm erzählt, dass sie vor Rührung weinen musste, als sie „A Song for Lya“ gelesen habe. Das Mädchen heißt Gale, ist Single und schwärmt für George. Der ist aber noch nicht bereit für eine neue Beziehung und verliert sie aus den Augen. Erst auf der Worldcon in Washington D. C. treffen die beiden sich einige Wochen später wieder. George erinnert sich an die rothaarige Schönheit und diesmal unterhalten sie sich länger. Mit vollem Namen heißt sie Gale Burnick, sie wohnt in Philadelphia, und George hat plötzlich Schmetterlinge im Bauch. Die beiden sehen sich nun öfters und diesmal soll die Beziehung nicht wieder an der Entfernung scheitern, deswegen packt Gale schon nach wenigen Wochen ihre Sachen und zieht kurzerhand in Georges WG in Chicago ein. Die beiden schweben auf Wolke sieben, aber Gale fühlt sich in der quirligen Studenten-WG nicht wohl. Sie wünscht sich mehr Privatsphäre und würde gerne mehr Zeit mit George alleine verbringen. Die beiden finden eine passende Wohnung nur einen Block nördlich in der West Argyle Street 938 im oberen Stockwerk eines zweistöckigen Backsteingebäudes. Die Kartons sind schnell über die Straße getragen und schon nach kurzer Zeit haben sie ihre erste eigene Wohnung bezogen. Die neue Bleibe bietet nicht nur Privatsphäre, sondern für George erstmals auch den Luxus eines eigenen Büros. Dort entsteht sein erster Roman „Dying of the Light".

George bleibt immer noch genug Zeit, um auf Conventions zu fahren. Diese bieten immer gute Gelegenheit für ausgelassene Partys. Es sind die 70er-Jahre, eine freizügige, lockere Zeit und das nächtliche Nacktbaden in den Hotelpools gehört zur Tradition solcher Fantreffen. Und George ist immer mit von der Partie. Gefeiert wird auch auf der Kubla Khan Convention in Nashville, wohin der 27-Jährige ohne Gale fährt und auf der es zu einer weiteren schicksalhaften Begegnung kommt. Als er eines Abends mit einigen Freunden (so richtig mag sich wohl niemand mehr erinnern) in der Damen-Sauna des Rodeway Inn Hotels eine feuchtfröhliche Party feiert, betritt plötzlich ein wunderhübsches Mädchen namens Parris McBride die Sauna. Science-Fiction-Autor Joe Haldeman stellt die beiden einander vor und George kann seine Aufregung kaum verbergen. Auch Parris ist in Partylaune und schon kurz darauf kommt es im Außenpool des Hotels zu einer wilden Wasserschlacht, bei der übrigens auch die amerikanische Science-Fiction-Autorin Ro Nagey kräftig mitmischt. George und Parris verstehen sich blendend, aber auf rein platonischer Ebene versteht sich, denn sie ist mehr an Joe Haldeman interessiert und George über beide Ohren in Gale verliebt.

Gale und George leben gerade einmal ein Jahr zusammen, als sie 1975 spontan beschließen, zu heiraten. So kommt der große Tag, an dem sie vor dem Standesbeamten stehen, er in einem cremefarbenen Jackett und buntem Hemd, sie in einem fliederfarbenen Kleid. Für die Trauung sind sogar Gales Mutter aus Philadelphia und Georges komplette Familie aus Bayonne angereist. Außerdem kommen jede Menge Freunde, Fans, Autoren, Schach-Kumpel und ehemalige Mitbewohner. Es ist eine großartige Party, an die sich später alle gerne erinnern. Dass ihr Hochzeitslied „Bridge Over Troubled Water" ein Omen für die Beziehung hätte sein können, vermuten Gale und George natürlich an diesem Abend noch nicht.

Nach der Feier folgt der Alltag. Da Georges sozialer Dienst (VISTA Volunteer) ausgelaufen ist und Gale noch ihren Schulabschluss nachholen will, müssen die beiden schauen, wie sie über die Runden kommen. Es wird dringend Zeit, dass George vom Schreiben leben kann. Also setzt er sich hin und hängt Tag und Nacht über seiner Schreibmaschine. Tatsächlich gelingt es ihm, viele Kurzgeschichten an Magazine zu verkaufen, darunter „Amazing", „Fantastic", „Galaxy" und „Orbit"[12]. Es ist auch die Zeit, in der George R. R.

12 Einige der preisgekrönten Kurzgeschichten von damals können mittlerweile in George R. R. Martins Anthologie „Dreamsongs" nachgelesen werden.

Martin sozusagen nebenbei Chewbacca erfindet. Ja, richtig gelesen, gemeint ist der haarige und wortkarge Begleiter von Han Solo aus „Star Wars“ (1977). Der heißt nur damals noch nicht Chewbacca, und „Star Wars“ ist gerade erst in der Planung. Aber Tatsache ist, dass George R. R. Martin die Entwicklung dieser Figur unbewusst maßgeblich beeinflusst. In der Juli-Ausgabe der „Analog“ ’75 hat George R. R. Martin nämlich eine Kurzgeschichte mit dem Titel „And Seven Times Never Kill a Man!“ veröffentlicht, in der eine vollbehaarte Rasse namens „Jaenshi“ vorkommt, die Armbrüste tragen und vom Künstler John Shoenherr für die Ausgabe entsprechend illustriert worden sind. Zu den regelmäßigen Lesern der „Analog“ gehört zufälligerweise zu jener Zeit auch ein junger Filmemacher namens George Lucas. Der reißt die Seite mit der Zeichnung der beiden haarigen Krieger aus dem Heft und gibt sie dem Star-Wars-Konzeptdesigner Ralph McQuarrie. So sollen seine Wookiees aussehen! Und nach dieser Vorlage entwickelt eben jener McQuarrie schließlich die Figur Chewbacca. Man kann also sagen, dass Martin mit seiner Erzählung die Vorlage für den berühmten Wookiee geliefert hat.

Zurück zur eigentlichen Schreibarbeit. Obwohl die Geschichten immer wieder ein paar Dollars einbringen, reicht das nicht aus, um den Lebensunterhalt von Gale und George zu sichern. Glücklicherweise hat George seinen Abschluss an einer der renommiertesten Journalismus-Schulen des Landes gemacht und damit sollte sich doch irgendwas anfangen lassen. Nachdem er einige Hundert Bewerbungen rausgeschickt hat, kommt endlich eine Zusage für eine Dozentenstelle für Journalismus am Clarke College, einem kleinen College für katholische Frauen in Dubuque, einer Stadt am Westufer des Mississippi am Rande von Iowa. Dieser Fachbereich des Colleges ist relativ überschaubar. Während sein Freund Charlie Ellis den jungen Frauen Film- und Fernsehjournalismus näherbringt, vermittelt George R. R. Martin die Grundlagen des Print-Journalismus. Zudem betreut George die Herausgeber der Studentenzeitung „The Courier", was ihm viel Spaß bereitet.

Ein neuer Job, eine neue Stadt. George und Gale schauen sich nach einem passenden Haus um und stellen erfreut fest, dass die Immobilienpreise in Dubuque wesentlich zumutbarer sind als in Chicago. Für nur 18.500 Dollar kaufen sie das heruntergekommene Haus in der Jackson Street 2266 in Dubuque. Das ist selbst für damalige Zeiten (1976) ein Schnäppchen. Sie lassen das Appartement in Chicago hinter sich und ziehen ins erste gemeinsame Haus, nachdem sie das Dach repariert und ein bisschen Farbe an die Wände gebracht haben. Es ist nicht schön, aber es hat Charme und die beiden mögen es. Und Georges neues Büro ist drei Mal so groß wie das in Chicago. Das kleine viktorianische Städtchen am Mississippi inspiriert den 28-Jährigen und er beginnt, viele der äußerlichen Merkmale und Besonderheiten der

Stadt in seine Geschichten einfließen zu lassen. Beispielsweise baut George eine alte Drahtseilbahn, die „Fenelon Place Elevator“, die auf den Hügel von Dubuque führte, in seine Werwolf-Novelle „The Skin Trade“ ein.
Da der Journalismus-Fachbereich am Clarke College keine Ganztagsstelle hergibt, beginnt George außerdem, als Dozent für Englische Literatur mit dem selbst gewählten Schwerpunkt Science-Fiction zu lehren. Und wenn er keine Vorlesungen hält, dann setzt er sich an seine Schreibmaschine. 1977 erleben die Vereinigten Staaten durch „Star Wars“ einen regelrechten Science-Fiction-Boom, von dem auch George R. R. Martin profitiert, und Ende der 70er-Jahre erreicht seine Karriere als Science-Fiction-Autor definitiv einen Höhepunkt. So bringt er unter anderem gemeinsam mit seiner Exfreundin Lisa Tuttle (mit der er nach der Hochzeit wieder Kontakt aufgenommen hat) den gefeierten Roman „Sturm über Windhaven“ heraus. Im Nachhinein wird man ihn als einen der talentiertesten Autoren jener Zeit bezeichnen, aber schon damals bleibt sein Können nicht unentdeckt. Für seine berühmte „Sandkönige“-Geschichte wird er mit Lob überschüttet und gleich mehrfach ausgezeichnet, unter anderem mit dem Nebula Award 1979 und auch mit dem Hugo Award 1980. Im gleichen Jahr heimst er außerdem den Hugo Award für „The Way of Cross and Dragon“ ein, womit er der erste Autor in der Geschichte dieser Awards ist, der im gleichen Jahr gleich zwei Hugo

Awards für fiktive Erzählungen gewinnt.

1979 macht Gale ihren Abschluss an der Clarke. Und George steht kurz davor, von der Schreiberei leben zu können. Er hat Dubuque lieb gewonnen, mit den vielen alten viktorianischen Häusern, den Hügeln und den Felsen. Aber Gale hasst die ungemütlichen Winter und die heißen Sommer in der Stadt. Die beiden beschließen, nach New Mexico zu ziehen. Sie haben schon seit einiger Zeit die Stadt Santa Fe ins Auge gefasst, die sie im Jahr zuvor bei einer Fahrt zur Worldcon in Phoenix durchquert haben. Also verkaufen sie das Haus in der Jackson Street, um ein neues Haus in Santa Fe erstehen zu können. Doch das Semester und Georges Vertrag am College sind noch nicht beendet, weshalb Gale zur Immobiliensuche schon einmal alleine nach Santa Fe fährt, während George in Dubuque ein provisorisches Zimmer auf dem Campus des Colleges bezieht, um dort weiterhin bis zum Semesterende zu dozieren. Doch die zahlreichen Veränderungen sind einfach zu viel für die junge Ehe. Beim Umzug kracht es. Die beiden trennen sich und lassen sich 1979 scheiden.

Dafür verbindet George mittlerweile mit seiner Exfreundin Lisa Tuttle eine tiefe Freundschaft. Er freut sich umso mehr, als sie ihm 1981 mitteilt, dass sie sich in den britischen Schriftsteller Christopher Pries verliebt hat und ihn in London heiraten wird. George beschließt,

Lisa und Christopher in Großbritannien zu besuchen. Im Herbst '81 packt er seine Koffer und verlässt zum ersten Mal in seinem Leben die USA. Diese Reise soll ihn nachhaltig prägen. Lisa Tuttle unternimmt viel mit ihm, und mit dem Auto klappern die beiden diverse historische Stätten Schottlands und Nordenglands ab. Dann geschieht es: Eines Abends, gerade als die letzten Touristenbusse den Parkplatz verlassen, kommen sie an den Hadrianswall. Und dort steht George und bewundert die Überreste jener Steinmauer, die zur späten Römerzeit auf einer Länge von rund 113 Kilometern den Süden Englands vor den barbarischen Horden aus dem Norden schützen sollte.

„*Wir liefen auf dem Hadrianswall entlang, während die Sonne unterging*", erinnert sich George später in einem Interview[13]. „*Es war Herbst. Ich stand dort und blickte über die Hügel von Schottland und fragte mich, wie es wohl für einen römischen Zenturio aus Italien, Griechenland oder sogar Afrika gewesen wäre, nur gekleidet in Felle und ohne zu wissen, was dort im Norden auf mich wartet.*"

Das ist ein Gedanke, der ihn ungeheuer fasziniert und ihn nicht mehr loslässt. Eine große Mauer, die den Norden vom Süden trennt. Eines Tages wird er so eine Mauer in einem seiner Romane unterbringen, da ist er sich sicher. Aber noch ist er nicht so weit.

---

13 Readers' Lane Exclusive Interview, geführt von B. Redman, 3.1.2006

George kehrt zurück in die USA und beginnt, immer häufiger Ausflüge ins Horrorgenre zu unternehmen. Kurz nach seiner Reise veröffentlicht er den Roman „Fiebertraum", der von Kritikern als einer der besten Horrorromane jener Zeit gehandelt wird. Viele Jahre vor „True Blood" erzählt George R. R. Martin in diesem Buch eine Vampirgeschichte im Mississippi-Delta des Jahres 1857. Hauptcharakter ist der Flussschiffer Abner Marsh, der kurz vor dem persönlichen Bankrott von dem Aristokraten Joshua York ein verlockendes Angebot bekommt: Er soll das schnellste Dampfschiff aller Zeiten bauen – die „Fiebertraum". Doch was für Marsh als großes Abenteuer beginnt, wird bald zum Albtraum. York entpuppt sich als Vampir – und er hat die „Fiebertraum" bauen lassen, um entlang des Mississippi die Letzten seiner alten, kranken Rasse einzusammeln. Die Leser schätzen an dem Roman vor allem die düstere Atmosphäre gemischt mit dem historischen Flair.

Immer noch relativ frisch geschieden beginnt sich George R. R. Martin an eine Begegnung in einer Damensauna zu erinnern. Er nimmt wieder Kontakt mit der hübschen Parris auf, die zu der Zeit als Kellnerin in einem feministischen Café namens „Old Wives' Tales" in Portland, Oregon, arbeitet, wo sie immer wieder mit der Geschäftsführung aneinandergerät, weil sie Musik auflegt, die in dem Café als politisch unkorrekt angesehen wird. George und Parris besuchen sich gegenseitig und verbringen die Wochenenden miteinander, bis sie endgültig den Entschluss fällt, in Santa Fe bei George einzuziehen. Sie kündigt im Frauen-Café und fängt als Kellnerin bei der Restaurant-Kette „Sambo's" in Santa Fe an.

George kann mittlerweile vom Schreiben leben. Er verdient nicht sonderlich viel, aber es reicht für das Nötigste. 1983 folgt mit „Armageddon Rag"[14] ein Mystery-Thriller, der in der Musikbranche angesiedelt ist. Aber trotz des eher realistischen Settings kann George nicht umhin, auch phantastische Elemente mit einzubauen. Der Roman beginnt mit dem brutalen Mord an dem Rock-Promoter Jamie Lynch, der die Rock-Gruppe Nazgûl unter Vertrag hat, benannt nach den Ringgeistern in J. R. R. Tolkiens „Der Herr der Ringe". Kurze Zeit später wird auch der Leadsänger der Band, Patrick Henry „Hobbit" Hobbins, brutal ermordet. An dieser Stelle kommt der Autor Sandy Blair ins Spiel, der die mysteriösen Morde für einen Artikel in einem Musikmagazin unter die Lupe nehmen will. Für viele ist dies einer der besten Romane über die Nixon-Ära, eine Zeit der Unzufriedenheit, der Sehnsucht und der Resignation der jungen Leute, die sie Anfang der

14 In Deutschland: Armageddon Rock, Golkonda Verlag, ISBN: 978-3-944720-35-7

70er durch Rockmusik und „Herr der Ringe“ befriedigten. Horror-Autor Stephen King lobt den Roman in höchsten Tönen und auch Motörhead-Leadsänger Lemmy Kilmister ist begeistert. Dennoch entpuppt sich der Roman als Rohrkrepierer und floppt in den Buchhandlungen. Frustriert spielt George R. R. Martin sogar mit dem Gedanken, seine Autorenkarriere an den Nagel zu hängen. Er hat zu der Zeit sowieso ein neues Hobby für sich entdeckt, das ihm nur wenig Zeit zum Schreiben lässt: Parris hat George in die wunderbare Welt der Pen-&-Paper-Rollenspiele eingeführt. 1983 beginnt George, mit Freunden vor allem zwei Systeme aus dem Chaosium-Verlag zu spielen. Das erste davon ist „Superworld“ von RuneQuest-Autor Steve Perrin, ein Rollenspiel-System, das in der modernen Zeit spielt und in dem die Spieler in die Rollen von Superhelden schlüpfen. Das andere System ist „Call of Cthulhu“, basierend auf den Geschichten von Horror-Autor H. P. Lovecraft. Wie er im Vorwort der Kurzgeschichtenanthologie „Wild Cards“ schildert, habe seine Freundin Parris immer an der Tür gelauscht und gehofft, Tastatur- anstatt Würfelgeräusche zu hören. Nun ja, meistens waren es Würfelgeräusche.

Gemeinsam verbringen die beiden mehr Zeit mit Rollenspielen und Convention-Besuchen als mit der Arbeit. Anfang September 1983 reist George gemeinsam mit Parris zur Worldcon nach Baltimore, weil seine Novelle

„Unsound Variations“ für den Hugo Award nominiert ist. Leider geht er aber an dem Abend leer aus und muss ohne den Preis nach Hause fahren[15]. George steckt in einer Sackgasse. Er ist unmotiviert, seine Geschichten verkaufen sich nicht richtig, bei immer mehr Preisverleihungen muss er zurückstecken. Es muss sich dringend etwas ändern. George möchte etwas Neues ausprobieren. Er packt seine Kurzgeschichten und Romane zu einem Portfolio zusammen und bewirbt sich als Fernsehautor bei CBS Television. Mit Erfolg! Aufgrund seiner Erfahrung mit dem phantastischen Genre bietet der Sender George einen Job als Autor für die Fernsehserie „Twilight Zone“ an, die er schon als Kind immer so gerne geschaut hat. Für George ist die Arbeit fürs Fernsehen eine unglaublich wichtige Erfahrung. Als er sieht, wie große Studiokulissen aufgebaut werden, so wie er sie in seinem Drehbuch beschrieben hat, und dass Schauspieler vor die Kamera treten und seine Dialoge sprechen, ist er regelrecht bezaubert. Aber das Wichtigste: Es ist das erste Mal, dass ein Job richtig Geld in die Kasse bringt. George R. R. Martin gefällt, dass er nun vom Schreiben leben kann. Und er lernt, wie man einen erzählerischen Akt oder ein Zwischenkapitel so kunstvoll mit einer Enthüllung, einer unerwarteten Wendung oder mit einem Cliffhanger beendet, dass die Zuschauer

15 Der Hugo Award 1983 in der Kategorie „Novella“ ging stattdessen an „Souls“ von Joanna Russ [*F&SF* Jan 1982].

unbedingt wissen wollen, wie es nach der Werbepause weitergeht. Über die Jahre perfektioniert George R. R. Martin die Kunst des „Act Break“ und wendet sie später auch in seinen Büchern mit großem Erfolg an. Der „Act Break“ wird eines seiner wichtigsten literarischen Stilelemente. Aber dazu später mehr. Für „Twilight Zone“ entwickelt er Handlungsstränge, unter anderem für die Episode „The Last Defender of Camelot“ über die Abenteuer der Tafelrunden-Ritter im Jahr 1986. Aber auch für „The Once and Future King“, die allerdings nicht, wie der Titel vermuten lässt, von König Artus handelt, sondern einem Elvis-Imitator, der durch einen Riss im Raum-Zeit-Kontinuum auf den berühmten Rockstar persönlich trifft. Und in der Episode „Lost and Found“ macht er eine schwarze Frau zur Präsidentin der Welt. Doch der Fernsehalltag ist hart. „Friss oder stirb“ lautet die Devise. Wer schlechte Quoten macht, fliegt aus dem Programm. Als CBS die „Twilight Zone“ absetzt, schreibt George R. R. Martin eine Zeit lang für die satirische Science-Fiction-Serie „Max Headroom“, für die er unter anderem auch den Charakter „Ped Xing“ entwickelt, den Präsidenten der Zic Zak Corporation. Zwar läuft auch diese Serie nicht sonderlich erfolgreich, aber George R. R. Martin hat seinen dicken Fuß mehr als in der Tür. Ende der 80er-Jahre wird er von CBS als Autor und Produzent für die Fantasyserie „Die Schöne und das Biest“ engagiert. Für die Fernsehumsetzung soll er das klassische Volksmärchen neu adaptieren und in das New York der 80er-Jahre verlegen. Das Biest Vincent, verkörpert von Ron Perlman, lebt in der Finsternis der New Yorker Unterwelt und lernt eines Tages die begabte Assistenzstaatsanwältin Catherine (Linda Hamilton) kennen. Die Serie folgt einerseits der sich entwickelnden Beziehung zwischen den beiden Charakteren, andererseits porträtiert sie die Teilung zwischen New York und der versteckten Welt darunter. Von der ursprünglichen Erzählung abweichend aber wird das „Biest", nachdem es Catherines Liebe findet, nicht im Sinne der Schönheitsideale der Gesellschaft verwandelt, sondern arrangiert sich mit seinem Äußeren. George R. R. Martin ist maßgeblich dafür mitverantwortlich, dass in der Serie das Augenmerk auf die innere Schönheit Vincents gelegt wird, ein Motiv, das später auch in seinen Romanen immer wieder auftaucht. Eine zweite Parallele zu seinen Romanen ist die für damalige Verhältnisse extreme Gewaltdarstellung. Vincent geht nicht zimperlich mit seinen Gegnern um. In den USA entbrennt durch „Die Schöne und das Biest" eine öffentliche Diskussion darüber, wie viel Gewalt im Fernsehen zu sehen sein darf. 1989 wird George zum Co-Supervising Producer der Serie ernannt und ist für die Umsetzung von immerhin 14 Folgen alleine verantwortlich. Auf drei Staffeln bringt es „Die Schöne und das Biest" schließlich. Bis heute hat die Serie Fans auf der ganzen Welt. Die letzte Folge wird in den USA im August 1990 ausgestrahlt.

Und George R. R. Martin ist erst einmal wieder arbeitslos. Daher beschließt er, wieder einen Roman zu schreiben. Diesmal soll es etwas Ernstes sein. Es ist der Sommer 1991 in Santa Fe, New Mexico. Das Thermometer zeigt über 35 Grad an und nur die Klimaanlagen spenden etwas Kühle, draußen in der Sonne ist es unerträglich. George stellt sich vor, wie es sei, wenn es Winter wäre … ein langer, kalter Winter. Und aus dem Nirgendwo kommt ihm plötzlich eine Szene in den Sinn, von einer sterbenden Wolfshündin und ihren Welpen, die von mittelalterlichen Gestalten gefunden werden. Drei Tage benötigt er für das erste Kapitel von „The Game of Thrones", „Die Herren von Winterfell". Es ist die Geburtsstunde eines Mythos und der Anfang einer epischen Erfolgsgeschichte.

WELTENSCHÖPFUNG – VON DER HISTORIE INSPIRIERT

Am Anfang ahnte George nicht, dass die gewaltige Mauer aus Eis, die sich über 200 Meter in den Himmel erhebt, für ihn eines Tages selbst zur nahezu unüberwindbaren Hürde werden sollte. Damals, im Sommer 1991, wusste er ja nicht einmal, ob „Game of Thrones" nur eine weitere Novelle werden würde oder ein vollständiger Roman. Aber schon nach einigen Wochen zeichnete sich ab, dass die Geschichte ungeahnte Dimensionen annehmen würde. „Die Geschichte wuchs im Erzählen", hatte J. R. R. Tolkien einmal über seinen „Herrn der Ringe" gesagt, der ja ursprünglich auch nur als Fortsetzung des Kinderbuches „Der Hobbit" geplant war. Genauso ging es nun George R. R. Martin, kein Wunder also, dass er Tolkien gerne zitierte, wenn er später in Interviews nach dem Umfang seiner Geschichte gefragt wurde. Spätestens als er im Herbst '91 begann, Landkarten von Westeros zu zeichnen, war er sich sicher: Das wird ein Roman, wenn nicht sogar eine Trilogie. Trilogien standen hoch im Kurs und jeder Fantasyautor, der etwas auf sich hielt, veröffentlichte eine, ganz in der Tradition von

J. R. R. Tolkien[16]. Auch die Zahl der Figuren erhöhte sich rapide. Den Überblick zu behalten war für George R. R. Martin jedoch kein Problem. In einem Interview berichtete er einmal, dass es ihm leichtfalle, sich Hunderte von Charakteren zu merken. An fiktive Figuren könne er sich ohne Probleme erinnern, es seien die realen Personen, deren Gesichter er oft nach wenigen Tagen vergäße.

Zu dieser Zeit verschlang George R. R. Martin selbst historische Romane von Autoren wie Bernard Cornwell („Sharpe"), Thomas B. Costain („The Last Plantagenets"), Mika Waltari („Sinuhe der Ägypter"), Alfred Duggan („Knight with Armour"), Nigel Tranter („The Fortified House in Scotland") und allen voran die des französischen Schriftstellers Maurice Druon („Die unseligen Könige"). Letzteren sollte er viele Jahre später als seine Hauptinspirationsquelle bezeichnen. Denn auch wenn er klassische Fantasy wie von Tolkien oder Tad Williams („Der Drachenbeinthron") liebte, so hatte er den Anspruch, in seiner Geschichte die Detailfülle und den Realismus historischer Romane abzudecken. Stellt sich die Frage, warum er nicht gleich einen schrieb.

16 Der Vollständigkeit halber muss an dieser Stelle betont werden, dass es sich bei J. R. R. Tolkiens „Der Herr der Ringe" faktisch gar nicht um eine Trilogie handelt. Eine Trilogie bezeichnet üblicherweise ein zusammenhängendes Werk mit drei in sich schlüssigen Teilen bzw. Abschnitten. „Der Herr der Ringe" wurde aber nur aus drucktechnischen Gründen in drei Teile unterteilt, Tolkien selbst hat dagegen mehrfach zum Ausdruck gebracht, einen einzigen Roman geschaffen zu haben.

Zwar wusste er, dass ein solcher Roman durchaus auch die Möglichkeit bietet, fiktive Ereignisse und Personen mit den historischen Gegebenheiten zu verschmelzen (wie beispielsweise in den „Sharpe"-Romanen), aber das vorgegebene Korsett war ihm dennoch zu eng geschnürt. George R. R. Martin wollte seine Leser lieber mit dem unerwarteten Tod von Königen und Herrschern überraschen als vorgegebene Abläufe mit eigenen Worten zu erzählen. Mal ganz abgesehen von der aufwendigen Recherchearbeit. Bei der Entwicklung seiner Länder, Figuren und deren Geschichte orientierte er sich stark an realen historischen Gegebenheiten. Er glaubte, dass dadurch der Bezug der Leser zum Stoff wesentlich größer sein würde. Außerdem war er der Meinung, dass historische Romane eine Fundgrube an Geschichten bieten, auf die man selbst mit sehr viel Fantasie nie kommen würde. Westeros erinnert nicht zufällig an das Großbritannien des 14. oder 15. Jahrhunderts. Alleine die Geografie weist erstaunliche Parallelen auf. So entspricht die Insel bzw. der Kontinent Westeros nicht nur in seiner Form in etwa Großbritannien, sondern liegt auch wie England an einer Meerenge (der Ärmelkanal), über die man auf einen anderen „Kontinent" gelangt. Beide Länder haben außerdem zu jener Zeit eine große Mauer im Norden, die Barbaren und Schlimmeres abhalten soll. Die Mauer in Westeros entspricht ohne Zweifel dem Hadrianswall, nahe der heutigen Grenze zwischen Schottland und England, auch wenn dieser weniger hoch und vor allem auch weniger eisig war. George R. R. Martin sprach später in Interviews offen darüber, wie ihn diese römische Verteidigungsmauer bei seinem ersten Englandbesuch im Jahr 1981 für die Mauer in Westeros inspiriert hatte.

George R. R. Martin inszenierte die phantastische Erzählung als Abbild unserer eigenen Geschichte, beeinflusst durch reale historische Ereignisse. Hauptinspirationsquelle für George R. R. Martin waren die sogenannten englischen „Rosenkriege", jene blutigen Auseinandersetzungen zwischen den Häusern York (Weiße Rose) und Lancaster (Rote Rose), die schon Shakespeare seinerzeit zu dem Stück „Heinrich VI." inspiriert hatten. Beide Häuser führten ihre Stammlinie auf König Heinrich II. (englisch Henry II, ursprünglich Henry Plantagenet) zurück, woraus sie ihren Anspruch auf die englische Königskrone ableiteten.

Um die Parallelen zwischen dem Werk von George R. R. Martin und den historischen Ereignissen im Detail zu erläutern, folgt hier ein kurzer Abriss der Ereignisse während der englischen Rosenkriege.

Im 15. Jahrhundert muss König Heinrich VI. von England nicht nur gegen die Intrigen der Adeligen ankämpfen, sondern steckt im Hundertjährigen Krieg auch jede Menge Niederlagen in Frankreich ein. Aufstände und Ränkespiele machen dem König zu schaffen, der Berichten zufolge als Sonderling beschrieben wird, unter anderem weil er keine Waffen und Pferde mag. Im Oktober 1453, nach der Geburt seines Sohnes, erleidet Heinrich VI. einen Nervenzusammenbruch, von dem er sich nie wieder erholen soll. Ein Rückschlag, der seinen Gegnern natürlich wie gelegen kommt. Der Herzog Richard von York hat schon in den letzten Jahren bewusst seinen politischen Einfluss verstärkt, mit der Absicht, selbst König von England zu werden. Da er ebenso von der Linie der Plantagenets abstammt, sieht er sich in der Erbfolge berechtigt und behauptet, dass sein Anspruch auf den Thron mindestens gleichwertig sei. Ein erster Höhepunkt des Konflikts entlädt sich am 22. Mai 1455 in der Schlacht von St. Albans, die offiziell als der Beginn der Rosenkriege gilt.

Einige Zeit später lässt der Graf von Warwick, ein Verbündeter von Richard, den mittlerweile geistesgestörten König Heinrich VI. festnehmen und in den Tower werfen. Jetzt ist Richards Zeit gekommen, um sich vom Parlament zum neuen König von England ausrufen zu lassen. Doch leider machen ihm die Parlamentarier einen Strich durch die Rechnung. Sie zwingen Richard, mit dem kranken König im Tower um den Posten zu verhandeln. Die beiden einigen sich darauf, dass Richard von York zum Nachfolger und Erben des Königs ernannt wird anstelle dessen leiblichen Sohns. Er wird offiziell zum Prinzen von Wales ernannt. Nun kommt aber Heinrichs Ehefrau ins Spiel, Königin

Margarete. Sie übernimmt für ihren geistesgestörten Mann das Ruder und die Führung über das Haus der Lancasters, und sie ist gar nicht mit den Plänen von Richard einverstanden. Bereits diese Situation mag einigen Lesern von „Das Lied von Eis und Feuer" bekannt vorkommen. Auf der einen Seite die Königin, die für ihren nicht mehr zurechnungsfähigen Mann die Macht übernommen hat, und auf der anderen der zweite Herrscher, der ihre Position bedroht. Kein Wunder also, dass es Richard schon nach kurzer Zeit genauso ergeht wie Eddard Stark. Denn es dauert keine zwei Monate, bis Margaretes Männer Richard von York in einer Schlacht den Kopf abschlagen.

Da Richard die Krone aber bereits offiziell vererbt worden ist, geht diese nun an seinen ersten Sohn, den 18-jährigen Eduard, der möglicherweise eines der Vorbilder für die Figur Robb Stark war. Eduard ist mit dem Tod seines Vaters das Oberhaupt des Hauses York geworden. Der Krieg erreicht seinen Höhepunkt. Immer wieder treffen die Armeen des jungen Eduard auf die Truppen von Margarete und Heinrich VI. Schließlich, am Palmsonntag im Jahre 1461, ist Eduard in der Schlacht von Towton erfolgreich und fügt den lancastrischen Truppen eine vernichtende und damit vorerst entscheidende Niederlage zu. Margarete und Heinrich flüchten nach Schottland ins Exil. Das Haus York hat über das Haus Lancaster gesiegt. Eduard IV. besteigt den Thron.

Doch das ist nicht das Ende. In Schottland sammeln die Lancasters alle Verbündeten um sich und stellen neue Truppen auf, um den Thron von England zurückzuerobern. Zu einer entscheidenden Wendung kommt es 1470, als der Graf von Warwick die Seiten wechselt. Er fühlt sich vom Haus York und dem jungen König Eduard IV. betrogen und beginnt nun, die Lancasters zu unterstützen. Er ist ein mächtiger Verbündeter, der seine Macht nutzt, um einen Aufstand in Nordengland anzuzetteln. Zwischenzeitlich kann während dieser Aufstände der junge König sogar festgenommen werden, aber Eduard IV. ist beim Volk so beliebt, dass der Graf von Warwick ihn wieder freilassen muss und nach Calais in Frankreich flieht.

Dort nimmt er gemeinsam mit Margarete Kontakt zu Ludwig IX., König von Frankreich, auf. Und tatsächlich finden die beiden in diesem einen mächtigen Verbündeten. Einer solchen Übermacht hat Eduard IV. nicht viel entgegenzusetzen, und das weiß er. Freiwillig steigt er vom Thron und geht nach Holland ins Exil.

Das Haus York muss sich geschlagen geben und das Haus Lancaster ist zurück an der Macht. Am 13. Oktober 1470 wird Heinrich VI. erneut zum König ernannt. Dies könnte das Ende des Ränkespiels sein, ist es aber nicht. Eduard IV. kocht in Holland vor Wut. Er lässt seine verbleibenden Truppen um sich versammeln und führt sie im Mai 1471 in der Schlacht von Tewkesbury in der englischen Grafschaft Gloucestershire gegen die Lancaster-Truppen. Kurz vorher ist es ihm gelungen, den geistig labilen König Heinrich VI. aus dem Hause Lancaster erneut festnehmen und in den Tower von London werfen zu lassen. Da auch der Graf von Warwick nur drei Wochen zuvor in der Schlacht von Barnet getötet worden ist, stehen Heinrichs Gemahlin Margarete und ihr erst 17-jähriger Sohn Edward of Westminster nun alleine dem wutentbrannten Eduard IV. gegenüber. Auf dem Schlachtfeld vor der Stadt fallen die Soldaten der Lancasters wie die Fliegen. Es ist ein grausames Gefecht, in dessen Verlauf auch der 17-jährige Edward stirbt. Der Boden ist blutgetränkt und bis heute ist das Schlachtfeld unter dem Namen Bloody Meadow („Blutwiese") bekannt. Die überlebenden Streitkräfte der Lancasters fliehen in Panik zur nahe gelegenen Abtei von Tewkesbury, wo sie um Asyl ersuchen. Doch sie haben keine Chance, denn ihre Feinde folgen ihnen. Die überlebenden Heerführer von Margarete werden in Schauprozessen öffentlich hingerichtet. Königin Margarete und ihre Schwiegertochter, Anne Neville, werden nach London gebracht und dort in den Tower geworfen, wo sie nur wenige Tage später beide ermordet werden. Die direkte Linie des Hauses Lancaster erlischt. Eduard IV. besteigt wieder den Thron. Er schließt Frieden mit dem französischen König Ludwig IX., stärkt das Rittertum und investiert in den Städtebau, wofür er beim Volk viel Lob erntet.

In Eduard IV. und seiner Königin Elizabeth Woodville lassen sich einige Parallelen zu Robert Baratheon und Cersei Lennister entdecken. Als Eduard IV. im April 1483 ähnlich wie Robert Baratheon unerwartet an einer Krankheit stirbt, entflammt der Konflikt um den Thron erst recht. Elizabeth Woodville, die übrigens genau wie Cersei als blondgelockt beschrieben wird, bemächtigt sich des britischen Staatsschatzes und der Throninsignien und setzt ihren erst 12-jährigen Sohn Eduard V., einen ebenfalls blondgelockten Jüngling, auf dem englischen Thron als Erben ein. Auch Joffrey Baratheon ist erst zwölf Jahre alt, als er das Erbe von Robert Baratheon antritt und den Eisernen Thron besetzt. Die Situation entspricht exakt jener im Geschichtsbuch. Ein 12-jähriger blondgelockter Jüngling sitzt zwar auf dem Thron, aber tatsächlich ist es seine Mutter Elizabeth, die im Hintergrund die Fäden zieht. An dieser Stelle kommt sowohl in der Historie als auch im Roman eine neue Person ins Spiel. In der englischen Geschichte tritt hier nun Richard, der Bruder des verstorbenen Königs und Herrscher des Nordens von England, auf den Plan. Er wird nach London berufen, um Lord Protector des Kindkönigs zu werden. Die Ähnlichkeit zu Ned Stark ist bemerkenswert, denn auch er ist Herrscher des Nordens und wird als Berater („Hand“) an den Königshof gerufen, wo er nach dem Tod von Robert (seinem Bruder im Herzen) dem kindlichen König dient. Aber die Parallelen gehen noch weiter. Genau wie Ned Stark ist auch Richard in seiner Position als Lord Protector etwas zu neugierig und forscht in der Vergangenheit des 12-jährigen Königs herum. Er findet heraus, dass es sich bei dem Jungen und dessen Bruder nicht um leibliche Kinder des Königspaares handelt, sondern um uneheliche Nachkommen, so wie auch Ned herausfindet, dass Joffrey und seine Geschwister nicht Roberts eigene Kinder, sondern Bastarde aus einer Inzest-Beziehung zwischen Cersei und Jaime sind. Doch anders als bei „Das Lied von Eis und Feuer“ wird daraufhin nicht Richard III. zum Richtblock geführt, sondern die beiden Kinder in den Tower geworfen. Richard III. lässt sich 1483 zum neuen König von England krönen.

Die historische Gestalt von Richard III. bietet offenbar so viel Potenzial, dass sich George R. R. Martin von ihr nicht nur für die Figur des Eddard Stark, sondern auch für Tyrion Lennister inspirieren ließ, dazu aber später mehr. Zunächst weiter in der Historie.

Richard III. sitzt also auf dem Thron und die Yorks sind sich sicher, dass sie alle wichtigen Persönlichkeiten des Hauses Lancaster ausgerottet haben. Ausgerechnet da erscheint ein neuer Thron-Anwärter, mit dem niemand gerechnet hat. Heinrich aus dem walisischen Haus Tudor ist ein entfernter Verwandter der Lancasters und hat, wenn überhaupt, nur einen sehr schwachen Anspruch auf den englischen Thron. Eigentlich ist er ein Niemand, aber ein Niemand mit einer Armee. Am 7. August 1485 geht Heinrich Tudor in Milford Haven mit walisischen und französischen Truppen sowie einem gewaltigen Söldnerkontingent an Land. Am 22. August treffen die Truppen aufeinander und bei Market Bosworth kommt es zum erbitterten Kampf um die Krone Englands. Zunächst sieht es tatsächlich so aus, als würde Richard III. den Eindringling zurückschlagen, doch durch Verrat wendet sich das Blatt und Richard III. wird im Kampf von einem walisischen Adeligen mit einer Streitaxt erschlagen, die Leiche geschändet und verscharrt.[17]

Heinrich Tudor wird der neue König von England. Seinen rechtmäßigen Anspruch und den Titel lässt er sich im November 1485 offiziell vom Parlament bestätigen. Und um die Rosenkriege nach 30 Jahren ein für alle Mal zu beenden, heiratet er Elisabeth aus dem Hause York. Die Ära der Tudors beginnt.

So weit der geschichtliche Abriss. Selbstverständlich sind die Personen nicht eins zu eins übertragbar und George R. R. Martin hat bei einigen Charakterzügen und politischen Positionen auch durchaus etwas gemischt. Dennoch sind einige Figuren aus „Das Lied von Eis und Feuer“ eindeutig historischen Persönlichkeiten aus den Rosenkriegen zuzuordnen, so wie auch einige Ereignisse erstaunliche Analogien aufweisen.

---

17 Die Leiche von Richard III. bleibt verschwunden, bis sie im Jahr 2012 bei Ausgrabungen unter einem Parkplatz in der mittelenglischen Stadt Leicester gefunden und per DNA-Analyse eindeutig wissenschaftlich identifiziert wird.

Tyrion Lennister – Richard III.

Richard III. wird traditionell in den Überlieferungen als deformierter, kleinwüchsiger König dargestellt, beispielsweise von dem renommierten Historiker Thomas Morus aus dem 16. Jahrhundert. Ein Merkmal, das auch der Dichter William Shakespeare in sein Theaterstück über Richard III. einfließen ließ. Dort heißt es:

> „Ich, um dies schöne Ebenmaß verkürzt,
> Von der Natur um Bildung falsch betrogen,
> Entstellt, verwahrlost, vor der Zeit gesandt
> In diese Welt des Atmens, halb kaum fertig
> Gemacht, und zwar so lahm und ungeziemend,
> Dass Hunde bellen, hink' ich wo vorbei –"[18]

Und genau wie Richard III., der achte Sohn des Richard von York, von den Geschichtsschreibern und Dichtern als eine äußerlich entstellte Person beschrieben wird, wird auch Tyrion Lennister von George R. R. Martin als unansehnlich beschrieben. Tyrion ist nicht nur kleinwüchsig, sondern auch hässlich, hat ein verdrehtes Auge, O-Beine und verliert in der Schlacht von Schwarzwasser schließlich auch noch seine Nase, was ihn endgültig entstellt. Aber auch im Handeln und mit seiner Persön-

18 Aus William Shakespeares „Richard III" Kapitel 2 (aus dem Englischen übersetzt von August Wilhelm Schlegel)

lichkeit weist Tyrion viele weitere erstaunliche Ähnlichkeiten mit dem englischen König auf. Bevor Richard III. nämlich König wird, engagiert er sich in Nordengland für das Volk und lässt zu diesem Zweck speziell eine Ratssitzung einrichten, das „Council of the North", wo er unter anderem dafür Sorge trägt, dass der Norden politisch und finanziell unabhängig sein kann. Als König gründet er später den „Court of Requests", ein Gericht, das sich für die Rechte der Armen einsetzt, die sich keine Anwälte leisten können. Außerdem führt er das Prinzip der Bürgschaft für Angeklagte ein, sodass jemand nicht unschuldig im Gefängnis sitzen muss, wenn er einen Bürgen finden kann, der für ihn spricht. Genau wie Tyrion als Hand des Königs im kleinen Rat engagiert sich auch Richard III. immer für die Belange des einfachen Bürgers. Doch viel Dank erntet er dafür nicht. Dem Volk bleiben der Überlieferung zufolge sowohl Richard III. als auch Tyrion nur als kleinwüchsige Monster in Erinnerung. Englische Historiker gehen mittlerweile davon aus, dass der echte Richard III. vermutlich gar nicht mal so klein und missgestaltet war, wie man ihn immer beschrieben hat, sondern dass dafür auch zum großen Teil die Propaganda-Maschinerie seines Nachfolgers Heinrich VII. verantwortlich war. Bekanntermaßen werden die Geschichtsbücher ja von den Gewinnern geschrieben. Und da blieb nicht viel übrig von Richards Einsatz für sein Volk, aber umso mehr von dem Monster. Dabei haben Historiker wie beispielsweise

John Roud mittlerweile bestätigt, dass Richard III. sehr wohl ein guter König gewesen sein muss.

Ganz ähnlich ergeht es Tyrion Lennister. Keiner der Lennisters oder Baratheons beschäftigt sich so sehr mit den Belangen des Volkes wie Tyrion. Er reitet sogar durch die Straßen von Königsmund, um sich ein Bild der Hungersnot zu machen, und ergreift Initiative, um die Zustände zu ändern. Aber Dank bekommt er dafür keinen.

> *„Er hatte getan, was er konnte, um der hungrigen Stadt den Magen zu füllen – Hunderte Zimmerleute hatte er angewiesen, Fischerboote zu bauen an Stelle von Katapulten, allen Jägern, die es wagten, den Fluss zu überqueren, hatte er gestattet, im Königswald Beute zu suchen; er hatte sogar Goldröcke nach Süden und Westen ausgeschickt, um Lebensmittel aufzutreiben –, dennoch sah er überall auf seinem Weg vorwurfsvolle Blicke."*[19]

Später wird Tyrion von einem selbsternannten Propheten auf den Straßen Königsmunds sogar als *„verkümmerter Affendämon"*[20] beschimpft. Undank ist der Welten Lohn. Trotzdem gibt Tyrion nicht auf. Später ist er es, der in der Schlacht von Schwarzwasser die Bevölkerung von Königsmund vor der Flotte von

19 Der Thron der Sieben Königreiche, S. 290
20 Der Thron der Sieben Königreiche, S. 388

Stannis Baratheon schützt. Es ist Tyrions Idee, eine Kette über das Hafenbecken spannen zu lassen und die Schiffe mit Seefeuer zu bombardieren. Die Lorbeeren für den Sieg aber darf er wieder nicht einheimsen, die erntet König Joffrey im Alleingang.

Auch der Werdegang weist Parallelen auf. Lange Zeit steht Richard immer im Schatten seines Bruders Eduard IV., der für viele Jahre die englische Krone trägt. Während dieser Zeit kümmert sich Richard um die Belange im Norden Englands unter dem eher bescheidenen Titel „Constable of England" und „Warden of the Forests North of the Tenth". Als Eduard IV. aber im April 1483 überraschend nach nur einwöchiger Krankheit verstirbt, wittert Richard seine Chance, König zu werden. Dummerweise hat sein Bruder die Krone, wie bereits beschrieben, seinem erst 12-jährigen Sohn Eduard V. vermacht. Richard wird stattdessen der Lord Protector des Kindkönigs, was vergleichbar mit dem Rang der „Hand" in Westeros sein dürfte. In dieser Position beginnt Richard, den Thronanspruch seines Neffen zu hinterfragen, und stellt Nachforschungen an. Über einen Geistlichen bekommt er schließlich den Hinweis, dass der junge König vermutlich gar nicht der leibliche Sohn der ehemaligen Königin ist, sondern von seinem Bruder mit einer fremden Frau gezeugt wurde. Ein Bastard auf dem Thron. Eine Situation, die buchstäblich der in Westeros gleicht.

Wie oben bereits angedeutet enden die Parallelen an

dieser Stelle. Richard lässt den jungen Eduard V. und seinen kleinen Bruder in den Tower werfen und sich zwei Wochen später selbst zum König krönen. Interessanterweise berichten Historiker, dass die beiden Jungen auf mysteriöse Art und Weise aus dem Tower verschwanden und nie wieder auftauchten. Tatsächlich wurde später von den Tudors das Gerücht gestreut, Richard habe die beiden Kinder im Tower vorsätzlich ermorden lassen, um sie aus dem Weg zu räumen. Ob das der Wahrheit entspricht, ist unklar, aber die Anschuldigung erinnert daran, dass auch Tyrion der Mord an König Joffrey in die Schuhe geschoben werden soll.

Richard III. war übrigens der letzte englische König (des Mittelalters), der in einer Schlacht starb. Und ähnlich wie bei Tyrion nach der Schlacht von Schwarzwasser gerieten auch die Leistungen von Richard III. kurz nach seinem Tod für lange Zeit in Vergessenheit.

Daenerys Targaryen – Heinrich VII.

Und dann ist da noch der vergessene Königserbe, der nach 20 Jahren im Exil mit einer fremden Streitmacht über die Meerenge in seine Heimat zurückkehrt. Klingt das irgendwie vertraut? Ja genau, Heinrich VII. aus dem Hause Tudor hat walisische und französische Streitkräfte sowie Söldner um sich versammelt, um Richard III. zu stürzen.

Heinrich VII. ist der Sohn von Edmund Tudor und Margaret Beaufort, die übrigens bei seiner Geburt erst 14 Jahre alt war. Genau wie Daenerys hat Heinrich nie die Möglichkeit, seinen Vater kennenzulernen, da dieser drei Monate vor Heinrichs Geburt getötet wurde. Also ähnlich wie bei Daenerys, deren Vater Aerys II. Targaryen während der Plünderung von Königsmund starb, noch bevor sie geboren wurde.

Wegen der Fehde mit dem Hause York ist Heinrichs Familie über die Meerenge in die Bretagne geflohen, so wie Daenerys' Familie nach der Vertreibung aus Westeros zunächst nach Drachenstein und dann nach Pentos geflohen ist. Aber weder Heinrich noch Daenerys geben im Exil ihren Anspruch auf die Krone auf. Heinrich hat diesen – schwachen – Anspruch über die Linie seiner Mutter geerbt, denn die ist eine Nachfahrin von König Edward III. Daenerys leitet ihren Anspruch von ihrem Erbe als letzter Nachkomme von Aerys II. Targaryen ab.

Genau wie Daenerys weiß damals auch Heinrich nur wenig über seine richtige Heimat. Beide leben jahrelang im Exil jenseits der Meerenge, Daenerys in Essos, Heinrich in der Bretagne. Auch Vaterfiguren spielen bei beiden eine wichtige Rolle. Während Daenerys eine Zeit lang von Magister Illyrio Mopatis beziehungsweise später von Ser Jorah Mormont unter die Fittiche genommen wird, wird Heinrich von seinem Onkel

Jasper Tudor großgezogen. Und diese Mentoren, ob nun auf Essos oder in der Bretagne, haben nur ein Ziel: ihren Schützling zurück auf den Thron zu bringen. Daenerys ist gerade erst 13, Heinrich Tudor 14 Jahre alt, als die ersten Bündnisse zur Rückeroberung des Throns geschlossen werden. Und beide beginnen schon im jugendlichen Alter, Streitkräfte anderer Nationen und Söldner um sich zu sammeln. Bei Heinrich sind es Franzosen, bei Dany die Dothraki, die Unbefleckten aus Astapor und die befreiten Sklaven aus Yunkai.

Stellt sich natürlich die Frage, ob Daenerys genauso wie ihr historisches Vorbild Heinrich VII. am Ende auch den Thron ihrer alten Heimat besteigen wird. Wenn Martin sich bis zum Schluss an den Rosenkriegen orientiert, dann müsste es eigentlich so enden, dass es in Westeros zur Schlacht zwischen König Tyrions Truppen und den Horden von Daenerys kommt. Und nachdem Tyrion besiegt worden ist, muss nach dem Vorbild von Heinrich eine Friedenshochzeit zwischen den Häusern stattfinden. So wie Heinrich VII. seinerzeit Elisabeth aus dem Hause York heiratet, um den Bürgerkrieg zu beenden, müsste Dany am Ende einen Stark oder Lennister heiraten. Aber ob es überhaupt so kommt und welcher Stark das am Ende sein wird, das bleibt zum aktuellen Zeitpunkt reine Spekulation. Einem findigen Fan, der sich erkundigte, ob das Epos so enden würde, antwortete George R. R. Martin: „Darauf würde ich nicht zählen."

Margaery Tyrell – Anne Boleyn

Nachdem Richard III. von Heinrich Tudor wie berichtet vom Thron gestoßen worden ist, beginnt in Großbritannien die Ära der Tudors. Bekanntester und berüchtigtster König jener Zeit ist sicherlich Heinrich VIII., der vor allem durch seinen enormen Verschleiß an Ehefrauen berühmt wird. Und ein Blick auf dessen zweite Frau enthüllt eine frappierende Ähnlichkeit mit Margaery Tyrell, der 15-jährigen Tochter von Lord Maes Tyrell und Schwester des Ritters der Blumen, Loras Tyrell. Kaum eine von Heinrichs Ehefrauen hat so großen Einfluss auf das britische Königshaus wie Anne Boleyn. Sie bringt Heinrich VIII. dazu, seinen Glauben zu hinterfragen, mit dem Papst zu brechen und mit der römisch-katholischen Kirche. Durch geschicktes Intrigieren und unterbewusstes Beeinflussen ihres Mannes bekommt sie viel von dem, was sie will, und verändert Großbritannien nachhaltig. Daher scheint es auch kaum ein Zufall zu sein, dass die Produzenten der HBO-Serie „Game of Thrones" die Rolle der Margaery Tyrell mit der jungen Schauspielerin Natalie Dormer besetzten, die mit ihrer Darstellung von Anne Boleyn in der TV-Serie „Die Tudors" ihren Durchbruch erlebt hatte.

Genauso wie Margaery Tyrell gezielt Joffrey und später Tommen Baratheon manipuliert, legt auch Anne Boleyn eine für ihre Epoche beachtliche Entwicklung am Hofe hin und gewinnt in kurzer Zeit viel Einfluss, aber auch viele Feinde. Und beiden ergeht es ganz ähnlich, als sie ihren Gegnern zu unbequem werden. Als Anne die Pläne von Thomas Cromwell durchkreuzt und auch bei ihrem Mann zunehmend in Ungnade gerät, wird sie verhaftet und beschuldigt, den König mit anderen Männern betrogen zu haben, darunter der flämische Barde Mark Smeaton und ihr eigener Bruder, George Boleyn. Die beiden Männer werden tagelang gefoltert und nach dem Geständnis geköpft. Kurze Zeit später rollt auch Anne Boleyns Kopf, was in diesem Fall übrigens als gnadenvolle Hinrichtung gewertet wird, da sie eigentlich zum Verbrennen auf dem Scheiterhaufen verurteilt worden ist. Entsprechend ergeht es auch Margaery in Band 8, „Die dunkle Königin", als sie zum Störfaktor in den Plänen ihrer Schwiegermutter Cersei wird. Cersei verführt Ser Osney Schwarzkessel und zwingt ihn so, vor dem Hohen Septon falsches Zeugnis gegen Margaery abzulegen und sie des Ehebruchs und des Hochverrats zu beschuldigen. Königin Margaery wird vorgeworfen, den König mit gut einem Dutzend anderer Männer betrogen zu haben, darunter Hamisch der Harfner und der Blaue Barde, ein Sänger am Hofe der Tyrells. Nach Tagen der Folter gesteht schließlich der Blaue Barde, ähnlich wie in der englischen Historie der Barde Mark Smeaton, seine Unzucht mit der Königin. Margaery wird verhaftet, und weil es gerade so gut passt, beschuldigt Cersei sie zudem, ein inzestuöses Verhältnis mit ihrem Bruder Loras Tyrell gehabt zu haben. Genauso wie Anne Boleyn vorgeworfen wurde, mit ihrem Bruder George im Bett gewesen zu sein. In Königsmund scheint der Vorwurf eine Farce, da jedermann in Westeros weiß, dass Margaerys Bruder Loras Tyrell sich nicht für Frauen interessiert. Interessanterweise gehen einige Historiker davon aus, dass auch Annes Bruder George Boleyn homosexuell oder zumindest bisexuell gewesen sein muss. Eine Randnotiz, die immer wieder gerne in modernen Nacherzählungen ausgebaut wird und auch in diesem Fall eine interessante Entsprechung findet.

Die Rote Hochzeit – The Black Dinner / Das Massaker von Glencoe

Als eines der einschneidendsten Ereignisse aus „Das Lied von Eis und Feuer“ schildern sowohl Leser als auch Fernsehzuschauer gleichermaßen die sogenannte Rote Hochzeit. Das Fest, bei dem Edmure Tully und Roslin Frey heiraten, ist in Wahrheit eine Falle von Lord Walder Frey, um das Haus Stark ein für alle Mal zu vernichten. Dieses drastische und tragische Ereignis hat tatsächlich auch zwei berühmte historische Vorbilder, die beide im mittelalterlichen Schottland angesiedelt sind. Das erste der beiden ereignet sich 1440 in Edinburgh Castle. Das Haus Stark der schottischen Geschichte heißt Douglas. Im späten Mittelalter hat sich der Douglas-Clan zu einer der einflussreichsten Familien in Schottland entwickelt und gilt als der mächtige Arm der königlichen Stewart-Familie. Zu jener Zeit sitzt König Jakob II. auf dem schottischen Thron, ein 10-jähriger Junge. Tatsächlich wird das Land aber von seinen Beratern und Kanzlern regiert. Um die Macht der Familie Douglas zu brechen, wird im Jahr 1440 der 6. Earl of Douglas (er ist, genau wie Robb bei der Roten Hochzeit, erst 16 Jahre alt) sowie dessen jüngerer Bruder und Gefolge nach Edinburgh Castle zu einem Festessen geladen. Der Legende zufolge wird ihnen dort beim Essen ein schwarzer Bullenkopf serviert, als Zeichen des nahen Todes, bevor sie vor Ort hingerichtet werden. Das Ereignis geht als das „Black Dinner" in die Geschichte ein. Vielleicht nannte George R. R. Martin deshalb einen der wichtigsten Handlanger bei der Roten Hochzeit „Black Walder".

Das zweite grausame Ereignis, von dem sich George R. R. Martin offenbar inspirieren ließ, ist das Massaker von Glencoe aus dem Jahr 1692. Bei diesem historischen Ereignis nimmt diesmal der Clan der MacDonalds die Rolle der Starks ein, Robert Campbell und seine Männer entsprechen Roose Bolton und dessen Getreuen. Ende des 17. Jahrhunderts wird der glorreiche Aufstieg des protestantischen Prinzen Wilhelm III. von vielen katholischen Schotten nur mit Missmut gesehen. Es kommt zum Aufstand der Jakobiten. In den Wirren dieser Unruhen beginnt der Clan MacDonald, unter anderem die Ländereien der Campbells zu plündern. Als die Aufstände aber schließlich niedergeschlagen und die Jakobiten besiegt werden, bietet König Wilhelm dcn Hochland-Clans eine Amnestie hinsichtlich ihrer Teilnahme am Aufstand an. Bedingung ist, dass sie einen Treueeid auf ihn ablegen. Einige Clans leisten den Eid sofort, während andere diesen verweigern. Alastair MacDonald, 12. Chief von Glencoe, wartet bis zum letzten Tag der Ablauffrist, bevor er sich aufmacht, den Eid beim Gouverneur in Fort Williams abzulegen. Da dieser aber nicht anwesend ist, schickt man Alastair MacDonald weiter nach Inveraray, immerhin mit einer Bestätigung, dass er rechtzeitig vor Fristende da gewesen sei. Aufgrund dieser Umstände und des schlechten Winterwetters kann Alastair MacDonald den Eid schließlich erst fünf Tage nach dem Ende der Frist ablegen. Sir Colin Campbell, der Sheriff von Argyll, bestätigt ihm aber, dass dies in Ordnung sei, da man die widrigen Umstände durchaus als Grund für die Verspätung akzeptiere. Er habe keine weiteren Konsequenzen zu befürchten.

In Edinburgh aber sind einige Mitglieder einer geheimen Regierungsverschwörung ganz anderer Meinung. 120 Soldaten unter dem Kommando von Robert Campbell werden in Glencoe stationiert und von den ahnungslosen MacDonalds herzlich aufgenommen und bewirtet. Bis spät in die Nacht wird gefeiert und Karten gespielt. Der Clan ahnt nicht, dass die Truppen, die unter ihrem Dach schlafen, den Befehl haben, sie in dieser Nacht mit ihren Schwertern zu ermorden. Um 5 Uhr morgens erheben sich die Soldaten und schlachten ihre Gastgeber regelrecht ab. Bei dem Massaker von Glencoe sterben 38 Männer sofort. 40 Frauen und Kinder werden in die schneebedeckten Highlands getrieben, wo sie kurze Zeit später an Unterkühlung verenden. Bis heute ist es nicht die Zahl der 78 Opfer, die schockiert, sondern die hochgradige Missachtung der Gastfreundschaft, die sich in dieser Winternacht zugetragen hat. Bis heute trägt der Pub in Glencoe ein Schild an der Tür, das allen „Campbells" den Zutritt verwehrt. Vermutlich erlangt auch die Gastfreundschaft der Freys und Lennisters auf Westeros eine ähnlich traurige Berühmtheit.

Haus Targaryen – die Ptolemäer

Um einen historischen Vergleich mit dem Haus Targaryen zu ziehen, muss man etwas weiter in die Vergangenheit reisen, und zwar ins Jahr 332 v. Chr. Es ist das Jahr, in dem Alexander der Große die Perser aus Ägypten vertreibt und seinen General Ptolemaios I. dort als Satrapen, also stellvertretenden Machthaber, einsetzt.

Obwohl er in den Augen der Ägypter ein Ausländer und Besetzer ist, verleiht sich Ptolemaios die Königskrone, um seine Macht zu konsolidieren. Seine Nachkommen regieren gut 300 Jahre lang das Reich. Das Geheimnis des Erfolgs: Die Herrschaftsansprüche bleiben in der Familie. Konkret bedeutet dies, dass es ähnlich wie bei den Targaryens auch bei den Ptolemäern üblich ist, nur innerhalb der Familie zu heiraten und sich fortzupflanzen. Fast jeder Nachfahre von Ptolemaios heiratet immer eine seiner Schwestern, die üblicherweise Berenike, Arsinoë oder Kleopatra heißen, so wie jeder männliche Targaryen seine Schwester heiratet. Ob dieser über Jahrhunderte andauernde Inzest in Ägypten auch degenerative Auswirkungen hatte, ist kaum bekannt, obwohl man weiß, dass der Geschlechtsverkehr zwischen Personen mit identischen Erbanlagen gravierende gesundheitliche Folgen für den Nachwuchs haben kann. Ärzte gehen heutzutage davon aus, dass ein Kind, das leibliche Geschwister miteinander gezeugt haben, mit einer Wahrscheinlichkeit von 40 % Erbschäden davonträgt, die sich sowohl körperlich als auch geistig auswirken können. In Bezug auf die Targaryens schildert George R. R. Martin mehrfach, dass es in dem Stammbaum der Königsfamilie immer wieder zu körperlichen oder geistigen Schäden kam. Nicht ohne Grund sagt man sich in Westeros, dass jedes Mal, wenn ein Targaryen geboren wird, die Götter eine Münze werfen, um festzustellen, ob das Kind gesund oder gestört ist.

Eine der bekanntesten Königinnen der Ptolemäer-Linie war Kleopatra VII., die als 18-Jährige gezwungen wird, ihren sieben Jahre jüngeren Bruder Ptolemaios XIII. zu heiraten. Da dieser aber zu dem Zeitpunkt noch nicht mündig ist, wird ein Regentschaftsrat gegründet, der die Aufgaben des jungen Königs übernehmen soll und von dem Eunuchen Potheinos geleitet wird. Kleopatra aber ist machthungrig und ernennt sich zur alleinigen Herrscherin Ägyptens. Eine Zeit lang soll sie sogar konkret geplant haben, ihren Bruder (und zugleich Ehemann) ermorden zu lassen. Ob dabei das Übergießen mit flüssigem Gold eine der Optionen war, ist nicht überliefert. Bekannt ist aber, dass Kleopatra ähnlich wie Daenerys einen Kriegsfürsten ins Auge gefasst hatte, um ihre Streitkraft zu verstärken. Dieser Kriegsfürst hieß aber nicht Khal Drogo, sondern Julius Cäsar, Befehlshaber über die stärkste Armee der bekannten Welt.

Zusammengefasst lässt sich sagen: Genau wie Kleopatra ist auch Daenerys Targaryen ein Produkt von 300 Jahren Inzest. Wie Kleopatra ihren Bruder-Ehemann hasst, verabscheut auch Daenerys ihren Bruder und weint ihm keine Träne nach, als er von Khal Drogo getötet wird. Ganz genau wie Kleopatra den Tod ihres Bruders nicht bedauert, als der von Cäsar bzw. dessen Männern getötet wird.

Es besteht kein Zweifel: So wie sich J. R. R. Tolkien aus den alten Sagen und bei epischen Heldengedichten bedient hat, um seiner Welt Gestalt zu geben, hat George R. R. Martin die Mottenkiste der Geschichtsschreibung geplündert beziehungsweise deren literarische Aufarbeitung durch so großartige Autoren wie Maurice Druon. Wer über hinterhältige Charaktere und perfide Intrigen schreiben wolle, für den seien Historienromane wie eine Goldgrube, erklärte George R. R. Martin einmal in einem Interview. Denn die sind inspiriert vom echten Leben und das schreibt bekanntlich die besten aller Geschichten.

DIE KUNST DER ERZÄHLUNG – EINE FRAGE DER PERSPEKTIVE

Wenn man George R. R. Martin nach seiner Lieblingsfigur aus „Das Lied von Eis und Feuer“ fragt, dann antwortet er stets und ohne Zögern: „Tyrion.“ Tatsächlich scheint es sich bei dem kleinwüchsigen Adeligen, der fehlende Größe mit einem scharfen Verstand wettmacht, um das Alter Ego von George R. R. Martin selbst zu handeln. Die Tyrion-Kapitel sind im Vergleich zu den anderen nicht nur am geistreichsten geschrieben, sondern enthalten oft auch tief philosophische Gedanken durchmischt mit einer sarkastischen Weltsicht. Kein Wunder also, dass der Charakter mittlerweile auch bei vielen Lesern zu den beliebtesten Figuren der Serie zählt. Die Idee für Tyrion kam George R. R. Martin, zehn Jahre bevor er überhaupt begann, „Das Lied von Eis und Feuer“ in Worte zu fassen – im Jahr 1981. Damals schrieb er mit seiner Freundin Lisa Tuttle eine Novelle mit dem Titel „Windhaven“. George hatte mit dem Gedanken gespielt, dass einer der Fürsten der Inseln die hässlichste Person der Welt sei, aber zugleich die intelligenteste. Er behielt die Idee im Hinterkopf, bis er sie 1991 für „Die Herren von Winterfell" wieder hervorkramte und in Form von Tyrion Lennister zum Leben erweckte. Mit dieser Figur ist ihm eine der genialsten Persönlichkeiten der Fantasyliteratur gelungen, aber die anderen Charaktere in „Das Lied von Eis und Feuer", das durch eine unglaublich hohe Zahl an Handlungssträngen und Protagonisten besticht, sind nicht weniger komplex. Bei näherer Betrachtung sind all diese Figuren mit dem zentralen Konflikt, dem Kampf um den Thron von Westeros, auf irgendeine Art und Weise verknüpft. Und auch wenn es so scheint, als wäre jeder Charakter mit seinem eigenen Schicksal beschäftigt, so sind es die Beziehungen untereinander, die die Handlung letztendlich vorantreiben und steuern.

Albert Zuckerman, einer der berühmtesten Literaturagenten der Welt, schrieb in seinem Autorenratgeber „Bestseller: Wie man einen Erfolgsroman schreibt", dass einer der wichtigsten Faktoren sei, dass der Leser mit den handelnden Personen mitfühlen könne.

> *„Nicht die unbeteiligte Stimme des Erzählers macht uns mit der Szenerie und einzelnen Details vertraut, sondern wir erleben die für diesen Roman erschaffene Welt mit den Sinnen der handelnden Personen. Ihre Gefühle und Emotionen sind das bisweilen etwas verzerrte, aber immer sehr bunte Licht, in dem wir sie und die anderen Romancharaktere sehen."*[21]

---

21 Albert Zuckerman: Bestseller: Wie man einen Erfolgsroman schreibt. Lübbe, Bergisch Gladbach, 1995, S. 43

George R. R. Martin hat diese Technik geradezu perfektioniert. In kurzen, perspektivisch geschilderten Kapiteln erlebt der Leser die Ereignisse in Westeros durch die Augen der Figuren, so, wie die Personen sie erleben. Die Stimme des Autors tritt dabei völlig in den Hintergrund. Der Leser nimmt Teil an der Gedankenwelt der jeweiligen Figur und erhöht so die Bereitschaft, eine empathische Verbindung herzustellen. Die Emotionen der Figuren werden unmittelbar für den Leser erfahrbar. Diese Sicht ist zwar immer sehr eingeschränkt und subjektiv geprägt, entfaltet aber eine unglaublich intensive Wirkung. Der Leser bekommt beispielsweise die Hinrichtung von Ned Stark nicht von einem unbeteiligten, allwissenden Erzähler neutral geschildert, sondern erlebt sie emotional stark eingefärbt aus Sicht von Neds Tochter Arya. Dadurch wirkt das Ereignis wesentlich intensiver, als wenn George R. R. Martin einfach nur den Ablauf der Hinrichtung beschrieben hätte. Der Leser fühlt mit der jeweiligen Person, freut sich mit ihr, leidet aber auch mit ihr.

Die vielen, wechselnden Erzählperspektiven (Point-of-View) bieten nicht nur Abwechslung, sondern fügen sich nach und nach zu einem einheitlichen Bild der Ereignisse zusammen. Dabei halten manche Leser die subjektive Wahrnehmung der Figuren für eine erzählerische Schwäche des Autors, berichtet George R. R. Martin in einem Interview. Immer wieder würde er auf vermeintliche Fehler in der Kontinuität hingewiesen.

Dabei sei dies durchaus berücksichtigt, um das subjektive Erleben der Charaktere deutlich zu machen. Auf einer Convention 2005 in Chicago erklärte George R. R. Martin den Fans, dass er mit der wechselnden Perspektive manchmal auch mit voller Absicht kleine Details ändere, wie beispielsweise die Augenfarbe einer Person oder das Geschlecht eines Pferdes. Martin nennt das den „unzuverlässigen Erzähler" („unreliable narrator"). Der Leser soll sich nie sicher sein über das, was er liest, denn die Person, aus deren Perspektive ein Ereignis geschildert wird, könnte sich ja auch irren. Diese „geplanten Unstimmigkeiten" („planned inconsistencies") verstärken für den Leser das Gefühl des eigenen Erlebens.

Eine ähnliche Funktion hat aber auch der von Figur zu Figur wechselnde Schreibstil. Während Kapitel aus Sicht der Kinder, wie Bran oder Sansa, textlich in einem eher naiven Stil gehalten sind, sind die Kapitel des eloquenten Tyrion Lennister scharfsinnig und zynisch formuliert, genau der Figur entsprechend. Auch die Wortwahl verändert sich von Kapitel zu Kapitel. Das sei übrigens auch der Grund, warum er die Geschichte nicht chronologisch schreibe, verriet George R. R. Martin 2012 auf einer weiteren Convention. Da jeder Charakter seine eigene Sichtweise mit eigener Wortwahl und Sprache habe, sei es für ihn als Autor schwierig, zwischen den Figuren hin und her zu springen. *„Für mich ist der Wechsel zwischen einem Tyrion-Kapitel und einem*

Daenerys-Kapitel sehr anstrengend. Das verlangt mir sehr viel ab", erklärte er den Fans. Daher schreibe er immer mehrere Kapitel einer Figur direkt hintereinander, um erst anschließend zur nächsten Figur zu wechseln. Erst im Nachhinein würden die Kapitel dann in eine sinnvolle Reihenfolge gebracht.

Diese Methode und die damit verbundene stark eingeschränkte Sicht der Dinge beeinflusst natürlich auch die Wahrnehmung verschiedener Situationen und färbt die Fakten je nach Person entsprechend ein. Nur weil etwas aus der Sicht der einen Figur auf eine bestimmte Art und Weise geschehen ist, heißt das nicht, dass es aus Sicht einer anderen Figur genauso abgelaufen ist. Ein gutes Beispiel dafür ist der „Entführungsfall Lyanna". Robert Baratheon rekapituliert gegenüber seinem Freund Ned in „Die Herren von Winterfell", dass seine Braut Lyanna Stark (Neds Schwester) von Rhaegar Targaryen entführt und vergewaltigt worden sei, was infolge dessen zu dem Bürgerkrieg unter Roberts Kommando führte. Dementsprechend geht zu diesem Zeitpunkt der Handlung auch der Leser davon aus, dass es so gewesen ist. Aber nach und nach stellt sich heraus, dass diese Schilderung eventuell nur Robert Baratheons eigene Sicht der Dinge darstellt und gar nicht unbedingt den Tatsachen entsprechen muss. So vermutet nämlich Viserys Targaryen seinerseits, dass Rhaegar mit seiner Ehefrau Elia nicht glücklich gewesen sei, da die ihm keine Kinder gebären konnte, daher Lyanna als Geliebte nahm und die Entführung im beiderseitigen Einverständnis stattgefunden habe. Bestärkt wird diese Vermutung später in „Die Königin der Drachen", als auch Meera und Jojen Reet dem jungen Bran berichten, dass Lyanna eine romantische Beziehung zu Rhaegar gehabt und ihn aufgrund seiner musikalischen Fähigkeiten verehrt habe. Die Hintergründe der „Entführung" liegen in den Nebeln der Vergangenheit und es wird nie eindeutig für den Leser geklärt, wie es nun tatsächlich abgelaufen ist. Klargestellt wird aber, dass es für alle Beteiligten mehr als nur eine Wahrheit in dieser Sache gibt und man verschiedene Meinungen zu einem Ereignis einholen sollte, bevor man es bewertet. Eine Begebenheit aus der Sicht eines Charakters geschildert kann sich aus der Sicht eines anderen ganz anders zugetragen haben. Genau in diesem Perspektivwechsel liegt der Reiz der Erzählung von George R. R. Martin, aber auch der Fluch. Viele Kritiker werfen George R. R. Martin vor, zu viele subjektive Perspektiven in seinen Büchern zu vereinen. Literaturagent Albert Zuckerman rät zwar jedem Autor dazu, eine Handlung aus mehreren Perspektiven zu beschreiben, warnt aber auch vor einer zu großen Anzahl an Sichtweisen. Denn dies könne dann wieder zu einem gegenteiligen Effekt führen.

> *„Bei mehr als sechs oder sieben Perspektiven wird die emotionale Blendeneinstellung unscharf, und Sie [als Autor] müssen damit rechnen, dass die persönliche*

Anteilnahme der Leser am Schicksal der Hauptfiguren zurückgeht.“[22]

George R. R. Martin hat in „Das Lied von Eis und Feuer“ 24 (!) Point-of-View-Charaktere[23], und da sind Prolog- und Epilog-Figuren nicht einmal mitgezählt. Viele Leser berichten, dass sie irgendwann den Überblick verloren hätten, und beschreiben genau das Phänomen, vor dem Albert Zuckerman warnt: Die Personifizierung mit den Figuren lässt nach.

Neben der übergroßen Anzahl an Charakteren bemängeln einige Kritiker auch die ständigen Wiederholungen. Manchmal scheint George R. R. Martin so begeistert von einer Redewendung, dass er die Benutzung bis zum Äußersten strapaziert. Gemeint sind hierbei nicht offensichtliche Phrasen wie Ygrittes *„Du weißt gar nichts, Jon Schnee.“* Sondern bildliche Beschreibungen, Metaphern oder Vergleiche. *„Der Mond war eine Sichel, dünn und scharf die die Klinge eines Messers“*[24] heißt es beispielsweise in „Der Sohn des Greifen“ gleich drei Mal inner-

22 Albert Zuckerman: Bestseller: Wie man einen Erfolgsroman schreibt. Lübbe, Bergisch Gladbach, 1995, S. 202

23 Eddard Stark, Catelyn Stark, Daenerys Targaryen, Tyrion Lennister, Jon Schnee, Bran Stark, Sansa Stark, Arya Stark, Theon Graufreud, Davos Seewert, Jaime Lennister, Samwell Tarly, Cersei Lennister, Brienne von Tarth, Aeron Graufreud, Victarion Graufreud, Arianne Martell, Asha Graufreud, Areo Hotah, Arys Eichenherz, Quentyn Martell, Barristan Selmy, Jon Connington, Melisandre

24 Der Sohn des Greifen, S. 676 ff.

halb eines Bran-Kapitels. Einfallslosigkeit oder Stilmittel? Dies zu entscheiden bleibt dem Leser überlassen. Aber solche Wiederholungen von bildlichen Beschreibungen kommen zu Dutzenden vor. Manchem Leser war das einfach zu viel.

Dafür beherrscht George R. R. Martin den perfekten Abschluss eines Kapitels. Der sogenannte „Act Break" beschreibt den perfekten Moment, um ein Zwischenkapitel enden zu lassen. Eine Technik, die er als Drehbuchschreiber bei CBS Television, unter anderem bei der Arbeit an der TV-Serie „Die Schöne und das Biest", gelernt hatte. Der „Act Break" kann der Moment einer Enthüllung sein, aber auch eine überraschende Handlungswendung oder einfach ein klassischer Cliffhanger. George R. R. Martin wollte erreichen, dass die Leser am Ball bleiben und motiviert sind, mehr von diesem Charakter lesen zu wollen. Daher versuchte er, wirklich jedes Kapitel so enden zu lassen. Und das muss gar nicht unbedingt ein bemerkenswertes Handlungselement, sondern kann ganz im Gegenteil auch ein ruhiger Augenblick sein, beispielsweise ein Moment der Erkenntnis. Vielleicht ist dieses dramaturgische Element der Grund, warum viele das Lesen seiner Romane als sehr filmische Erfahrung beschreiben. Vielleicht waren die anschaulichen Beschreibungen und die cineastische Dramaturgie auch der Grund, warum sich HBO eine Verfilmung als TV-Serie gut vorstellen konnte.

Betrachtet man das Gesamtwerk der Erzählung, dann treten die negativen Aspekte in den Hintergrund, denn George R. R. Martin hatte nie den Anspruch, ein hochliterarisches Werk zu liefern, sondern wollte in erster Linie unterhalten. Und dies ist ihm auf höchstem Niveau gelungen. „Fantasyliteratur, wie man sie sich differenzierter nicht vorstellen kann. Wahnsinnig spannend und so realistisch, dass man die Drachenscheiße buchstäblich zu riechen scheint", lobte Literaturkritiker Dennis Scheck in seiner ARD-Sendung „druckfrisch"[25] einmal passend und bringt es damit auf den Punkt. George R. R. Martin entpuppt sich als einer der großen Geschichtenerzähler unserer Zeit, mit komplexen, glaubwürdigen Charakteren und einer Geschichte, die so erfrischend neu und zugleich spannend erzählt ist, dass sie einen von der ersten Seite an in ihren Bann zieht.

25 druckfrisch, ARD, Sendung vom 23.9.12, 23:35 Uhr

BLUT UND MACHT – GEWALT IN WESTEROS

Bestseller-Autor Ken Follett, der mit seinem Monumentalwerk „Die Säulen der Erde“ Anfang der 90er eine wahre Flut an historischen Romanen auslöste, erklärte Studenten eines Schreib-Workshops einmal, das Geheimnis eines mitreißenden Romans läge darin, seine Helden leiden zu lassen. Und wenn man als Autor glaube, man hätte ihnen das maximal erträgliche Leid zugefügt, dann setze man noch einen oben drauf.

Auch wenn George R. R. Martin vermutlich nicht in diesem Schreib-Workshop gesessen hat, so scheint er sich Ken Folletts Rat dennoch sehr zu Herzen genommen zu haben. Denn wenn seine Charaktere eins wissen, dann, wie sich Leid anfühlt. George R. R. Martin unterscheidet dabei als Autor nicht zwischen arm oder reich, weiblich oder männlich, jung oder alt. Sie müssen alle leiden, bis an den Rand der Erträglichkeit und darüber hinaus. Dieses Stilmittel wird schon fast zum Alleinstellungsmerkmal, und Kritiker versuchen oft, „Das Lied von Eis und Feuer“ durch Adjektive wie „brutal“, „düster“, „realistisch“ oder „dreckig“ von den Werken anderer Fantasybestsellerautoren wie

J. R. R. Tolkien oder Tad Williams abzugrenzen. Anders als bei den klassischen Heldenreisen à la „Der Herr der Ringe“ findet bei „Das Lied von Eis und Feuer“ keinerlei moralische Wertung statt. Schreckliche Dinge geschehen und bleiben für sich stehen. Der Leser wird nicht an die Hand genommen, sondern alleine gelassen mit seinen Gefühlen. Zudem gibt es keine Abgrenzung von Gut und Böse. Wenn etwa in Mittelerde der Waldläufer Aragorn einen Ork erschlägt, dann weiß der Leser, dass dies völlig in Ordnung ist, denn Orks sind böse und es ist moralisch richtig, sie zu töten. Wenn in Westeros ein Charakter einen anderen tötet, dann ist dies aus der Sicht eines modernen Menschen mit westlich geprägtem Weltbild immer moralisch fragwürdig. Auch J. R. R. Tolkien beschreibt als klassischer Fantasyautor die Kriegsereignisse als grausam und unmenschlich. Da werden beispielsweise den erschlagenen Menschen die Augenlider abgeschnitten, die Köpfe abgehackt und diese mit Katapulten in die Straßen von Minas Tirith geschleudert. Dies ist nicht weniger anschaulich brutal geschildert als das, was George R. R. Martin in seinen Büchern beschreibt. Dennoch findet durch die Einteilung in Gut und Böse eine Abstrahierung statt. Das Grauen bei Tolkien wird überdeckt von den Schleiern der Mythologie und ist viel weiter weg vom Leser als das Grauen in Westeros. Für einen Bewohner von Westeros ist die Konfrontation mit dem Tod wesentlich intensiver und somit auch für den Leser. Kein Tod wird leichtfertig geschildert, sondern ist immer mit viel Leid verbunden. Die Brutalität bei George R. R. Martin findet aber nicht nur durch die oft plastische Schilderung statt, sondern hinterlässt oft auf subtilere Weise einen nachhaltigen Eindruck. Neben der realistischen Darstellung des Gewaltaktes selbst sind es die Konsequenzen für die Charaktere, die einige Taten für viele Leser so unerträglich machen. Denn während in anderen Fantasyromanen das Töten des Feindes ein für den Helden selbstverständlicher oder gar heroischer Akt ist und er danach normal weiterleben kann, schildert Martin das Phänomen der Traumatisierung und schafft damit eine ganz neue Ebene des Realismus in einem phantastischen Roman. George R. R. Martin geht nicht nett mit seinen Figuren um. Er hat sich als Autor damit auseinandergesetzt, was es mit einem Menschen machen würde, wenn man beispielsweise jemandem das Schwert in den Bauch stoßen müsste. Und da Westeros eine gewalttätige Welt ist, sind alle Figuren konsequenterweise auch schwer traumatisiert. Nur wie sie mit dieser Traumatisierung umgehen, unterscheidet sie in letzter Konsequenz. In seinem Aufsatz „Art Imitates War" lobt Autor und US Army Officer Mike Cole sogar Martins akkurate Beschreibungen der Symptome posttraumatischer Belastungsstörungen (Abkürzung: PTBS; Englisch: post-traumatic stress disorder, Abkürzung: PTSD) bei den Charakteren. Cole betont dabei, dass George R. R. Martin auch die positiven Effekte gut darstellt. Während

Theon Graufreud beispielsweise von seiner posttraumatischen Belastungsstörung regelrecht zerstört wird, erlebt Arya Stark ihre Traumatisierung nach dem Mord an einem anderen Kind als eine Art Befreiung, denn aus militärischer Sicht könnte eine posttraumatische Belastungsstörung durchaus positiv bewertet werden und die charakterliche Entwicklung fördern. Eine umstrittene Behauptung, vor allem in Anbetracht der Suizidrate der Kriegsrückkehrer der US-Army.[26]

So oder so, „Das Lied von Eis und Feuer" beschreibt einen realistischen Krieg, von dem J. R. R. Tolkien, der Erfahrungen in den Schützengräben an der Somme im Ersten Weltkrieg gemacht hatte, einmal sagte, in ihm seien Orks auf beiden Seiten. Und genauso zeigt es George R. R. Martin. Eine Welt, in der alle Protagonisten auf die eine oder andere Art Täter und zugleich Opfer von Gewalt sind. Diese Gewalt ist aus Sicht des Autors notwendig, um den Leser diese einzigartige Erfahrung durchleben zu lassen. Bleibt die Frage, wie viel Realismus für einen guten Roman überhaupt notwendig ist. Dem Vorwurf, das Übermaß an Sex und Gewalt diene nur noch der Befriedigung voyeuristischer Gelüste und nicht der Geschichte, entgegnete George R. R. Martin 2011 in einem Interview mit The Atlantic:

---

26 Laut Pentagonsprecherin Cynthia Smith sind im Jahr 2012 mehr Soldaten der US-Army durch Selbstmord ums Leben gekommen als durch Kampfhandlungen.

„Ich bin der Meinung, dass es bei einem Roman nicht nur darum geht, die Handlung voranzutreiben. Denn dann könnte man auch einfach die Zusammenfassung lesen. Ein Roman ist für mich eine intensive Erfahrung, die mir das Gefühl vermittelt, ich hätte diese Geschichte wirklich erlebt, ich hätte diese Speisen gegessen und ich hätte Sex gehabt und den Schrecken des Krieges erlebt. Deswegen sind all diese Details so wichtig, all diese sensorischen Beschreibungen – das können schöne Erfahrungen sein, aber auch schlechte. Ich möchte den Leser die Geschichte erleben lassen."

Gewalt dient in der Erzählung auch dazu, menschliche Abgründe aufzuzeigen. So wird beispielsweise Ramsay Schnee, der selbst einer Vergewaltigung einer Müllerin durch Lord Roose Bolton entstammt, als äußerst sadistisch und grausam beschrieben. Zu seiner Freizeitbeschäftigung zählt es, mit seinen Hunden die weiblichen Gefangenen aus dem hauseigenen Kerker bei Hetzjagden durch den Wald zu treiben, sie zu stellen, zu vergewaltigen und sie in alter Familientradition zu häuten. Danach benennt er seine Hunde nach den geschändeten Frauen. Dem Charakter wird damit jegliche Menschlichkeit abgesprochen. Nur durch die drastische Schilderung begreift der Leser, welche Bedrohung von Ramsay ausgeht und dass von ihm niemals Gnade zu erwarten ist.

Selbstverständlich besteht „Das Lied von Eis und Feuer" nicht ausschließlich aus Gewaltdarstellung. Dennoch ist die Gewalt allgegenwärtig, selbst wenn sie nicht direkt vorhanden ist. Dies führt zu einem zweiten Phänomen: der Angst. Nicht ohne Grund ist eine der wichtigsten Erkenntnisse von Arya: „Angst schneidet tiefer als ein Schwert." So geben sich Gewalt und Angst in Westeros die Klinke in die Hand und es entsteht eine für viele Leser nur schwer erträgliche Atmosphäre. Interpretiert man die vielen negativen Internet-Rezensionen und Foren-Diskussionen, scheint der Missmut vieler Leser aber auch mit der Erwartungshaltung an den Roman zusammenzuhängen. Denn für viele schien das Fantasygenre und damit die typische Heldenreise eine gewohnte und angenehme Wohlfühl-Zone darzustellen, aus der sie von George R. R. Martin brutal herausgerissen wurden. Die ausführlichen Schilderungen vom Morden, Plündern und Vergewaltigen sind nicht angenehm und widersprechen dem Gerechtigkeitsgefühl. Nun geht es sicherlich auch in anderen Fantasyromanen hart zur Sache, aber meistens gewähren die Autoren ihren Lesern Katharsis durch ein Happy End beziehungsweise den Sieg der Gerechtigkeit. Für George R. R. Martin aber ist Gerechtigkeit ein Fremdwort. Viele Täter kommen ungeschoren davon und werden für ihre extremen Taten niemals zur Rechenschaft gezogen. Hierbei spielen natürlich auch die Fantasie und die Vorstellungskraft der Leser eine wichtige Rolle. Oft visualisiert der Autor nicht einmal, sondern deutet nur an, und dadurch fließen beim Leser die eigenen Erfahrungen und/oder die eigene Interpretation mit ein. Die feinen Modifikationen, die die eigene Fantasie ausführt, machen den Unterschied. Wie beispielsweise bei der kurzen Erwähnung der Vergewaltigung von Lady Lollys bei dem Aufstand in Königsmund, bei der sie von Dutzenden Männern missbraucht und geschwängert wird. Der Absatz ist nur kurz, aber eindringlich:

> *„Lady Tandas Tochter hatte ihre Unbeflecktheit einer halben Hundertschaft brüllender Kerle hinter einer Gerberwerkstatt opfern müssen. Die Goldröcke entdeckten sie, als sie nackt durch die Sauenbauchsgasse taumelte."*[27]

Zwei Sätze, die keiner Details bedürfen, um die Vorstellungskraft der Leser enorm zu füttern und so zu den schrecklichen Bildern der Ereignisse im eigenen Kopf führen. Sätze wie diese sind es, die für eine immerwährende Gegenwart von Gewalt stehen. Vor allem die sexuelle Gewalt sorgt bei Lesern beständig für Diskussionsstoff. Das Leben in Westeros ist wirklich nicht schön und der Tod kann schnell und unerwartet kommen, aber über den weiblichen Charakteren hängt zudem ständig die Bedrohung einer Vergewaltigung. In der

27 Die Saat des Goldenen Löwen, S. 195

Gefangenschaft der Tapferen Kameraden, einer Gruppe von Gesetzlosen, droht auch Brienne fortdauernd die Vergewaltigung, und Erzähler Jaime gibt dieser Angst mehrfach durch Worte Gestalt. Zuletzt ist er es, der sie durch mutigen Einsatz vor der konkreten Durchführung durch die Männer davor bewahrt. Für viele Leser mag diese Bedrohung äußerst unangenehm sein, aber für George R. R. Martin ist sie ein wichtiges erzählerisches Mittel. Dieses offenbart nicht nur die Motivation vieler Charaktere, sondern auch die Mechanismen der Macht in Westeros. Gewalt als Drohgebärde, ob psychisch oder physisch, war in der Geschichte der Menschheit immer schon eines der stärksten Machtinstrumente, um ein Volk zu kontrollieren und moralisch zu unterwandern. Das ist in Westeros nicht anders als in unserer Welt. Historisch zwar umstritten, aber repräsentativ für die Machtstrukturen im Mittelalter ist das berühmte „Jus primae noctis", also das Recht des Landesfürsten oder Herrschers auf die erste Nacht mit der Braut. Auch wenn Historiker mittlerweile davon ausgehen, dass dieser Brauch nur eine urbane Legende ist, die Stimmung gegen den Adel machen sollte, so definiert es doch ziemlich genau unsere Vorstellung von Machtverhältnissen zu früheren Zeiten. Vermutlich auch der Grund, warum George R. R. Martin nicht widerstehen konnte, diese Tradition in seine Geschichten als Randnotiz einfließen zu lassen. So erfährt der Leser, dass König Jaehaerys das Recht der ersten Nacht abschafft, um seine Ehefrau zu besänftigen, die Umbers aber ebenso wie einige der Bergstämme auf Skagos an der alten Sitte festhalten.[28]

Um Beispiele sexueller Gewalt als Machtinstrument in unserer Welt zu finden, muss man gar nicht bis zurück ins Mittelalter oder gar die Antike blicken. So lassen sich einige der Taten aus Westeros durchaus mit solchen der Saddam-Hussein-Ära im Irak vergleichen. Ganz ähnlich wie der Hussein-Clan in Bagdad versucht auch Theon Graufreud, seine Macht im Norden zu festigen, nachdem er Winterfell eingenommen hat. Theon reitet beispielsweise durch die Siedlung Winterdorf und als er das schöne Bauernmädchen Kyra entdeckt, lässt er sich diese von seinen Männern auf seine Gemächer auf Winterfell bringen, wo er sie brutal vergewaltigt. Danach muss sie mehrere Wochen als seine Bettgefährtin in seinem Gemach verbringen. Außerdem schreckt Theon auch nicht davor zurück, Kinder töten zu lassen, um die verbrannten Körper dann als abschreckendes Mahnmal an den Mauern zur Schau zu stellen. Im Irak war Saddam Husseins Sohn Udai dafür berüchtigt, mit einer Wagenkolonne durch Bagdad zu fahren, um Frauen auszusuchen, die entweder in einem der Familienpaläste oder sogar auf offener Straße vergewaltigt wurden. Nach Berichten irakischer Familien hielt Udai entführte Frauen oft wochenlang gefangen. Wenn sich Verwandte darüber beschwerten, bekamen sie das entführte

---

28 Der Sohn des Greifen

Familienmitglied ermordet, zerstückelt und in mehrere Kartons verpackt zurück. Theon Graufreud und Udai Hussein stehen sich hier in nichts nach.

Sexuelle Gewalt wurde in vielen Konflikten bewusst als Kriegstaktik eingesetzt, um die Gegner zu bestrafen und zu erniedrigen, Gemeinschaften zu destabilisieren, bestimmte religiöse und politische Gruppen auszulöschen sowie als Belohnung für Siege und zur Stärkung der Truppenmoral. Während des Völkermordes in Ruanda im Jahr 1994 wurden beispielsweise nach aktuellen Schätzungen zwischen 250.000 und 500.000 Frauen und Mädchen innerhalb weniger Tage vergewaltigt. Im Kongo ist die Lage bis heute (2014) brisant. Nach Angaben von „Ärzte ohne Grenzen" ereignen sich in dem zentralafrikanischen Land 75 Prozent aller Vergewaltigungen weltweit. Viele Frauen werden zudem nach ihrer Vergewaltigung von ihren Familien verstoßen, gleiches gilt für die gezeugten Kinder. Angesichts solcher Ereignisse scheint es fast unglaublich, dass der UN-Sicherheitsrat erst im Juni 2008 die Resolution 1820 verabschiedete, die sexuelle Gewalt gegen Frauen und Mädchen als Kriegswaffe einstuft.

Tywin Lennister hat keine Zweifel an der mächtigen Wirkung dieser Waffe. Er setzt sie bewusst ein, um die Bevölkerung von Westeros im Griff zu halten; oder einfach nur, um seinem Sohn Tyrion eine Lektion zu erteilen. Ausführender Arm von Tywin ist der Ritter Ser Gregor Clegane, der mit seinen Männern methodisch Frauen und Mädchen vergewaltigt und, wenn diese sich widersetzen, diese auch tötet (unter anderem in „Der Thron der Sieben Königreiche"). Eine der prägnantesten Szenen diesbezüglich ist die Vergewaltigung der etwa 13-jährigen Wirtstochter Layna durch Gregor Clegane und seine Soldaten in „Die Saat des Goldenen Löwen". Am deutlichsten wird die Systematik hinter den Taten wohl an Gregor Cleganes Vergewaltigung und Ermordung von Elia Martell. Dieses zum Zeitpunkt der Erzählung in der Vergangenheit liegende Ereignis („Die Herren von Winterfell") wird immer wieder aus den unterschiedlichen Perspektiven der Charaktere als besonders grausam geschildert. Nachdem Ser Gregor Clegane einem Baby, das er für ihren Sohn Aegon hält, den Schädel an einer Wand eingeschlagen hat, vergewaltigt er die Mutter Elia und erschlägt sie anschließend. Später, im Duell mit Elias Bruder Oberyn Martell, verwendet Gregor Clegane die Tat, um seinen Gegner moralisch zu schwächen. Es wird klar, dass die Tat nie einem Lustgewinn entsprang, sondern von Anfang an rein strategisch war und ausschließlich als Waffe verwendet wurde.

Aber so drastisch die Gewaltszenen auch sind, dienen sie nie einem reißerischen oder voyeuristischen Zweck, auch wenn mancher Leser es so interpretiert. George R. R. Martin baut eine unglaublich bedrohliche Kulisse auf, in der Charaktere potenziell jederzeit verletzt oder getötet werden, weibliche Charaktere zudem ständig Gefahr laufen, vergewaltigt zu werden. Glaubt man

Kundenrezensionen im Internet, waren es genau solche Beschreibungen, die manchen Lesern zu extrem waren, sodass sie das Buch zeitweise oder auch für immer weglegen mussten.

Auffällig ist, dass Gewalt meistens gar nicht direkt, sondern oft indirekt, beispielsweise über die Erinnerungen der Charaktere, geschildert wird. Ein prägnantes Beispiel dafür ist die Vergewaltigung von Tyrions erster großer Liebe Tysha. Als Tyrion erst 13 Jahre alt ist, verliebt er sich in die wunderschöne Tysha, verbringt eine Nacht mit ihr und heiratet sie am nächsten Tag heimlich. Daraufhin gesteht Tyrions Bruder Jaime, dass Tysha eine Prostituierte sei, die er engagiert habe, um ihn „zum Mann zu machen". Als Tyrions Vater Tywin Lennister einige Tage später von der heimlichen Hochzeit erfährt, beschließt er, seinem Sohn eine Lektion von unvorstellbarem Ausmaß zu erteilen. Er lässt das Mädchen vor Tyrions Augen von seiner gesamten Wachmannschaft vergewaltigen und zwingt anschließend auch Tyrion, mit ihr zu schlafen. So schrecklich dieses Ereignis ist, so sehr handelt es sich doch nicht um direkte Geschehnisse, sondern nur um Tyrions Sicht, der diese Geschichte Shae erzählt. Und ihre wichtigste Funktion ist es, die Bedrohung aufzubauen, die dadurch für Shae entsteht. Denn genau wie Tysha wird sie kurze Zeit später, gegen den Willen von Tywin, heimlich mit Tyrion in Königsmund wohnen und entscheidet dies dann bewusst, obwohl sie genau weiß, wozu Tyrions tyrannischer Vater fähig ist. Auch die weiter oben erwähnte Vergewaltigung der Wirtstochter Layna durch Gregor Clegane und seine Männer wird nur indirekt erzählt. Tatsächlich handelt es sich um die prahlerische Geschichte des Soldaten Chiswyck, den Arya in Harrenhal belauscht. Unabhängig davon, ob sie wahr sind oder nicht, sind es genau solche Geschichten, die das Volk einschüchtern und Angst vor Gregors Männern in den Köpfen säen. Sexuelle Gewalt wird selbst von den Bewohnern von Westeros als grausam betrachtet, aber gleichzeitig immer wieder ausgeübt.

Zudem dient der Umgang mit Gewalt auch als Unterscheidungsmerkmal für die kulturelle Entwicklung der Völker. Für Ned Stark beispielsweise ist das Töten anderer Menschen ein legitimes und manchmal sogar ehrenvolles Mittel, um Macht durchzusetzen. Auch er selbst, obwohl durch und durch rechtschaffen, tötet Menschen, beispielsweise bei der Hinrichtung des Deserteurs gleich im ersten Kapitel von „Die Herren von Winterfell". Aber auch in den Schlachten an der Seite von Robert Baratheon dient das Töten einer aus Neds Sicht ehrbaren Sache. Auf den abgelegenen Eiseninseln hingegen herrschen rauere Sitten. Theon Graufreud berichtet in „Der Thron der Sieben Königreiche" einer Bettgespielin von den „Salzweibern", Frauen, die von Männern nach der Schlacht als Beute beansprucht wurden und ihnen sexuell zu Diensten sein mussten. Noch rauer geht es weiter im Norden zu. Allen voran ist hier natürlich der Wildling Craster zu nennen, der ein inzestuöses Verhältnis mit seinen vielen Töchtern und Enkelinnen führt. Lord Kommandant Mormont muss seine Männer, von denen ja schließlich auch einige verurteilte Vergewaltiger sind, anweisen, die Frauen von Craster nicht anzurühren. Und jenseits der Meerenge bei den Dothraki geht es geradezu animalisch zu. *„Dothraki paaren sich wie Tiere in einer Herde. … sie verstehen Sünde und Scham nicht wie wir“*[29], erklärt Magister Illyrio Daenerys vor ihrer Hochzeit mit Khal Drogo. Erst sie bringt dem wilden Steppenvolk gleichnishaft die Zivilisation näher, indem sie zunächst Khal Drogo liebevollen und einfühlsamen Sex lehrt und später bei ihren Eroberungen ihren Kriegern die Vergewaltigung der Gefangenen verbietet.

Ob so drastische Schilderungen notwendig sind für das hautnahe Leseerlebnis, muss wohl jeder Leser für sich selbst entscheiden. George R. R. Martin jedenfalls findet den Einsatz von Gewalt in seinen Büchern durchaus angemessen:

> *„[Die Gewalt] aus einer Erzählung, in der Krieg und Macht im Mittelpunkt stehen, wegzulassen, wäre grundlegend falsch und unehrlich. Es würde eines der Hauptthemen des Buches untergraben: Die wahren*

---

29 Die Herren von Winterfell, S. 131

Schrecken der Menschheitsgeschichte kommen nicht von Orks und dunklen Magiern, sondern von uns. Wir sind die Monster – und auch die Helden. In jedem von uns steckt das große Potenzial, Gutes oder Schlechtes zu tun.“[30]

30 Alison Flood: „George R. R. Martin defends Game of Thrones' sexual violence“, The Guardian, 6.1.2014

VON ALTEN GÖTTERN UND HERZBÄUMEN – RELIGION IN WESTEROS

Die Darstellung religiöser Motive und Aspekte im Fantasygenre fasziniert viele Leser. Tatsächlich scheint sie einen entscheidenden Bestandteil dieses Genres zu bilden. Den Variationen der religiösen Darstellung scheinen keine Grenzen gesetzt, ob polytheistisch oder monotheistisch, ob als völlig eigene Kreation oder als Spiegelbild tatsächlich existierender Weltreligionen. Auffällig ist fast immer, dass sich bei der Darstellung von Religion im Fantasygenre Mythos und Magie vermischen. Oft ist ein Priester in einer fantastischen Welt nicht nur auf seinen Glauben beschränkt, sondern kann durch die göttlichen Kräfte aktiv und tatsächlich die gegebenen Naturgesetze verändern. Vor allem Fantasyrollenspieler können davon ein Lied singen. Es scheint fast so, als stellten viele klassische Fantasywelten eine idealisierte Form der mittelalterlichen Ordnung dar. Die Grenzen zwischen Religion, Mythos und Magie sind dabei oft fließend. Religionsforscher hingegen bestehen bei ihrer Analyse mythischer und phantastischer Texte zumeist auf der klaren Abgrenzung der Religion von der Magie. Es stellt sich aber die Frage, inwieweit sich diese beiden

Aspekte tatsächlich nicht, oder eben doch, beeinflussen. Wenn Mythologie und Theologie verschwimmen, und das in einer Welt, in der die Grenzen zwischen dem Einfluss der Götter und der Magie fließend sind, dann lässt sich eine solche Trennung nicht vollkommen durchführen. Im Kosmos von George R. R. Martin ist die Existenz von Magie/Mythologie in einigen Fällen faktisch nachweisbar. Ob es die diversen Götter tatsächlich gibt, bleibt allerdings auch auf Westeros eine Glaubensfrage. Zwar scheint ihre Macht immer wieder evident, beispielsweise in Visionen oder den Fähigkeiten der roten Priesterin, aber zugleich stellt sich die Frage, warum dies nicht in den Bereich der Magie fallen könnte, ganz unabhängig von einem Gott. Zumindest ist niemand auf Westeros je einem Gott persönlich begegnet.

Religion wird in der Wissenschaft sowieso eher vom Menschen als von Göttern ausgehend definiert. So schreibt beispielsweise der Schweizer Fritz Stolz, Professor für allgemeine Religionsgeschichte und Religionswissenschaft, dass die Religion grundsätzlich zur Natur des Menschen gehöre. Er definiert sie als den Drang der Menschen, das Unkontrollierbare, seien es nun Mächte der Natur, eine entgegengesetzte politische Ordnung, der zufällige geschichtliche Ablauf oder auch innerpsychische Erfahrung, zu kontrollieren beziehungsweise ihm eine Form zu geben.[31]

31 Fritz Stolz: Grundzüge der Religionswissenschaft. 1988, S. 32 f.

Die Annahme, dass in einer Religion die Menschen ihr Leben an Konzepten eines „sinngebenden Ganzen" ausrichten, wird in unserer westlichen Welt aufgrund christlicher Traditionen häufig mit der Kurzformel „Glaube" zusammengefasst. Demnach ist der Glaube das Fundament der Religion. Hierbei handelt es sich um den zumeist institutionalisierten und organisierten Glauben an eine oder mehrere Wesenheiten – z. B. eine Gottheit, Geister und Ahnen –, Prinzipien oder andere Vorstellungen, wie beispielsweise die vom Nirwana.

Und genau daran orientiert sich George R. R. Martin, um äußerst glaubwürdige, authentische religiöse Systeme zu schaffen. Er ließ sich in seiner Erzählung stark von Religionen unserer Welt beeinflussen. Das wirkt in der Romanreihe deshalb so realistisch, da Martin diese Religionen in den kulturellen Zusammenhang seiner Völker einbettet. Kulturelle Systeme und die gesellschaftlichen Moralvorstellungen sind aus den Religionen heraus entstanden und prägen das Miteinander und den Alltag, ob in Bräuchen, der allgemeinen Weltsicht oder auch der Architektur. Unserer Welt und Geschichte entsprechend hat George R. R. Martin so eine Vielfalt an alten und neuen Religionen für seine Welt geschaffen. Die Religion als kulturelles Phänomen und als Möglichkeit, das Unerklärliche zu erklären, bietet auch den Menschen von Westeros Antworten auf die Frage nach dem Sinn des Lebens und nimmt ihnen die Angst vor der Ungewissheit des Seins. Sie beeinflusst nicht nur das Handeln, Denken und Fühlen, sondern prägt grundsätzlich die Moralvorstellungen. Genau wie bei uns beziehen sich religiöse Weltanschauungen bei George R. R. Martin auf eine übernatürliche und zugleich unerklärliche Vorstellung von mächtigen Wesen, die über die Welt wachen.

Eine der ältesten Religionen auf Westeros ist der Glaube an die Alten Götter, der vor allem noch im Norden gelebt wird. Es handelt sich um eine sehr naturnahe Religion mit kultischen Zügen, die eng verbunden ist mit Wäldern, Pflanzen, Flüssen. Viele Jahrtausende hat diese Religion Westeros dominiert. Ihren Ursprung hat dieser Glaube bei den Kindern des Waldes, er wurde aber von den Ersten Menschen übernommen. Es gibt auffällige Parallelen zur heidnischen germanischen Religion, und es scheint einen fließenden Übergang zwischen namenlosen Göttern und Naturgeistern zu geben, die zahlreich in diesem Glauben vorhanden sind. Sie leben in Pflanzen und Steinen. Als Kultstätten dienen sogenannte Götterhaine, kleine Wäldchen, die durch einen Wehrholzbaum (Herzbaum) dominiert werden, auf dessen Stamm sich traditionell ein geschnitztes Gesicht befindet. Diese heiligen Orte dienen der Meditation und Besinnung, was stark an keltische Kulte erinnert, in denen heilige Orte auch stets in Verbindung mit Bäumen oder Steinen standen.

Genau wie bei keltischen Religionen der Druide der geistige Führer („Seher“) ist, gibt es im Glauben an die Alten Götter die sogenannten „Grünseher“, also Menschen, die eine Verbindung zur Geisterwelt haben, die sich durch Träume und Visionen manifestiert. Vor allem durch die Geschichte um Bran Stark, der sich ja durch schicksalhafte Bestimmung selbst als Grünseher entpuppt, weiß der Leser, dass diese Religion durchaus mehr als eine reine Glaubensfrage ist. Ganz ähnlich wie auch bei vielen Naturkulten und heidnischen Religionen unserer Welt Erlebnisberichte über Visionen und Träume der geistigen Führer (Priester, Schamanen) existieren, so ist in Westeros unumstritten, dass die Grünseher über solche Fähigkeiten verfügen. Ob die Ursache aber tatsächlich in der Geisterwelt zu finden ist, wird nicht vollständig geklärt. Ein gewisser Skeptizismus muss erlaubt sein, ist es doch kein Geheimnis, dass viele Seher in unserer Welt ihre Visionen und Träume weniger durch Götter als vielmehr durch Drogen oder andere Rauschzustände herbeigeführt haben. Religionsforscher halten es außerdem für möglich, dass Seher und Schamanen oft unter psychischen Erkrankungen, beispielsweise einer paranoiden Schizophrenie, litten, zu deren Symptomen unter anderem Wahnvorstellungen und Halluzinationen gehören. Dies ist beispielsweise in der Forschung um Johanna von Orléans ein immer wieder auftauchender Faktor, der nicht zuletzt vom Regisseur Luc Besson in seinem Film „Johanna von Orleans“ (1999) verarbeitet wurde. Der Leser weiß also, dass Bran tatsächlich Visionen und Träume hat, bekommt vom Autor aber keine abschließende Erklärung, ob es sich um den tatsächlichen Einfluss der Götter oder vielleicht am Ende doch nur eine psychische Erkrankung handelt. Martin möchte diesen interpretatorischen Spielraum nicht einengen, sondern ganz dem Rezipienten überlassen, und so erlebt der Leser Brans Zustand auch stets nur aus dessen subjektiver Sicht.

Dem alten Glauben gegenüber steht der Glaube an die Sieben, bei dem es sich im Grunde um einen monotheistischen Glauben handelt. Zwar ist im Text auch immer wieder von den neuen Göttern oder den sieben Göttern, also im Plural, die Rede, tatsächlich geht diese Religion aber davon aus, dass es nur einen Gott mit sieben Aspekten gibt, ähnlich der Dreifaltigkeit im Christentum. Diese Aspekte vereinen sich in den Heiligen, dem Vater (Gerechtigkeit), der Mutter (Freundschaft, Fruchtbarkeit), der Jungfrau (Schönheit, Unschuld), dem Alten Weib (Weisheit), dem Krieger (Mut, Kampf), dem Schmied (Arbeit, Handwerk) und zuletzt dem Fremden (Tod). Dass diese Heiligen von ihren eigenen Anhängern manchmal selbst auch als Götter bezeichnet werden, mag in der Veränderung der Religionen begründet sein, wird aber nie tatsächlich geklärt. Auf jeden Fall vereinen sich die sieben Aspekte auch im Symbol dieser Religion, dem siebenzackigen Stern.

Spätestens bei der Ausübung und den Ritualen dieser Glaubensrichtung werden die Parallelen zum Christentum deutlich. Die Verehrung der sieben Aspekte findet nicht in der Natur, sondern in Gotteshäusern statt, den sogenannten Septen. Also großen Gebäuden, die traditionell sieben Seiten haben und in denen auch die Gottesdienste abgehalten werden. Proportional zur Größe der Städte ist meistens die Größe der Septe gehalten, die berühmteste Kathedrale ist ohne Zweifel die Große Septe von Baelor in Königsmund. Die Kleriker des Glaubens an die Sieben müssen feierliche Gelübde darüber ablegen, für die Sieben zu leben und zu sterben. Dieses Amt wird offiziell als Septon beziehungsweise, in der weiblichen Form, Septa bezeichnet, denn in George R. R. Martins Welt können sowohl Männer als auch Frauen das Priesteramt bekleiden. Üblicherweise leben die Septone in Gemeinschaft mit anderen streng Gläubigen in den Septen, die zugleich auch so eine Art Klöster darstellen. Ähnlich christlichen Mönchen und Nonnen gibt es in den Septen Gläubige, die sich ausschließlich dem Dienst an ihrem Gott verschrieben haben. Ein Beispiel dafür sind die „Schweigenden Schwestern“, ein rein weiblicher Orden, der verantwortlich für die Vorbereitung und Bekleidung der Leichen bei Bestattungsriten ist. Durch ihr Gelübde sind die Schwestern an ewiges Schweigen gebunden, wie man es auch aus realen Religionen kennt. Oberhaupt der Kirche ist der „Hohe Septon“, der durchaus mit dem Papst zu vergleichen ist und zur Zeit der Erzählung in Königsmund sitzt. Genau wie der Papst wird auch der Hohe Septon als sehr mächtig und reich beschrieben.

Dementsprechend berät der Kleine Rat in „Die Herren von Winterfell" auch darüber, ob König Robert Baratheon beim Hohen Septon um ein Darlehen anfragen solle, weil die anderen Geldquellen bereits ausgiebig erschöpft worden seien.

Auch bei der Beschreibung der Gottesdienste spart George R. R. Martin nicht mit Anspielungen auf den christlichen Glauben. Jede Menge Weihrauch kommt zum Einsatz und die Zeremonie ist geprägt durch das Rezitieren oder Singen von Hymnen und komplizierten Glaubenstexten, die zugleich Grundlage dieser Religion sind. Und ähnlich wie im Christentum gibt es auch beim Glauben an die Sieben unterschiedliche Strömungen und Ausrichtungen. Während manche die Regeln und Sitten sehr streng auslegen, gibt es auch Berichte über andere, die die Vorgaben wesentlich lockerer sehen.

Nicht nur einzeln betrachtet bieten die Hintergründe der Religionen interessante Aspekte und Ähnlichkeiten mit der Religionsgeschichte bei uns. Auch im Wechselspiel miteinander erinnern die Schilderungen von George R. R. Martin an die mythologischen und literarischen Auseinandersetzungen mit dem Übergang vom Heidentum zum Christentum im Frühmittelalter. So erinnert der Konflikt zwischen den Gläubigen der Sieben mit den Anhängern der Alten Götter an die dichterische Aufarbeitung des Religionswechsels durch das Heldenepos „Beowulf". Dieses Gedicht in angelsächsischem Stabreim ist, wie Forscher vermuten, etwa

1.500 Jahre alt. Es berichtet von dem Helden Beowulf, der nach Dänemark reist, um König Hrodgar gegen das Monster Grendel beizustehen. In zwei Kämpfen besiegt Beowulf zuerst Grendel und danach dessen nach Rache strebende Mutter. Der für die Religionsgeschichte interessante Aspekt dieses Gedichtes ist die Vermischung heidnischer Elemente mit christlichen Traditionen. So existieren die Schilderungen der germanischen Götter- und Fabelwelt gleichberechtigt zu dem Gott der Christen, und moralische Entscheidungen werden oft durch eine christliche Sichtweise ergänzt. Auch Grendel wird als Nachkomme des Brudermörders Kain mit einem christlichen Stempel versehen. In der Wissenschaft wird spekuliert, dass Beowulf die christianisierte Form eines traditionell nordischen Stoffes darstelle. „Beowulf" ist geprägt vom Übergang des Heidentums zum Christentum, so wie in Westeros der Glaube an die Alten Götter nach und nach abgelöst wird durch den Glauben an die Sieben. Zum Zeitpunkt der Handlung existieren beide Religionen jedoch nebeneinander und genau wie bei „Beowulf" scheinen sich die Protagonisten je nach Bedarf und Vorteil bei beiden Religionen zu bedienen. Diese Vermischung ist nicht nur in solchen Überlieferungen der Fall, sondern auch historisch belegt. So wurden beispielsweise in Irland alte Gräber aus dem Frühmittelalter gefunden, die eine Verschmelzung von heidnischen Praktiken mit dem Christentum bezeugen. Auch auf piktischen Symbolsteinen (Pictish Stones) im nordöstlichen Teil Schottlands wurden sowohl naturalistische als auch christliche Abbildungen gefunden.

Eine ähnliche Konstellation schildert Marion Zimmer Bradley in „Die Nebel von Avalon“. In dem Roman beschreibt die amerikanische Schriftstellerin die Artus-Sage aus Sicht von Morgan Le Fay beziehungsweise Morgaine, der Schwester des Königs, die für Autorin und Leser zur symbolischen Sehnsucht nach den alten heidnischen Traditionen wird. Während in vielen traditionell-christlichen Versionen des Stoffs Morgaine die böse Hexe ist, die nur mit Gottes Segen bekämpft werden kann, beschreibt Marion Zimmer Bradley sie als Bewahrerin alter und wertvoller Traditionen und macht sie damit zur Heldin der Geschichte. Bei Marion Zimmer Bradley ist diese Schilderung stark feministisch motiviert und hängt eng zusammen mit der Frauenbewegung in den 80er-Jahren, die sich aufgrund der Frauenfeindlichkeit der Kirche dem Neo-Paganismus und Wicca-Glauben an die Muttergottheit zuwandte. Vor allem weibliche Leser konnten sich mit dem sehr archaischen und ursprünglichen Glauben von Morgaine identifizieren, in dem beispielsweise die weibliche Körperlichkeit anders als im Christentum sehr positiv belegt ist. Während in der Geschichte König Artus für alles steht, was das Christentum definiert, verkörpert Morgaine den Glauben an die alten Götter.

Die Idee dahinter: Der Übergang zwischen den Religionen geschieht immer fließend und das ist auch bei

George R. R. Martin der Fall. Dies wird in der Erzählung unter anderem durch die Ehe von Eddard und Catelyn Stark deutlich. Eddard, der sehr viel Wert auf alte Traditionen und die Abstammung von den Ersten Menschen legt, verehrt die Alten Götter und Naturgeister und pflegt deswegen auch auf Winterfell einen Götterhain mit einem Wehrholzbaum. Catelyn, eine geborene Tully aus dem Süden, ist im Glauben an die Sieben aufgewachsen und wurde als Kind mit den Sieben Ölen gesalbt (was der christlichen Taufe entspricht). In ihrer Ehe aber vereinen die beiden ihre religiösen Ansichten. Nach der Hochzeit lässt Ned für Catelyn auf Winterfell in Sichtweite des Götterhains sogar eine kleine Septe bauen, in der Catelyn beten und singen kann. Ned selbst aber findet nur im Schatten des Wehrholzbaumes bei den Naturgeistern und den namenlosen Göttern Ruhe und Besinnung. Die Stark-Kinder wachsen dementsprechend mit beiden Glaubensrichtungen auf und Arya bestätigt einmal gegenüber Syrio Forel, dass sie an die alten und neuen Götter glaube. So existieren beide Glaubensrichtungen anscheinend friedlich nebeneinander, dennoch schwingt mit, dass die neue Religion auf lange Sicht die alte ablösen wird. Demnach wird der Alte Glaube der Ersten Menschen irgendwann nur noch eine schwache Erinnerung sein, während der Glaube an die Sieben Westeros dominiert.

Eine weitere maßgebliche Religion in Westeros ist der Kult von R'hllor, dem Herrn des Lichts oder auch des Roten Gottes. Hierbei handelt es sich ursprünglich um eine Religion aus Essos, deren Glaube auf einer dualistischen Vorstellung der Welt basiert. Während R'hllor für das Licht und das Leben steht, verkörpert sein Kontrahent, ein Gott, dessen Name nie genannt wird, Dunkelheit und Vergänglichkeit. Die beiden sind Sonne und Mond, Leben und Tod, Sommer und Winter, Feuer und Eis, Gut und Böse. Und genau wie diese Aspekte befinden sich auch die beiden Götter in einem immerwährenden Kampf um das Schicksal der Welt. Damit bedient dieser Kult in extremster Form eine der typischen Eigenschaften von Religion, nämlich die Beschreibung eines ethischen Wertesystems, dessen Einhaltung gefordert wird. Wie in den meisten Religionen definiert es Gut und Böse beziehungsweise Richtig und Falsch. Der Kult von R'hllor ist einzig auf die Ankunft des Messias Azor Ahai ausgelegt, der laut einer antiken Prophezeiung aus den Büchern von Asshai mit seinem flammenden Schwert Lichtbringer auf die Erde kommen wird, um die Finsternis ein für alle Mal zu bannen. Dabei bekommt er laut Legende Unterstützung von Steinernen Drachen. Bei der Beschreibung des Kultes ließ sich George R. R. Martin offenbar stark vom persischen Zarathustrismus inspirieren, einer Religion, die bis heute in Indien, Pakistan und dem Iran gelebt wird und deren Anhänger man als Parsen bezeichnet. Sie wurde der Legende nach etwa 2000 bis 1000 v. Chr. von dem Priester Zarathustra begründet. Glaubensgrundlage ist der dualistische Kampf des Schöpfergottes Ahura Mazda gegen den bösen Dämon Ahriman. Genau wie in Westeros beim Kult von R'hllor spielt auch beim Zarathustrismus Feuer eine entscheidende Rolle, so gibt es beispielsweise ebenfalls Feuertempel, in denen eine heilige Flamme gehütet wird, die als Symbol der Gottheit gilt. Die Geistlichen des Kultes um R'hllor werden Rote Priester genannt, benannt nach dem langen roten Umhang, den sie für gewöhnlich tragen. Auch in diesem Kult spielt das Geschlecht für die Priesterschaft keine Rolle. Die bekannteste Rote Priesterin der Romanreihe ist Melisandre von Asshai, es werden aber auch einige andere erwähnt. Während der Kult in Westeros noch ziemlich neu ist, findet man in Essos hingegen in jeder Stadt einen R'hllor-Tempel, besonders nennenswert sind hier Lys, Myr und Volantis. Weiter erfährt der Leser, dass dieser Glaube auch eine Kriegerkaste namens „Feurige Hand" kennt und Mädchen zu Tempelprostituierten ausbildet beziehungsweise diese dazu zwingt, einer kultischen Form der Prostitution nachzugehen, die laut Überlieferungen ähnlich auch in Indien, Ägypten oder im Babylonien des Altertums stattgefunden haben soll. Der Kult von R'hllor ist vor allem aus theologischer Sicht interessant, weil es diejenige Religion auf Westeros ist, deren Anhänger am meisten „Feedback" von ihrem Gott bekommen. Anders als die anderen Götter ist R'hllor nicht gerade zurückhaltend, was Glaubensbeweise angeht, sondern greift ständig in die Geschehnisse und Schicksale der Welt ein. Er gewährt seinen Priestern nicht nur die Möglichkeit, in die Zukunft zu blicken, sondern lässt sie sogar den Tod überwinden. Besonders der Rote Priester Thoros von Myr scheint mit dieser Fähigkeit gesegnet, denn er holt nicht nur seinen Freund Lord Beric Dondarrion mehrfach ins Leben zurück, sondern sogar Catelyn Stark, nachdem diese bei der Roten Hochzeit getötet worden war (und opfert sein Leben dafür). Und das nachdem ihre Leiche drei Tage nackt im Fluss trieb. Eine weitere furchterregende Demonstration von R'hllors Macht sind sicherlich auch die Schatten-Dämonen. Dabei handelt es sich um Kreaturen, die von den Priestern erschaffen werden, um gefährliche Aufträge zu erledigen. Der Zwiebelritter Davos Seewert, der selbst nicht dem R'hllor-Kult folgt, wird in einer Höhle sogar Zeuge, wie die Rote Priesterin Melisandre aus Asshai einen solchen Schatten gebärt, der kurz darauf den Thronanwärter Renly Baratheon tötet. Der Gott R'hllor macht also wirklich keine halben Sachen. Er führt aus, mischt sich ein und verändert die Schicksale der Menschen. Dementsprechend fanatisch sind seine Anhänger, die den Dualismus wörtlich nehmen. Es gibt nur Schwarz oder Weiß. Alle, die nicht R'hllor verehren, müssen mit flammendem Schwert bekehrt oder zerstört werden.

Ähnlich fatalistisch ist auch der Glaube an den Ertrunkenen Gott, der von den Bewohnern der Eiseninseln verehrt wird und durch und durch der Lebensweise der Eisenmänner entspricht. Dieser Gott kennt genau wie R'hllor keine Kompromisse. Schon das Glaubensbekenntnis ist radikal, denn wer von einem anderen Glauben zu diesem wechseln möchte, wird bei der Taufe so lange unter Wasser gedrückt, bis er ertrinkt und wiederbelebt werden muss. Nur wer dieses Ritual überlebt, wird als würdiger Gläubiger des Ertrunkenen Gottes betrachtet. Es herrscht das Prinzip: Überwinde den Tod mit dem Tod. Nicht umsonst ist einer der Wahlsprüche der Glaubensanhänger: „Was tot ist, kann niemals sterben, doch erhebt es sich von Neuem, stärker und härter." Morden und Brandschatzen wird von diesem Gott nicht nur toleriert, sondern ist ausdrücklich gewünscht. Erst wer einen anderen Menschen in einem Kampf erschlagen hat, wird ein vollwertiges Mitglied der Gemeinde. Auch der Ertrunkene Gott hat laut der Mythologie einen Gegenspieler, nämlich den Sturmgott. Den Jahrtausende währenden Kampf der beiden Götter hat der Sturmgott schließlich für sich entschieden und wohnt nun im Himmel, um die Schiffe der Gläubigen zu zerstören. Der Ertrunkene Gott aber hat sich zum Wohle seiner Anhänger geopfert und sich in eine Halle am Meeresboden einsperren lassen, wo er nun auf die Seelen seiner Anhänger wartet. Die Anhänger dieses Glaubens sind der Überzeugung, dass in den Hallen des Ertrunkenen Gottes auf sie ein großes Festgelage und Meerjungfrauen warten. Dorthin zu gelangen ist also keineswegs negativ, sondern wird sogar als erstrebenswert und ehrenvoll erachtet, ob nun durch den Tod im Kampf oder das Ertrinken. George R. R. Martin hat sich hierbei augenscheinlich stark von der nordischen Mythologie der Wikinger inspirieren lassen, die ebenfalls der Überzeugung waren, dass der Tod ehrenvoll sei und nur die in der Schlacht gefallenen Krieger später an den Festtafeln von Walhalla speisen dürften. Und wie beim Glauben der Eisenmänner gewährten auch die Götter der Wikinger Raubzüge und Plünderungen. George R. R. Martin beschreibt diese Glaubensrichtung als eine der primitiveren auf Westeros, was er unter anderem durch patriarchalische Strukturen innerhalb der Glaubensgemeinschaft zum Ausdruck bringt. Der Glaube an den Ertrunkenen Gott gestattet es Frauen weder Priester zu werden noch Schiffe zu kommandieren, um auf Raubzug zu gehen.

Neben den oben genannten großen Glaubensrichtungen beschreibt George R. R. Martin auch noch zahlreiche kleinere Religionen und Kulte, wie beispielsweise den der Rhoynar. Dabei handelt es sich um ein altes Volk, das ursprünglich vor vielen Jahrhunderten an den Ufern des Flusses Rhoyne auf Essos lebte. Dieser Fluss war so gewaltig groß, dass er das Leben des Volkes maßgeblich beeinflusste. Kein Wunder also, dass die Rhoynar den Fluss als Mutter Rhoyne bezeichneten und als Gottheit verehrten. Weitere Götter dieses Naturvolkes waren „Der Alte Flussmann", der „Schildkrötengott" und der „Krabbenkönig". Als Inspiration dienten

Martin offenbar Naturvölker am Amazonas. Mutter Rhoyne wird von den Hinterbliebenen der Rhoynar verehrt, die unter anderem noch in der Gegend des Flusses Grünblut in Dorne leben.

Trotz der anscheinend unwiderlegbaren Einflüsse von Göttern auf Westeros haben sich nicht alle Menschen der Verehrung verschrieben. Einige stellen die Götter und ihre Taten beziehungsweise das Ausbleiben ihrer Einflussnahme infrage. „*Die Götter sind grausam*", sagt Varys einmal und meint damit, dass die Götter sadistisch sein müssen, wenn sie trotz ihrer vermeintlichen Allmächtigkeit nicht die schrecklichen Geschehnisse verhindern, die den Menschen zustoßen. Varys ist mit dieser Meinung nicht alleine, aber anders als in unserer Welt resultiert das meistens nicht in Ungläubigkeit, sondern in einer aktiven Ablehnung der Götter. Auch Tyrion zweifelt immer wieder ihre Autorität an. In „Der Sohn des Greifen" diskutiert er mehrfach mit Magister Illyrio über den Sinn und Unsinn von Religion und kommt schließlich zu dem Schluss: „*Was müssen das für Götter sein, die Ratten und Seuchen und Zwerge erschaffen?*"[32]

Auch Arya, die im Glauben an die Sieben und an die Alten Götter aufgewachsen ist, stellt deren Verehrungswürdigkeit wiederholt infrage: „*Vielleicht müsste sie laut beten, damit die Alten Götter sie hörten. Oder*

32 Der Sohn des Greifen, S. 125

länger? Manchmal hatte ihr Vater sehr lange gebetet, daran erinnerte sie sich noch. Doch die Alten Götter hatten ihm nie geholfen. Bei diesem Gedanken wurde sie wütend.“[33]

Genauso Stannis Baratheon, der in „Der Thron der Sieben Königreiche“ seinen Glaubensverlust einmal in Worte fasst: „*An jenem Tag, an dem die Windstolz in der Bucht sank, habe ich meinen Glauben an die Götter verloren. Götter, die so grausam sein können, dass sie meine Mutter und meinen Vater ertrinken lassen, würde ich niemals anbeten, habe ich mir geschworen.*“[34]

Die vielen Skeptiker in Westeros sind keine Atheisten im eigentlichen Sinne, sondern glauben durchaus an die Götter, verehren sie nur nicht, sondern lehnen sie bewusst ab. Dies rührt vermutlich aus der Enttäuschung, die in falschen Erwartungen an diese Götter resultiert. Vor allem viele der adeligen Figuren äußern immer wieder Zweifel daran, dass Beten, Feierlichkeiten und Rituale die Götter irgendwie interessieren könnten. Sie verehren sie allenfalls als Brauch und der Folklore wegen. Deswegen heiraten Familienmitglieder der Lennisters auch aus Tradition in der Großen Septe, nicht aus Glaube.

Diese Religionsdarstellung hat ihren Ursprung natürlich auch in George R. R. Martins eigener Erfahrung. Streng katholisch aufgewachsen, verlor er mit zuneh-

33 Die Saat des Goldenen Löwen, S. 295
34 Der Thron der Sieben Königreiche, S. 202 ff.

mendem Alter den Glauben an einen allmächtigen Gott. Er beschreibt sich selbst als nichtpraktizierenden Katholiken, meint aber auch, dass die Bezeichnung Agnostiker oder Atheist besser passen würde. „Was die Götter angeht, mir persönlich konnte auf die Frage nach der Existenz eines Gottes eigentlich nie eine befriedigende Antwort gegeben werden", sagte Martin in einem Interview mit der Entertainment Weekly. „Wenn es wirklich einen liebenden und gütigen Gott gibt, warum ist die Welt dann voller Vergewaltigungen und Folter? Warum spüren wir überhaupt Schmerz? Ich habe gelernt, dass wir durch Schmerz erfahren, wenn unser Körper an seine Grenzen gerät. Warum gibt es nicht einfach eine Warnlampe oder so, wie auf einem Armaturenbrett? Wenn die Firma Chevrolet so etwas entwickeln kann, wieso klappt das bei Gott dann nicht? Warum sollte Schmerz eine gute Methode sein, um etwas zu bewältigen?" Genau diese Ansicht transportiert Martin über seine Figuren in „Das Lied von Eis und Feuer".

Eine fast ebenso große Rolle wie Religion und Götterverehrung spielen in Westeros Aberglaube und Prophezeiungen. Auch hier gibt George R. R. Martin bereits früh im Text den Ton an. Als im ersten Kapitel Ned Stark und seine Kinder den toten Schattenwolf mit den sechs lebendigen Welpen finden, hindert Ned Stark seinen Ziehsohn Theon daran, die Welpen zu töten, da er diese Begegnung für Schicksal hält. Immerhin ist der Schattenwolf das Insigne des Hauses Stark. Ein Omen? Das dritte Buch, „Der Thron der Sieben Königreiche“, beginnt im Prolog mit einem weiteren Omen, nämlich dem roten Kometen, der mit seinem feurigen Schweif eine Spur am Himmel hinterlässt. Der Komet, der nicht viel mehr als ein Himmelsphänomen ist, weckt bei den Bewohnern von Westeros Aberglauben und wird von jedem anders interpretiert. Während Joffrey Baratheon den Kometen als Segen sieht, interpretiert Edmure Tully ihn als Zeichen für den Sieg, Großjon Umber sieht in ihm das Symbol der Rache, Aeron Graufreud und auch Osha sehen ihn als Vorzeichen von Krieg und Blutvergießen. Die Alte Nan sieht in dem Komet die Rückkehr der Drachen.

In seinem Werk setzt George R. R. Martin solche Prophezeiungen aber nur sehr vereinzelt und sehr vage ein, da die Gefahr der Banalisierung besteht. Entweder sind sie so kryptisch, dass sie keine Bedeutung haben, oder sie erwecken in dem Leser eine bestimmte Erwartung und machen die Handlung vorhersehbar. Dies ist oft der Fall, wenn in einem Buch ein Charakter per Prophezeiung der Auserwählte oder der Retter ist. Das Schicksal des Helden erfüllt oft genau diese Prophezeiung und wird damit berechenbar. Eine Wirkung, die George R. R. Martin unbedingt vermeiden wollte.

„Prophezeiungen sind immer ein zweischneidiges Schwert. Man muss sie sehr vorsichtig einsetzen. Sie können einem Buch mehr Tiefe und Inhalt verleihen, aber sie dürfen nicht zu deutlich oder zu einfach zu deuten sein.“[35]

Religion im Fantasygenre kann viele Funktionen erfüllen. Sie kann der Realität den Spiegel vorhalten, als Selbstreflexion unserer eigenen Welt dienen oder einem Kampfkleriker einfach eine besondere Begabung verleihen. Die Religion bei George R. R. Martin hat aber vor allem den Zweck, die Wirklichkeit seiner Erzählung zu verstärken und Westeros für den Leser spürbarer zu machen.

35 Adrià Guxens: „George R. R. Martin: ‚Trying to please everyone is a horrible mistake‘“, Adria's News, 7. Oktober 2012

WARGS, SEEFEUER UND DRACHEN – MAGIE UND MYTHOLOGIE

„‚Oh mein süßes Sommerkind', sagte die Alte Nan leise. ‚Was weißt du schon von der Angst? Die Angst gehört dem Winter, kleiner Lord, wenn der Schnee hundert Fuß hoch liegt und der Eiswind aus dem Norden heult. Angst gehört der langen Nacht wenn die Sonne über Jahre ihr Gesicht verbirgt und kleine Kinder in der Dunkelheit geboren werden und leben und sterben, während die Schattenwölfe ausgezehrt und hungrig werden und die weißen Wanderer durch die Wälder streifen.“[36]

Leser lassen sich grundsätzlich immer mit großem Vergnügen an fremde Orte oder in exotisches Ambiente entführen. Dabei ist es für den Autor immer wichtig, das richtige Maß zu finden, sonst gefährdet man einen Effekt, den man in der Literaturwissenschaft „suspension of disbelief" nennt. Dieser Begriff bezieht sich auf die Bereitschaft eines Rezipienten, sich auf eine Illusion einzulassen und diese vorübergehend zu akzeptieren.

36 Die Herren von Winterfell, S. 304

Trägt der Autor aber zu dick auf, vergrößert er die Distanz zum Leser und die Illusion zerbricht. Jeder Leser ist nämlich grundsätzlich nur dann bereit, ein gewisses individuelles Maß an phantastischen Elementen zu akzeptieren, solange diese in Verbindung mit realistischen Elementen stehen. Stimmt das Verhältnis nicht mehr, kann der Leser die Geschichte nicht mehr genießen, weil er sie nicht mehr glaubt. Daher ist vor allem die Schilderung von Magie in einer Fantasywelt oft sehr heikel, weil sie manchmal übertrieben eingesetzt wird, um dramaturgische Schwächen oder erzählerisches Unvermögen zu überdecken. Oft führt ihre Anwendung zu Logikfehlern oder dem Deus-ex-Machina-Effekt. In vielen Romanen (und vermutlich stark beeinflusst durch Rollenspielsysteme wie „Dungeons & Dragons") dient die Magie der kurzfristigen Problemlösung. Schlafzauber oder Feuerblitz müssen nicht großartig erklärt werden. Ein Fingerschnippen, und die Handlung kann vorangetrieben werden. Bei George R. R. Martin ist das anders. Magie ist in Westeros eine Ausnahmeerscheinung und wird vom Autor nur sehr selten und bedacht eingesetzt. Sie bestimmt nicht den Alltag der Bewohner, sondern ist für sie genau wie für den Leser geheimnisvoll fremd; eher ein Bestandteil alter Erzählungen als tatsächlich vorhanden. Die Magie in Westeros ist tief verwoben in den Legenden der Welt. Sie selbst wird dadurch zum Mythos, zur Legende, an die kaum noch jemand glaubt. Drachenfeuer oder Weiße Wanderer halten die meisten Bewohner von

Westeros für Versatzstücke alter Märchen.

Dabei stellt George R. R. Martin schon auf den ersten Seiten des ersten Buches zumindest für den Leser klar, dass Magie und magische Kreaturen in Westeros durchaus existieren, wenn auch von den meisten Bewohnern der Welt unbemerkt. Ser Weymar Rois, Gared und Will, drei Brüder der Nachtwache, treffen auf einen Wandelnden Toten mit Augen, die blau glühen wie Eis. Doch später, als Will, der einzige Überlebende des Vorfalls, von dieser Begegnung berichtet, will niemand seinen Worte Glauben schenken. Viele Bewohner von Westeros scheinen sich in einer Epoche der Aufklärung zu befinden. Der Krieg und der tägliche Kampf ums Überleben haben sie zynisch werden lassen. Sie glauben nur noch, was sie mit eigenen Augen sehen. Magie wird nicht mit einem Fingerschnippen abgerufen, sondern höchstens durch die Wiederbelebung alter Legenden, so wie sie die Alte Nan an Brans Krankenbett erzählt und die nach und nach in die Welt zurückkehren. Legenden, die viele bereits vergessen haben. Dadurch ist die Magie kaum greifbar und somit wesentlich unheimlicher und vor allem subtiler, wenn sie dann doch auftritt. Und umso stärker entfaltet sich ihre Wirkung, beispielsweise wenn aus Daenerys' vermeintlich versteinerten Dracheneiern plötzlich echte, feuerspuckende Drachen schlüpfen. Der Aha-Effekt ist groß, weil George R. R. Martin bis dahin seine Leser darüber im Unklaren gelassen hat, ob Drachen reale Kreaturen auf Westeros sind oder nicht. Und wie die Magie einst mit den Drachen gestorben zu sein scheint, so ist diese Szene geradezu symbolisch für die Wiedergeburt der Magie in einer Welt, die ihre Wurzeln schon fast vergessen zu haben scheint.

Der bedächtige Einsatz von magischen Elementen hat aber auch etwas mit der Akzeptanz solcher Erzählungen durch den Leser zu tun. Die Magie schafft nämlich immer eine Distanz zu unserer Welt und damit zum Leser. Daher verglich George R. R. Martin seine behutsame Verwendung von magischen Elementen in „Das Lied von Eis und Feuer" in einem Interview auch einmal mit dem Zubereiten eines Krebses.

> *„Wenn man einen Krebs in heißes Wasser wirft, wird er sofort wieder rausspringen. Deswegen tut man ihn in kaltes Wasser und dreht dann langsam und gleichmäßig die Temperatur hoch – das heiße Wasser ist die Magie und der Krebs ist der Leser."*[37]

Während in den westlichen Regionen der Welt Magie zeitweise komplett verschwunden zu sein scheint, ist sie auf dem östlichen Kontinent wesentlich lebendiger, wodurch George R. R. Martin bewusst die Exotik dieses Ortes unterstreicht. Eine anschauliche Personifizierung der Magie ist etwa die Hexe Mirri Maz Duur, die

37 Dave Itzkoff: „His Beautiful Dark Twisted Fantasy: George R. R. Martin Talks ‚Game of Thrones'", ArtsBeat, 1.4.2011

sich als eine Dienerin des Großen Hirten von Lhazar vorstellt, aber zudem auch eine Maegi der Blutmagie ist. Als Khal Drogo schwer krank ist, bittet Mirri Maz Duur die verzweifelte Daenerys Targaryen darum, Blutmagie anwenden zu dürfen. Blutmagie, das erfährt der Leser, wird von den Dothraki gefürchtet und ist daher verboten. Als Dany die Anwendung befiehlt, um Drogo zu retten, zieht die Maegi einen Dolch „*aus roter Bronze gehämmert, blattförmig, und die Klinge war mit alten Schriftzeichen überzogen*". Dann erklärt die Maegi, „*Wenn ich zu singen beginne, darf niemand das Zelt betreten. Mein Lied wird alte und neue Mächte wecken. Die Toten werden heute Abend hier tanzen.*"[38]

Wie sich herausstellt, war die konkrete Angst der Dothraki durchaus begründet. Denn die Anwendung der Blutmagie hat handfeste Konsequenzen, sie fordert zunächst das Leben von Drogos Pferd und später das von Daenerys' und Drogos Baby.

Während der übermäßige Gebrauch von Magie die Wirklichkeit einer Welt eher ins Wanken geraten lässt, kann der Einsatz einer in diesem Kosmos existierenden Mythologie durchaus zur Glaubwürdigkeit beitragen. Denn wer ein realistisches Fantasyepos schreibt – das wissen wir seit J. R. R. Tolkien –, der kommt nicht umhin, seine Welt auf ein mythologisches Fundament zu betten. Dabei

38 Das Erbe von Winterfell, S. 385

sind die Grenzen zwischen tatsächlicher Geschichtsschreibung und Mythologie oft fließend. Auch für den Krieg der fünf Könige entwickelt George R. R. Martin ein solches Fundament, einen komplexen Hintergrund der Ereignisse, der mit der fortlaufenden Handlung so eng verwoben ist, dass die beiden nicht nebeneinander existieren können. Wir erfahren vom Bau der Mauer durch Brandon den Erbauer als Schutzmaßnahme gegen die Anderen, von der Existenz mythischer Kreaturen bis hin zur unmittelbaren Vorgeschichte, wie der Herrschaft des irren Königs Aerys II. Targaryen. Während sich die Ereignisse überschlagen, werden auch die Hintergründe nach und nach vor dem geistigen Auge des Lesers entfaltet, was nicht nur zu einer neuen Komplexität, sondern auch zu einem außergewöhnlichen Realismusgefühl führt. Die Welt wird greifbarer. Ein Prinzip, dem sich schon J. R. R. Tolkien bei seinem Mythenbau bediente und an dem viele Autoren nach ihm gescheitert sind. Der Reiz und die Qualität liegen nämlich besonders darin, nicht nur eine trockene Geschichtsschreibung der Kulturen und Völker darzustellen, sondern diese in Mythen und Legenden auch zu verklären. Die Historie wird zur Sage, und die Bewohner von Westeros scheinen sich selbst nicht ganz sicher zu sein, welche Erzählungen einen wahren Kern enthalten und welche nur erdacht sind. Der gebildete Samwell Tarly stellt die Genauigkeit der historischen Aufzeichnungen an einer Stelle anschaulich infrage. In „Zeit der Krähen" erklärt er:

„Die ältesten Chroniken, die wir haben, wurden geschrieben, nachdem die Andalen nach Westeros gekommen waren. Die ersten Menschen haben uns nur Runen in Steinen hinterlassen, also stammt alles, was wir über die Zeitalter der Helden und das Zeitalter der Dämmerung und die Lange Nacht zu wissen glauben, aus Aufzeichnungen, die Septone Tausende Jahre später angefertigt haben. In der Citadel gibt es Erzmaester, die das insgesamt infrage stellen. Diese alten Geschichten sind voller Könige, die Hunderte von Jahren herrschten, und voller Ritter, die durch die Lande ziehen, tausend Jahre ehe es überhaupt Ritter gegeben hat. Ihr kennt die Legenden, Brandon der Erbauer, Symeon Sternauge, der König der Nacht …“[39]

Die Geschichte der Welt, die, je nachdem welche Maester man fragt, zwischen 40.000 und 500.000 Jahre alt ist, basiert also ganz ähnlich wie bei uns hauptsächlich auf Mythen und Legenden, weniger auf harten Fakten und belegten Überlieferungen. So entstanden Rittererzählungen aus einer Zeit, in der es nicht einmal Ritter gab. Die Legenden in Westeros sind anscheinend ähnlich anachronistisch wie bei uns in romantischen Verklärungen von König Artus und seiner Tafelrunde in einem hochmittelalterlichen Kontext, während der Renaissance oder auch später bei den Präraffaeliten.

39 Zeit der Krähen, S. 129 ff.

Auch wenn Artus und seine Ritter gerne in glänzenden Vollplattenpanzern dargestellt werden, hat der „echte" Artus, der vermutlich im Großbritannien des 5. Jahrhunderts lebte, eher eine spätrömische Lederrüstung getragen.

Im Gegensatz zu den Protagonisten in „Das Lied von Eis und Feuer" hat der Leser diesbezüglich etwas klarere Informationen. Im Anhang von „Die Herren von Winterfell" liefert George R. R. Martin als allwissender Erzähler nämlich genaue Angaben über einige Zeitabläufe. Im Absatz „Stämme und Völker in Westeros" beschreibt er unter anderem, dass die Ersten Menschen vor 12.000 Jahren das Land besiedelten und die Bronze als wichtigen Meilenstein der Entwicklung mit sich brachten. Die Andalen, die etwa 4.000 Jahre später nach Westeros kamen, brachten Eisen und Pferde ins Land. Um dies geschichtlich einordnen zu können: Die Bronzezeit der Erde begann etwa vor 4.200 Jahren, die Eisenzeit vor etwa 3.000 Jahren. Bei einer mit uns vergleichbaren Entwicklung müsste es in Westeros also bereits Raumfahrt geben. Aber vermutlich wurde der Entwicklungsstand durch die jahrelangen, harten Winter immer wieder enorm nach hinten geworfen. In der Erzählung selbst und im Bewusstsein der Charaktere sind diese Jahresangaben so auch nicht vorhanden. Im Gespräch mit Jaime vermutet beispielsweise der durchaus belesene Hoster Schwarzhain, dass 6.000 Jahre seit Ankunft der Andalen vergangen sind. An einer anderen Stelle bemerkt ein Maester, dass nur 2.000 Jahre vergangen sein können, seit sie die Meerenge überquert haben.

Bei den ersten Menschen von Westeros wurden die Geschichten vor allem mündlich übertragen und veränderten sich dadurch über die Zeit, sie vermischten sich mit anderen, wurden mit Glauben und individuellen Ansichten durchsetzt. Die Schreiber, die diese dann auf Papier bannten, fügten wahlweise sich oder ihre Herren in die Geschichte ein und veränderten sie entsprechend. So entwickelten sich die Mythen über die Jahrhunderte, veränderten ihre Gestalt und erfanden sich immer wieder neu, vergleichbar mit Homers Ilias. Der einzige Unterschied zu den Legenden und Mythen unserer Welt ist, dass jene in Westeros, ganz der romantischen Vorstellung entsprechend, ein bisschen mehr Wahrheit enthalten, vor allem was die Existenz von Fabelwesen und Magie angeht. Während Drachen sich auf unserer Erde schon lange nicht mehr haben blicken lassen, kann ihre Existenz auf Westeros bzw. Essos im Laufe der Handlung durchaus handfest belegt werden.

Die einigermaßen zuverlässige Geschichtsschreibung für die Charaktere in Westeros beginnt aber erst mit der Ankunft von Aegon dem Eroberer, dem ersten König und Begründer der Targaryen-Dynastie in Westeros. Etwa 300 Jahre vor Beginn der Romanhandlung erobert Aegon die Sieben Königslande mit seinen zwei Schwestern und Ehefrauen Visenya und Rhaenys, die wie er Drachenreiter sind. Gegen ihre Drachen Balerion,

Vhagar und Meraxes haben die Armeen der Lennisters und der anderen Häuser keine Chance. Aegon ist es auch, der die Schwerter seiner besiegten Feinde nach der Eroberung einschmelzen und aus ihnen den Eisernen Thron fertigten lässt, der seitdem eine Konstante im Spiel der Throne bildet. Könige hat es seit jener Zeit viele gegeben, aber der Thron blieb derselbe. Aus jener Zeit stammen auch viele andere Überbleibsel, stille Zeitzeugen, die an jene graue Vorzeit erinnern, so wie die Ruinen von Harrenhal. Wie Arya nämlich von der Alten Nan erfahren hat, wurde diese Festung von Harren dem Schwarzen erbaut und war lange Zeit die mächtigste Bastion des Landes. Nur auf einen Angriff durch Aegons Drachen war Harrenhal nicht vorbereitet und liegt seitdem in Ruinen. Gerüchte, dass es dort spuken soll, verstärken natürlich den mystischen Hintergrund der Zerstörung.

Dass es eine genauere historische Dokumentation seit der Ankunft von Aegon gibt, hängt ohne Zweifel auch mit der Einführung einer neuen Zeitrechnung zusammen, die der Herrscher nach Westeros brachte. Seine Ankunft wird als das Jahr Null nach „Aegons Landung" (kurz AL) definiert, und von diesem Jahr an werden alle darauffolgenden Jahre berechnet. So erhält Robert Baratheon beispielsweise im Jahr 283 AL seine Krone über die Sieben Königslande und Eddard Stark wird im Jahre 298 AL zur Hand des Königs ernannt.

Da aber eine fiktive Geschichtsschreibung erst glaubwürdig wird, wenn sie auch Fehler enthält, ist die oben genannte Zeitrechnung nicht hundertprozentig präzise, denn Westeros wurde natürlich nicht an einem Tag erobert. Von der Landung Aegons bis zur Krönung vergingen über zwei Jahre. Zudem hatte Aegon Targaryen es nicht einmal geschafft, ganz Westeros zu unterwerfen, denn Dorne blieb noch viele Jahrzehnte unabhängig. Selbst über den Starttag der Zeitrechnung herrscht bei den alten Maestern Uneinigkeit. Während man grundsätzlich davon ausgeht, dass die Zeitrechnung begann, als Aegon in der Schwarzwasserbucht den Fuß an Land setzte, begann die tatsächliche Zeitrechnung erst mit der Krönung. Wenn man es also ganz genau sieht, fand Aegons Landung im Jahr 2 *vor* Aegons Landung statt. Mal ganz unabhängig von der Tatsache, dass Aegon vermutlich in jenem Jahr nicht das erste Mal in Westeros an Land ging. Immerhin lebte er viele Jahre direkt vor der Küste und hatte sich für seinen Thronraum auf Drachenstein einen gewaltigen Tisch in Form von Westeros anfertigen lassen. Er scheint also auch vorher schon einmal ein Auge auf den Kontinent geworfen zu haben.

Was Mythologie und Legenden angeht, hat Aegons Geschlecht einiges zu bieten: Immerhin fließt in den Adern der Targaryens reines valyrisches Blut, sind sie doch Drachenfürsten einer alten Linie. Auf ihrem Höhepunkt war Valyria die prächtigste und größte Stadt der gesamten bekannten Welt, der Mittelpunkt der Zivilisation, wie einst Babylon in unserer Welt. Aber die Targaryens waren nicht die mächtigste Familie, es gab noch ein mächtigeres Haus. Zwölf Jahre vor dem Untergang von Valyria (im Jahr 114 vor Aegons Landung) verkaufte Aenar Targaryen all seine Besitztümer und zog mit seinen Ehefrauen, Kindern, Sklaven und Drachen in die Festung Drachenstein, die sich auf einer kleinen Insel in der Schwarzwasserbucht, an der Ostküste von Westeros nahe dem späteren Königsmund, befand. Der Umzug der Targaryens nach Westeros wurde von deren Feinden als feige Flucht gewertet. In Wahrheit aber hatte Fürst Aenars Tochter Daeny die Träumerin den Untergang Valyrias in einer Vision vorhergesehen und ihren Vater überzeugt, die Stadt frühzeitig zu verlassen. Nur so konnten die Targaryens die Katastrophe überleben und blieben als einzige Drachenfürsten übrig. Obwohl die Targaryens viele Jahrzehnte auf Drachenstein direkt vor der Küste von Westeros lebten, orientierten sie sich lange Zeit in ihre alte Heimat Richtung Osten. An den Ereignissen in Westeros hatten sie zunächst nur wenig Interesse. Stattdessen beherrschten sie gemeinsam mit ihren Verbündeten, den Velaryons (einem kleinen Haus der Kronlande), den Handel auf See. Während die Velaryons die Meeresoberfläche mit ihren Schiffen kontrollierten, beherrschten die Targaryens mit ihren Drachen die Luft. Dies änderte sich erst im Jahr 27 vor Aegons Landung mit der Geburt von eben jenem Aegon, der später als Aegon der Eroberer in die Geschichte eingehen sollte.

Er war der einzige Sohn von Fürst Aerion und Fürstin Valaena (aus dem Hause Velaryon), und es galt als übliche Tradition im Haus Targaryen, dass der männliche Erbe die ältere Schwester heiratet, um die Blutlinie rein zu halten. Aegon aber heiratete seine beiden Schwestern, sowohl seine ältere Schwester Visenya als auch seine jüngere Schwester Rhaenys. Alle drei waren sie zudem Drachenreiter mit jeweils einem eigenen Drachen. Mit der Ankunft von Aegon beginnt sich die Historie zunehmend auf die Schicksale der Hauptprotagonisten aus „Das Lied von Eis und Feuer" auszuwirken. Immer wieder werden sie für Taten ihrer Vorfahren direkt zur Rechenschaft gezogen oder bekommen die Konsequenzen deren Entscheidungen zu spüren. Gegenstände wie das mythische Horn des Winters, das laut der Legende in der Lage sein soll, die Mauer zu Fall zu bringen und die Riesen in der Erde zu wecken, werden plötzlich zu einer konkreten Bedrohung.

Mit „Das Lied von Eis und Feuer" hat George R. R. Martin das Fantasygenre auf eine neue Stufe gehoben. Während diese literarische Gattung früher selbst unsere tiefe Sehnsucht nach Mythologie und Märchen befriedigte, erleben wir dies nun wiederum reflektiert bei den fiktiven Bewohnern von George R. R. Martins Welt. Der Mythos dient nicht mehr dem Leser, sondern den Figuren als einzige Fluchtmöglichkeit aus einer unbarmherzigen, brutalen Welt.

SEXISMUS VS. EMANZIPATION – FRAUENDARSTELLUNG

So menschenfeindlich George R. R. Martin seine Welt beschreibt, so frauenfeindlich ist sie auch. Tatsächlich haben es Frauen in Westeros noch um einiges schwerer als Männer. George R. R. Martin beschreibt nämlich nicht nur patriarchalische Strukturen und männerdominierte Gesellschaftsformen, sondern schreckt nicht davor zurück, immer wieder Gewalt gegen Frauen, vor allem in Form von Vergewaltigungen, als eines der schrecklichsten Unterdrückungsinstrumente zu schildern. Zwar sind in Einzelfällen auch männliche Charaktere betroffen, aber den weiblichen Figuren droht stets diese finsterste Gefahr. Allein dies reicht aus, um mit steigender Empathie für die Figuren ein Unwohlsein beim Leser hervorzurufen. Je mehr einem Arya, Sansa oder Brienne ans Herz wachsen, desto mehr fürchtet man auch als Leser, dass ihnen etwas Schreckliches zustößt, denn George R. R. Martin ist bekanntermaßen unberechenbar. Westeros ist definitiv kein schöner Ort für Frauen. Stellt sich die Frage, ob die Beschreibung einer frauenfeindlichen Welt per se frauenfeindlich ist? Martins Fangemeinde scheint es jedenfalls generell nicht so zu sehen oder sich nicht daran zu stören. Laut der Umfrage einer amerikanischen Tageszeitung sind sogar über die Hälfte seiner Fans weiblich. Dennoch wird in vielen Rezensionen kritisiert, dass George R. R. Martin Vergewaltigungen oder ähnliche Situationen beschönige oder gar romantisiere, beispielsweise als die erst 13-jährige Daenerys von ihrem Bruder mit einem weitaus älteren Kriegsfürsten zwangsverheiratet wird. Dies kann für so ein Mädchen eigentlich nur die schrecklichste Erfahrung ihres Lebens sein. Alleine die Grundsituation wirkt einschüchternd. Als Kind Mittelpunkt einer großen Hochzeit in einem fremden Land zu sein, mit vierzigtausend Gästen, die auch vor Mord und Vergewaltigung auf der Hochzeitsfeier nicht zurückschrecken.

> „*Auch die Krieger sahen zu. Einer von ihnen trat schließlich in den Kreis, packte eine Tänzerin am Arm, stieß sie zu Boden und bestieg sie gleich dort, wie ein Hengst eine Stute besteigt.*“[40]

Daenerys erfährt von ihrem Mentor Illyrio Mopatis, dass die Dothraki weder Scham noch Sünde kennen und sich wie Tiere paaren. Daenerys ist zweifellos erschrocken von der Szene, die sich aber in der Erzählung noch schlimmer entwickelt, denn andere Krieger treten

40 Die Herren von Winterfell, S. 131

hinzu und bekämpfen sich in einem tödlichen Kampf, schlitzen sich gegenseitig die Bäuche auf. Die Überlebenden vergewaltigen anschließend weitere Tänzerinnen. Dann steht die Hochzeitsnacht mit dem Barbarenfürsten Drogo an, einem außergewöhnlich großen Mann, der mehr als doppelt so alt ist wie Daenerys und nicht mal ihre Sprache spricht. George R. R. Martin beschreibt die schiere Angst, in der sich die 13-Jährige befindet, in einer fremden Welt, umgeben von fremden Bräuchen und Traditionen, unglaublicher Gewalt, der Bedrohung durch ihren Bruder und kurz vor der eigenen Hochzeitsnacht mit einem fremden Mann.

Die Hochzeitsnacht selbst erlebt Daenerys dann trotz der Vergewaltigungsproblematik und der damit verbundenen Angst als sehr liebevollen Akt, den sie am Ende sogar genießt und sich letztendlich sogar in Khal Drogo verliebt. Und genau hier ist der Knackpunkt. Denn wenn George R. R. Martin schon den Schrecken einer Zwangshochzeit aus Sicht eines jungen Mädchens beschreibt, wieso romantisiert er dann, was für jedes real zwangsverheiratete Mädchen in unserer Welt ein traumatisches Ereignis ist? „Wo bleibt an dieser Stelle der Realismus?“, fragen die Kritiker. Es scheint fast, dass es George R. R. Martin trotz gegenteiliger Beteuerungen am Ende nicht wirklich um den Realismus geht, sondern darum, eine gute Geschichte zu erzählen. Wird der Leser dann zum Voyeur, wenn er eine solche Vergewaltigung, die als erträglich geschildert wird, als Grundlage für eine romantische Beziehung akzeptiert? Im englischsprachigen Raum bezeichnet man dies passend als „guilty pleasure", also ein Vergnügen, dem man sich hingibt, obwohl man eigentlich weiß, dass es nicht richtig ist.

Es gibt viele solcher Textstellen, in denen der durch Männer erzwungene Sex auch für die Frauen als lustvoll beschrieben wird. Beispielsweise in der Beziehung von Theon Graufreud zu dem einfachen Bauernmädchen Kyra. Während er auf Winterfell aufgewachsen ist, hat er Kyra, die in der nahen Siedlung Winterdorf wohnt, mehrfach gesehen und eine Begehrlichkeit für sie entwickelt. Als er später Winterfell erobert, befiehlt er seinen Soldaten, die 18-Jährige aus dem Dorf zu entführen und in seine Gemächer bringen zu lassen. Er macht das Mädchen zu seiner Bettgespielin, bei der er sich je nach Bedarf sexuell bedient. Dabei läuft der Geschlechtsverkehr nicht immer liebevoll ab, sondern dient Theon auch dazu, seine Wut und Frustration durch Gewalt zu kompensieren.

> *„Als er fertig war, schluchzte sie, ihr Hals und ihre Brüste waren mit blauen Flecken und Bissstellen übersät. Theon stieß sie aus dem Bett."*[41]

Trotz dieser Zwangssituation stellt George R. R. Martin es so dar, als ob auch Kyra zeitweise durchaus Gefallen

41 Die Saat des Goldenen Löwen, S. 444

am Sex findet, und beschreibt sie als *„feucht, und willig und geschmeidig wie ein Wiesel“*[42]. Doch vor dem reflexartigen Protest sollte man sich an dieser Stelle die subjektive Erzählweise von George R. R. Martin vor Augen halten. Jedes Kapitel schildert immer nur die eingeschränkte Sichtweise des jeweiligen Charakters. Wenn in besagtem Kapitel also Kyra als *„willig und geschmeidig wie ein Wiesel“* beschrieben wird, dann erfahren wir das nicht von einem allwissenden neutralen Erzähler und es entspricht nicht unbedingt den Tatsachen, sondern wir erfahren es aus Theons Sicht, an der wir in dem Moment teilhaben.

Manche Frauenrechtler kritisieren George R. R. Martin aber dessen ungeachtet für die Explizität der Gewaltdarstellung gegenüber Frauen. Sie werfen ihm vor, mit dieser Art der Inszenierung von sexistischer Gewalt einen unguten Voyeurismus zu bedienen. Durch die Häufigkeit und die drastische Deutlichkeit erkläre George R. R. Martin Vergewaltigung zu einer Art Normalität. Sehr nachdrücklich hat das die Autorin und Feministin Laurie Penny in einem Artikel im New Statesman formuliert. Sie betont, dass selbst die aufgeklärtesten Leser der Reihe, beziehungsweise die Zuschauer der Fernsehserie, „Game of Thrones“ einen Freipass für Rassismus und Sexismus gegeben hätten. Alles sei erlaubt. Noch nie habe Metzelei und Geilheit

42 Die Saat des Goldenen Löwen, S. 338

so viel Spaß gemacht. Sie beschreibt „Game of Thrones“ als ein rassistisches Rape-Culture-Disneyland. Der Anglizismus „Rape Culture“ fällt vor allem im Zusammenhang mit feministischen Diskussionen oder auch in den Sozialwissenschaften, um eine Entwicklung in der Kultur zu beschreiben, in der das Thema Vergewaltigung aus der Tabuzone geholt und dadurch zur Normalität erklärt wird. Die Wahl des Begriffs versucht darauf hinzuweisen, dass es sich bei sexuellen Übergriffen nicht nur um Verbrechen einzelner Individuen handelt, sondern dass eine Vielzahl von gesellschaftlichen Faktoren in einer gegebenen Kultur Vergewaltigungen und sexuelle Gewalt begünstigen können, wie beispielsweise Witze über Vergewaltigungen oder die Verharmlosung einer solchen Tat.

Und genau das tue George R. R. Martin, indem er Vergewaltigungen als normalen und natürlichen Zustand beschreibe. Martin hingegen beruft sich darauf, dass er den Krieg nicht verharmlosen wolle, und das tue man, wenn man Vergewaltigungen im Rahmen der Schilderung außer Acht ließe. Außerdem wolle er seine Charaktere realistisch anlegen, um dem Leser die Bedrohung dieser Welt erlebbar zu machen.

Um beurteilen zu können, ob Vergewaltigung in Martins Welt zur Normalität geworden ist und nur noch den Voyeurismus bedient, muss man den Kontext unter die Lupe nehmen. Was genau geschieht eigentlich in Westeros und wie wird es von den Protagonisten beurteilt? Ist für sie Vergewaltigung ein normales Mittel oder wird es moralisch verurteilt? Deutlich wird dies etwa am Beispiel der Magd Pia, die auf Harrenhal arbeitet und von den Soldaten immer wieder missbraucht wird. Als eines Tages Hauptprotagonist Jaime Lennister mitbekommt, wie einer der Soldaten wieder einmal versucht, Pia zu vergewaltigen, ordnet er die Hinrichtung des Mannes an. Am Richtblock ist der Mann ehrlich verblüfft über diese Entscheidung. „*,Ich habe das schon oft gemacht, schon hundertmal'*, *sagte er ständig, während man ihn auf die Knie drückte. ,Hundertmal, Mylord. Wir alle.*'"[43]

George R. R. Martin beschreibt also tatsächlich eine Rape-Culture innerhalb des Rahmens dieser Welt, denn solche Taten scheinen aus Sicht einiger Männer normal zu sein; was im Übrigen in vielen Kriegsgebieten unserer Welt genauso ist. Aber er inszeniert auch Andersdenkende wie Jaime, die dafür sorgen, dass solche Männer zur Rechenschaft gezogen werden. Eine Vergewaltigung ist auch auf Westeros ein strafbares Verbrechen und beschreibt eben nicht ein gesellschaftlich-toleriertes Gewaltmittel, sondern einen realistischen, aber verachtenswerten Zustand in Kriegszeiten. Nicht ohne Grund handelt es sich bei der Nachtwache eigentlich um eine Strafkolonie für Diebe, Mörder und eben Vergewaltiger. Jaime formuliert das in „Sturm der Schwerter" einmal

43 Die dunkle Königin, S. 185

passend als Antwort auf eine idealistische Aussage von Brienne.

„‚Kein wahrer Ritter würde so eine Schandtat billigen.‘

‚Wahre Ritter bekommen viel üblere Dinge zu sehen, wenn sie in den Krieg ziehen, Mädel‘, erwiderte Jaime. ‚Und sie begehen schlimmere Taten, ja.‘“ [44]

Dessen sind sich die Charaktere durchaus bewusst. Es wird ein Unterschied gemacht zwischen Männern, die diesen Zustand der Normalität dulden, und jenen, die ihn verurteilen. Einige Frauenrechtler, wie beispielsweise die Journalistin Roxane Gay, lassen solche Argumente nicht gelten und beanstanden selbst den reinen Gebrauch von Vergewaltigung als erzählerisches Mittel. In einem Artikel mit dem Titel „Game of Thrones glamorizes rape“ (also „Game of Thrones verherrlicht Vergewaltigung“) im Salon-Magazin[45] kritisierte sie an George R. R. Martins Erzählung, dass Frauen als austauschbare Objekte in der Handlung Verwendung fänden, denen durchgehend physische und psychische Gewalt angetan würde. Die Bücher enthüllten eine verstörende und zugleich rücksichtslose Art und Weise, wie Vergewaltigung als Erzählmittel missbraucht würde. Vergewaltigung würde als Strafe eingesetzt und um Empathie zu weiblichen Figuren auszubauen oder

---

44 Sturm der Schwerter, S. 47

45 Roxane Gay: „‚Game of Thrones‘ glamorizes rape: That was not consent, and rape is not a narrative device“, Salon Magazine, 22.4.2014

ihre Motivation zu erklären. Vergewaltigung würde außerdem genutzt, um Frauen auf ihren Platz zu verweisen („Rape is used to put women in their place.").

Aber ist dies nicht die normale Form der Erzählung, wenn eine Gewaltdarstellung nicht dem reinen Selbstzweck oder Voyeurismus dient, sondern als erzählerischer Katalysator, der die Handlung vorantreibt und die Motivation der Charaktere erklärt? Und zwar jeder Gewaltakt, ob sexuell oder nicht. Das ist bei Ken Follets „Säulen der Erde" so, aber auch in Stieg Larssons Millennium-Trilogie. Vermutlich deshalb schrieb Philippe Zweifel von der Basler Zeitung in seinem Artikel „Bitte keine Gender-Debatte in Westeros!" auch frustriert: *„‚Game of Thrones' ist inhaltlich und ästhetisch derart weit von der Realität entfernt, dass man wirklich keine Gender-Debatte lancieren muss."* [46]

Romane sind für uns Leser deshalb interessant, weil die Figuren oft überlebensgroß sind und Erfahrungen machen, die weit über das persönliche Vorstellungsvermögen des Lesers hinausgehen. Sie leisten, wozu Otto Normalbürger niemals in der Lage wäre. Dafür müssen sie oft auch unvorstellbares Leid ertragen. Aber statt daran zu zerbrechen, überwinden sie die Situation, wachsen über sich hinaus und werden zu dem, was wir klassisch als Helden definieren. Und ein solcher Held

46 Philippe Zweifel: „Bitte keine Gender-Debatte in Westeros!", Basler Zeitung, 24.4.2014

muss kein muskelbepackter Barbar, sondern kann auch ein kleines Mädchen sein, das seine Eltern verloren hat und nun durch eine gefährliche mittelalterliche Welt irrt, es aber dennoch irgendwie schafft, sich mit der Situation zu arrangieren und ihre eigenen Ängste zu bezwingen.

Immerhin muss man dem Werk zugutehalten, dass es darin zahlreiche einflussreiche, starke Frauenfiguren gibt. Die Emanzipation definiert sich durch die gesellschaftliche und insbesondere politische Selbstbefreiung, das Erreichen einer Mündigkeit, die de facto in politischer und persönlicher Machtausübung auch in Westeros Form annimmt. Auch wenn die Frauen manchmal andere Wege wählen als die Männer, so nehmen sie doch entscheidend Einfluss, ob als Herrscherinnen oder auch in einer Beziehung.

Man muss das Verhältnis sehen, in dem vermeintlich sexistische Darstellungen zu starken emanzipatorischen Elementen stehen. George R. R. Martins Geschichte lebt vor allem von den sehr starken Frauenfiguren, die die Gesamthandlung wesentlich deutlicher dominieren als einzelne möglicherweise sexistische Szenen. Und mit diesen Figuren wird auch George R. R. Martins erzählerische Stärke offenbar. Er zeichnet weibliche Charaktere, mit denen man sich identifizieren kann oder die zumindest so glaubwürdig sind, dass man ihre Rolle in der Handlung gespannt verfolgt. Die meisten weiblichen Hauptcharaktere bei George R. R. Martin sind nämlich gleichberechtigt und sehr stark. Sogar die feministische Frauenzeitschrift EMMA erkannte das und lobte die Umsetzung der Geschichte als TV-Serie, weil es in ihr „die ungewöhnlichsten, stärksten, smartesten, anrührendsten und komplexesten weiblichen Charaktere gibt, die der Fernsehserien-Kosmos seit Menschengedenken zu bieten hat". Auf die Frage des US-Talkmasters George Stroumboulopoulos, warum er so ein Händchen für starke Frauenfiguren habe, antwortete George R. R. Martin: „Weil sie für mich ganz normale Menschen sind." Und so beschreibt er sie auch. Genau wie die männlichen Charaktere sind seine Frauenfiguren völlig ambivalent und nicht immer durchschaubar, aber stets überlebensgroß. Die weiblichen Charaktere dienen nicht nur als „damsel in distress" (also Jungfrau in Nöten) oder gar als schmückendes Beiwerk, wie so oft in Fantasygeschichten, sondern sie handeln aktiv und mit den Männern gleichberechtigt.

Arya Stark beispielsweise, die jüngste Tochter von Lord Eddard und Lady Catelyn Stark, rebelliert schon zu Beginn der Handlung gegen die festgelegten und ihr zugeteilten Frauenrollen auf Burg Winterfell. Die 9-Jährige wird als Wildfang beschrieben, die lieber mit den großen Brüdern Jon und Robb Bogen schießen möchte als Handarbeiten mit der Schwester zu machen. Sie mag keine Kleider, sondern Schwerter und Rüstung. Interessanterweise wird sie in ihrem Protestverhalten sowohl von ihren Eltern als auch von ihren Brüdern zum Teil unterstützt. Jon schenkt ihr sogar ein Schwert – Nadel. Nach dem Tod ihres Vaters gibt sie sich als Junge aus, um in der frauenfeindlichen Welt von Westeros zu überleben. Immerhin reist sie an der Seite von Vergewaltigern Richtung Norden und im Land herrscht Aufruhr, zu gefährlich für ein junges Mädchen. Die Verwandlung zum Jungen geschieht also nicht mit der Botschaft, es sei erstrebenswert, männlich zu sein, sondern für Arya als Mittel zum Zweck. Westeros ist frauenfeindlich und Männer haben es einfacher. Nur durch die Verwandlung in einen Jungen entgeht Arya dem männlichen Machtinstrument der Unterdrückung. Ihre wahre Stärke wird nicht durch die Verwandlung bewusst, sondern durch ihre Taten, die ganz unabhängig vom Geschlecht sind, wenn sie beispielsweise den Attentäter Jaqen H'ghar hereinlegt, damit er für sie tötet. Arya ist von Anfang an selbstbewusst und mutig und scheut auch nicht davor zurück, selbst den übelsten Gestalten Widerworte zu geben. Der Leser begreift, dass sie Situationen durchlebt, die man selbst vermutlich nur psychisch stark angeschlagen überwinden würde. Sie will nicht verheiratet werden, sondern für ihr Haus kämpfen, und entwickelt dabei einen solchen Sturkopf, dass sie manchmal vor sich selbst geschützt werden muss. So verhindert Yoren, dass sie in die Septe von Baelor läuft, um ihren Vater zu retten, und Sandor Clegane verhindert, dass sie während der Roten Hochzeit in den Saal stürmt, was ebenfalls ihren Tod bedeutet hätte. Ihre Entwicklung geht auch mit Wut und Verbitterung einher, aber anders als ihre Schwester Sansa bleibt sie nicht untätig, sondern ergreift Initiative. Aus Arya wird eine neue Person. Angetrieben vom Rachegedanken schafft sie es schließlich bis nach Braavos, wo sie sich bei den „Betrübten Männern" zum Assassinen ausbilden lässt und dafür ihre komplette Identität, ihre Abstammung und ihren Namen ablegt.

Bei Brienne von Tarth, der ältesten Tochter von Lord Selwyn Tarth, Herr von Dämmerhall auf der Insel Tarth, wird nicht nur über ihren Charakter, sondern auch über ihre körperliche Erscheinung deutlich gemacht, wie sie sich über gesellschaftliche Konventionen hinwegsetzt. Sie ist größer, muskulöser und verfügt über bessere Kampffertigkeiten als die meisten Männer. Sogar Jaime Lennister, der für seine Kampfkunst berühmt ist, zieht gegen sie den Kürzeren.

> *„Mit Schnelligkeit und Geschicklichkeit vermochte Jaime sie alle zu schlagen. Aber dies hier war eine Frau. Eine riesige Kuh von einer Frau noch dazu, und trotzdem … wäre es mit rechten Dingen zugegangen, hätte sie diejenige sein sollen, die erschöpft war.*"[47]

Zwar wird Brienne für ihre Erscheinung immer wieder aufgezogen, steht aber selbstbewusst und mutig ihre Frau und ist sich ziemlich sicher über das, was sie

---

47 Sturm der Schwerter, S. 400

möchte. Brienne ist loyal und ehrlich, aber auch stur. Sie lebt ihre idealisierte Vorstellung des Rittertums, ganz gleich ob sich dies für eine Frau gehört oder nicht.

Sie widerspricht jeglichem gesellschaftlichen, männlichen Ideal und wird als äußerst hässlich beschrieben („Pferdegebiss"), trägt kurzgeschorene, flachsblonde Haare, ist unglaublich groß und breitschultrig. Auch Jaime Lennister, der lange mit ihr reist, zieht sie zunächst aufgrund ihrer äußerlichen Erscheinung auf. Als er sie aber näher kennenlernt, beginnt er, ihre innere Schönheit und ihren Stolz zu sehen und entwickelt Respekt.

Die deutsche Autorin Karen Duve lobte in einem Artikel in der feministischen Zeitschrift EMMA die Darstellung von Brienne als außergewöhnlich gut, da sonst in Fantasygeschichten immer der Anschein erweckt werde, *„Frauen könnten sich so einfach über bösartige patriarchale Strukturen hinwegsetzen, ohne dafür gesellschaftlich sanktioniert zu werden"*[48]. Brienne wird mit ihrem Widerstand zum Spottobjekt und leidet unter der Situation, dennoch knickt sie nicht ein, sondern fühlt sich vielmehr in ihrer Einstellung bestätigt. Erst dadurch, dass sie trotz des Widerstandes, des Spotts und der Häme ihre Prinzipien lebt, wird offenbar, wie stark sie ist, und dafür wird die Figur von männlichen wie weiblichen Fans verehrt.

Bei der Auflistung der Frauenrollen meistens vernach-

---

48 Karen Duve: „Game of Thrones: What a Beast!", EMMA, Ausgabe März/April 2014

lässigt, aber dennoch durchaus beachtlich ist auch Theons Schwester Asha Graufreud. Denn sie wächst in der extrem frauenfeindlichen Umgebung auf den Eiseninseln in einem Patriarchat auf, in dem die Frauen so gut wie keine Rechte haben. Anders als in den anderen Königreichen von Westeros ist es den Frauen der Eisenmänner (schon die Volksbezeichnung ist frauenfeindlich) weder erlaubt, ein Schiff zu steuern, noch, eine Führungsposition zu besetzen oder gar Priester zu werden. Der einzige Ort der Frauen auf den Eiseninseln ist an der Seite ihres Mannes oder als sogenanntes Salzweib, also eine jener Frauen, die von den Seefahrern auf den Beutezügen als Trophäen geraubt wurden und ihnen unter Deck der Schiffe als Sexsklavinnen dienen müssen. Asha widersetzt sich der Tradition ihres Volkes, indem sie eine mächtige Stellung an der Seite ihres Vaters Balon Graufreud einnimmt. Später nimmt sie aktiv als Anführerin an Eroberungszügen teil und kommandiert das Schiff „Schwarzer Wind". Martin schildert Asha aber nicht nur als sehr selbstbewusst, sondern auch außergewöhnlich intelligent.

Die Wildlinge nördlich der Mauer werden zwar von den meisten Völkern auf Westeros als barbarisch und unzivilisiert beschrieben, bilden aber tatsächlich eine Gesellschaft, in der Frauen den Männern komplett gleichgestellt sind. Bei den Wildlingen werden Frauen nicht verheiratet, sondern können sich ihren Mann selbst aussuchen. Im Kampf können sie gleichberechtigte Krieger (Speerfrauen) sein oder sogar Anführer, so wie beispielsweise Harma Hundekopf, die die Vorhut von Manke Rayders Heer befehligt. In dieser Gesellschaft aufgewachsen, weiß auch die 19-jährige Ygritte genau, was sie will. Jon Schnee nimmt sie als unattraktiv wahr. Sie ist klein, kräftig gebaut, hat eine Stupsnase und krumme Zähne, nicht gerade das Schönheitsideal. Dennoch gelingt es ihr recht schnell, über ihr Selbstbewusstsein und ihre Schlagfertigkeit das Herz von Jon zu erobern. In dieser Freundschaft hat sie oft die Oberhand, woraus eine starke, leidenschaftliche und vor allem gleichberechtigte Liebesbeziehung erwächst. Auch wenn Jon nicht so richtig damit umzugehen weiß, dass sich Ygritte nimmt, was sie begehrt, so gefällt es ihm doch gut und er lässt sich darauf ein.

Aber nicht alle Frauen in „Das Lied von Eis und Feuer“ sind vom ersten Moment an so selbstbewusst wie Ygritte. Die vermutlich größte Entwicklung während der Handlung durchläuft Daenerys Targaryen. Zu Beginn des Plots ist sie gerade mal 13 Jahre alt und ein Spielball der Männer. Sie ist schüchtern, hilflos und leidet unter ihrem jähzornigen und launischen Bruder Viserys, der ihr mehr als nur einmal zu verstehen gibt, dass ihre Existenz alleine seiner Thron-Eroberung dient. In Pentos ist Daenerys' Alltag von Angst geprägt, Angst vor der fremden Welt, Angst vor den Männern, Angst vor ihrem Bruder. Sie ist ein Opfer. Und ihr schlimmster Albtraum, die Zwangshochzeit mit dem Reiterfürsten Khal Drogo, steht kurz bevor. Als sie ihren Bruder unter Tränen bittet, die Hochzeit abzublasen, macht der ihr mit einem Satz deutlich, welche Rolle sie in seinen Plänen spielt:

> „*Ich würde dich von seinem ganzen Khalasar ficken lassen, wenn es sein müsste, süßes Schwesterchen, von allen vierzigtausend Mann, und von ihren Pferden auch, wenn ich dafür meine Armee bekäme.*"[49]

Doch statt dass sie an der erzwungenen Ehe mit Drogo zerbricht, verleiht ihr ihre Position als Khaleesi an seiner Seite nach und nach neue Stärke und Zuversicht. Sie begreift, dass sie eine machtvolle Position innehat, die ihr nicht viel bringt, wenn sie sich schüchtern und ängstlich verhält. Schluck für Schluck kostet sie den süßen Nektar der Macht und durchlebt eine einzigartige Entwicklung. Sie beginnt, sich für die Menschen um sie herum zu interessieren und Einfluss zu nehmen. Dabei bricht sie sogar mit den Traditionen der Dothraki und setzt sich für die Rechte der Frauen ein, indem sie den Kriegern ihres Mannes verbietet, gefangene Sklavinnen zu vergewaltigen. Als ihr durch den Tod ihres Bruders und anschließend den Tod des Khals eine noch größere Verantwortung zuteilwird, nimmt sie diese als Möglichkeit, über sich selbst hinauszuwachsen. Sie erklärt sich formell zu „Daenerys aus dem Haus Targaryen, die

49 Die Herren von Winterfell, S. 50

Erste ihres Namens". Ihre sprichwörtliche Wiedergeburt erlebt sie in der berühmten Verbrennungsszene, in der sie die versteinerten Dracheneier auf den Scheiterhaufen ihres verstorbenen Mannes legt und dann selbst in das Feuer schreitet, das Inferno aber wie der Phönix aus der Asche übersteht und sich der Drachen annimmt, die aus den Eiern schlüpfen. Sie verdient sich den Respekt der Krieger und entfaltet eine unglaubliche Stärke als Anführerin. Nach und nach entwickelt sie sich zu einer der mächtigsten Herrscherinnen auf Essos, von Tausenden gefürchtet und von Zehntausenden verehrt. Eindrucksvoller kann ein Aufstieg nicht vollzogen werden. Ihre drei Drachen Drogon, Viserion und Rhaegal verkörpern symbolisch ihre Kraft, ihren Mut und ihren über die Jahre angestauten Zorn. Aus der schüchternen, kleinen Dany wird „Daenerys Sturmtochter aus dem Haus Targaryen, Königin der Andalen und der Ersten Menschen, Khaleesi des Dothrakischen Meeres, Brecher der Ketten und Mutter der Drachen". Auch wenn viele Entscheidungen von Daenerys oft berechnend oder brutal erscheinen, so gewinnt sie die Herzen der Bevölkerung vor allem durch ihren Einsatz für die Menschen, indem sie Sklaven befreit und Standesunterschiede zwischen Adel und Volk aufhebt.

Einige der interessantesten weiblichen Nebenfiguren kommen sicherlich aus dem matriarchalischen Haus Tyrell. Stellvertretend sei hier vor allem Großmutter Olenna Tyrell, die Königin der Dornen, genannt. Diese beschreibt George R. R. Martin als außergewöhnlich clevere, rhetorisch gewandte Frau mit einem Hang zum Sarkasmus und bissigen Bemerkungen, die sich nicht durch Macht oder Reichtum einschüchtern lässt und gerne selbst die Fäden in der Hand hält. In der Fernsehserie wurden diese Eigenschaften auch bei Margaery Tyrell stark hervorgehoben. Beide Frauen entpuppen sich als abgebrühte Taktikerinnen, die nichts dem Zufall überlassen. Hinter jeder Aktion steckt eine Absicht. Wenn Margaery sich beispielsweise für die Belange der einfachen Bevölkerung von Königsmund einsetzt, dann nicht aus Mildtätigkeit, sondern aus eiskalter Berechnung heraus, um ihre Position am Hof zu festigen, sozusagen eine frühe Form der PR-Arbeit. So gelingt es Margaery auch recht schnell, den tyrannischen Joffrey Lennister und später dessen Bruder Tommen um den kleinen Finger zu wickeln. Margaery ist ein gutes Beispiel dafür, dass eine starke Frau nicht unbedingt auch eine gute Frau sein muss. Bei George R. R. Martin herrscht Gleichberechtigung, auch was Machtgelüste angeht.

Ein weiteres Beispiel ist sicherlich Margaerys direkte Kontrahentin Cersei Lennister. Die wird als kühle, arrogante und berechnende Frau beschrieben, die ihre Schönheit und Sexualität dazu einsetzt, um in einer von Männern dominierten Welt zu bekommen, was sie möchte. Und ihr einziges Ziel ist Macht. Die Tochter von Tywin Lennister hat schon früh gelernt, Männer zu manipulieren. Ihr Schlüsselerlebnis war sicherlich die Hochzeitsnacht mit Robert Baratheon, mit dem sie als 16-Jährige zwangsverheiratet wurde und der die Hochzeitsnacht stockbesoffen antrat, mit dem Namen einer anderen Frau auf den Lippen. Eine Demütigung, die Cersei nie vergessen hat. In der Ehe zieht sie im Hintergrund die Fäden und holt sich die fehlende Liebe heimlich bei ihrem Zwillingsbruder Jaime, mit dem sie drei Kinder zeugt, Joffrey, Myrcella und Tommen. Als geschickte Strategin ist sie überzeugt, dass sie das Königreich besser führen könne als Robert und vermutlich hat sie damit sogar Recht. Da ihre Mutter bei der Geburt von Tyrion starb und sie keine Schwestern oder andere weibliche Bezugspersonen hatte, ist sie in männlicher Umgebung aufgewachsen, mit ihrem Vater Tywin Lennister als oberstem Patriarchen. Es wird immer wieder betont, wie sehr sie die Tätigkeiten verachtet, die von ihr als Frau erwartet werden, und dass sie ein Leben als Mann vorziehen würde. Cersei glaubt daran, dass die Götter bestimmt haben, dass die Welt von Männern regiert wird. Aber sie akzeptiert nicht, sich in dieses Schicksal zu fügen. Der erste Höhepunkt ihres Aufbegehrens gipfelt in dem indirekten Mord an ihrem Ehemann, dem König, der sie während ihrer Beziehung geschlagen und verachtet hat. Ein Befreiungsschlag, mit dem sich Cersei zur mächtigsten Person in Königsmund macht und Stärke beweist – aber auch ihre Schwächen enthüllt. Denn sie ist arrogant und verkennt, welche Gefahren ihr und ihren Kindern am Hofe wirklich drohen. In ihrer Überheblichkeit unterschätzt sie ihre Feinde und gerät das ein ums andere Mal ins Wanken. Aber meistens fängt sie sich wieder und wird zu einer noch bedrohlicheren Gegnerin für ihre Widersacher.

Frauen in Westeros müssen nicht offensichtlich stark, mächtig oder einflussreich sein, um ein emanzipatorisches Weltbild zu transportieren. Eine andere Möglichkeit, dies zu tun, ist es, Frauen darzustellen, die ein zweifelhaftes Frauenbild haben, und dies dann in einen entsprechenden Kontext zu bringen. Das ist die subtilere, aber nicht minder wirkungsvolle Variante, die am besten durch Sansa Stark zum Ausdruck kommt, die ebenfalls aus feministischer und emanzipatorischer Sicht ein äußerst interessanter Charakter ist. Aryas ältere Schwester entwickelt sich in einem längeren Prozess zu der Frau, die sie am Ende ist, anders als Arya, die sich schon aus Prinzip von Anfang an gegen die festgelegten Geschlechterrollen wehrt. Zu Beginn der Handlung gerade einmal 11 Jahre alt, träumt Sansa davon, ihre Aufgaben als Frau zu erfüllen, aber romantisch verklärt als Prinzessin in einer idealisierten Welt und mit einem strahlenden Prinzen. Der erste Zusammenprall mit der Realität ist hart für sie, als der tyrannische Prinz Joffrey Baratheon, den sie zu dem Zeitpunkt noch bewundert, auf der Reise nach Königsmund bei einer Rast seine üble Laune an dem Schlachterjungen Mycah auslässt. In der

Folge dieser Ereignisse wird nicht nur Mycah, sondern auch Sansas Schattenwolf Lady, die nicht einmal in den Vorfall verwickelt war, getötet. Scheinbar das erste Mal in ihrem Leben wird Sansa mit den Auswirkungen von Willkür und Macht in den falschen Händen konfrontiert. Und es soll nicht das letzte Mal sein. Weitere wichtige Meilensteine bilden das große Turnier, in dem Sansa für Loras Tyrell, den Ritter der Blumen, schwärmt, der aber fast von Ser Gregor Clegane abgeschlachtet wird, und natürlich die Hinrichtung ihres Vaters Eddard Stark aus reiner Willkür durch Joffreys Anweisung. Spätestens nach dem letzten Ereignis verändert sich etwas in Sansa. Sie durchläuft einen ähnlichen Prozess wie der Leser selbst, der sich mit immer schrecklicheren Taten und einer immer schrecklicheren Welt konfrontiert sieht. Genau wie der Leser begreift Sansa, dass es die reine, gute Rechtschaffenheit in Form eines strahlenden Ritters in Westeros nicht gibt. Sie beginnt, sich mehr und mehr mit der Situation zu arrangieren, obwohl sie sich fürchtet, und ihre Stellung in der Gesellschaft zu behaupten. Anders als beispielsweise Arya oder Brienne löst sie das Problem nicht, indem sie beginnt, sich männlich zu verhalten, sondern entscheidet sich bewusst für ihre Rolle als Frau, auch wenn das auf Westeros eine besondere Stärke erfordert, und damit folgt sie dem Vorbild ihrer Mutter Catelyn Stark. Sie schwingt nicht das Schwert, sondern emanzipiert sich, ohne ihre Weiblichkeit dafür zu verleugnen. Der Prozess der Erkenntnis und die damit verbundene Entwicklung enthalten eine wichtige Aussage, nämlich, dass die von der Gesellschaft vorgegebene Frauenrolle nur eine leere Phrase ist, um Frauen an einen Platz zu verweisen, wo man(n) sie hinhaben möchte. Wer sich in diese Rolle fügt, hat verloren. Nun muss Sansa nur noch lernen, mit dieser Erkenntnis umzugehen.

Dies ist nur eine kleine Auswahl der starken Frauenrollen in „Das Lied von Eis und Feuer", viele weitere könnten ausführlich an dieser Stelle beschrieben werden, wie beispielsweise Catelyn Stark, die als Mutter und Familienoberhaupt immer wieder über sich hinauswächst. Oder auch die Rote Priesterin Melisandre aus Asshai, eine mächtige und einflussreiche Frau, die Stannis Baratheon aus dem Hintergrund manipuliert und lenkt.

Ganz egal, welche weibliche Rolle man unter die Lupe nimmt, fast alle Frauen in Westeros bilden beeindruckende und starke Persönlichkeiten in einer Welt, die weitgehend patriarchalisch geprägt ist und in der ihnen ihr Geschlecht eigentlich jegliche Stärke und Macht verweigert. Aber Stärke bedeutet nicht gleichzeitig, dass sie bessere Menschen sind. Genau wie für viele Männer auf Westeros hat auch für sie Einfluss und Macht immer einen Preis. George R. R. Martins feministische Botschaft kommt nicht mit dem Zaunpfahl daher, sondern ist raffiniert verpackt. Seine Gleichberechtigung findet dadurch statt, dass er in der Entwicklung der

Frauenfiguren keine Unterschiede zu denen der Männer macht. Frauen sind genauso herzlich, verschlagen, kaltherzig, stark oder schwach wie auch die Männer auf Westeros. Moderne Gleichberechtigung in jedem Sinne.

GAME OF THRONES – DIE TV-SENSATION

Wenn eine Fernsehserie im Internet zum Gesprächsthema Nummer eins wird, bevor der Sender überhaupt grünes Licht für die Produktion gegeben hat, dann kann das nur zwei Gründe haben: Entweder handelt es sich um eine Fernsehserie des amerikanischen Bezahlsenders HBO oder die Romanvorlage ist bereits Kult. Auf „Game of Thrones" traf beides zu. Dennoch war das nichts im Vergleich zu dem Hype, den die Fernsehserie noch auslösen sollte. Dadurch, dass George R. R. Martin phantastische Elemente wie Magie oder Monster nur homöopathisch einsetzt und sich stattdessen auf die Charaktere und deren politisches Ränkespiel konzentriert, bot er die perfekte Vorlage für eine Fantasyserie, die die Hochwertigkeit eines Kinofilms vermittelt. Nicht zu Unrecht bezeichnete Produzent und Autor David Benioff die Serie in einem Interview einmal als eine Art „Sopranos in Mittelerde". Anstelle von bunten Spezialeffekten und einer rührseligen Story bietet „Game of Thrones" düstere Charaktere, geschliffene Dialoge und eine komplexe Handlung in einem Fantasysetting.

So etwas hatte es im Fernsehen bis dahin nie gegeben. Fernsehserien wie „Merlin – die neuen Abenteuer“ oder „Legend of the Seeker – das Schwert der Wahrheit“ bestachen nicht gerade durch ihre hochwertige Produktion und ihre intelligenten Dialoge. Kein Wunder also, dass „Game of Thrones“ die Fernsehgemeinde im Sturm eroberte und selbst die bis dato erfolgreichste HBO-Serie „Die Sopranos“ spätestens mit der 4. Staffel hinter sich ließ. In den USA schalteten durchschnittlich 18,4 Millionen Zuschauer pro Folge ein – Rekord! Doch Erfolg und Mundpropaganda haben auch negative Seiten: Da die Serie zum Ausstrahlungszeitpunkt immer nur für Abonnenten des Pay-TV-Senders HBO verfügbar ist, wurde sie schnell zur am meisten raubkopierten Serie aller Zeiten, einige Folgen wurden noch am Tag der Ausstrahlung innerhalb der ersten 24 Stunden bis zu 2 Millionen Mal illegal heruntergeladen. HBO-Chef Michael Lombardo nimmt's mit Humor: „Ich sollte das wahrscheinlich nicht sagen, aber es ist eine Art Kompliment“, erklärte er in einem Interview. „Die Nachfrage ist vorhanden. Und es hat sich definitiv nicht negativ auf die DVD-Verkäufe ausgewirkt. [Piraterie] gehört dazu, wenn man eine extrem erfolgreiche Show auf einem Pay-TV-Kanal hat.“ Als im Sommer 2014 die Dreharbeiten für die fünfte Staffel beginnen, ist die Serie längst weltbekannt und kann sich vor Auszeichnungen nicht mehr retten. Dabei gab's am Anfang ziemliche Startschwierigkeiten.

Die Initiative ging von George R. R. Martins Agent aus. In seinem Bemühen, eine vernünftige Verfilmung auf den Weg zu bringen, hatte er die Bücher unter anderem an den Schriftsteller David Benioff geschickt, der im Jahr 2000 mit der Veröffentlichung seines Debütromans „The 25th Hour“[50] ins Licht der Öffentlichkeit gerückt war. In dem Roman erzählte der damals 30-jährige Benioff die Geschichte eines Drogenhändlers, der noch 25 Stunden bis zum Antritt seiner Haftstrafe hat. Das Buch wurde von der New Yorker Literaturszene gefeiert, zu der auch der Schauspieler Tobey Maguire („Spider-Man“) gehörte und der die Geschichte unbedingt verfilmen wollte. Er verpflichtete Spike Lee als Regisseur und überließ Benioff die Aufgabe, das Drehbuch zu seinem eigenen Roman zu verfassen. 2002 lief „25 Stunden“ mit Edward Norton in der Hauptrolle in den Kinos an. Das melancholisch-sensible Meisterwerk über ein New York im 9/11-Schockzustand wurde zwar vom breiten Publikum kaum wahrgenommen, aber innerhalb der Filmbranche sorgte es für Begeisterungsstürme. David Benioff wurde mit einem Mal als das neue Wunderkind gehandelt und mit Drehbuchaufträgen überhäuft. In den Folgejahren schrieb er unter anderem die Drehbücher zu Wolfgang Petersens „Troja“, Marc Forsters „Drachenläufer“, aber auch das Skript zu „X-Men Origins: Wolverine“ mit Hugh

---

50 In Deutschland: „25 Stunden“, Heyne Verlag, München, 2003 (ISBN 978-3-453-43478-3)

Jackman stammt aus seiner Feder. Nachdem David Benioff von George R. R. Martins Agent ein Exemplar von „A Game of Thrones“ erhalten hatte, las er es neugierig und war schon nach wenigen Seiten begeistert. Etwa bei Seite 500 angekommen, rief er seinen Schriftstellerkumpel Daniel B. Weiss an, mit dem er seit der gemeinsamen Studienzeit am Trinity College Dublin 1995 befreundet war. Begeistert berichtete er ihm, dass er schon lange nicht mehr so viel Spaß an einem Buch gehabt habe. Gemeinsam überlegten die beiden, ob es eine Möglichkeit gäbe, aus dem Roman eine Fernsehserie zu machen. Das wäre eine Herausforderung, denn nicht nur rechtliche Fragen müssten geklärt werden, es würde auch schwierig, die Geschichte mit Dutzenden Handlungssträngen und Charakteren für eine Serie zu adaptieren – schwierig, aber möglich. Die beiden verabredeten sich mit George R. R. Martin, um mit ihm die Möglichkeit einer Verfilmung zu besprechen, und trafen sich zum Mittagessen im renommierten The Palm Restaurant auf dem Santa Monica Boulevard in Hollywood. Es war für George R. R. Martin nicht das erste Mal, dass er mit Filmproduzenten an einem Tisch saß. Schon mehrfach hatte Hollywood Interesse an dem Stoff bekundet, doch jedes Mal merkte George R. R. Martin recht schnell, dass diese Leute nicht viel Ahnung von seinem Werk hatten und es anscheinend nur möglich war, einen Film aus dem Buch zu machen, indem man einen Großteil der Charaktere strich. Die Möglichkeit, daraus eine Fernsehserie zu machen, gefiel ihm wesentlich besser. Außerdem mochte George R. R. Martin die Tatsache, dass die beiden Produzenten auch selbst Autoren waren, die schon eigene Romane veröffentlicht hatten. Da saßen sie nun beim Mittagessen und Martin beschloss, die beiden Produzenten mit einer speziellen Frage auf die Probe zu stellen: „Wer ist die echte Mutter von Jon Schnee?" Die Antwort der beiden ist bis heute unbekannt, aber offenbar überzeugte sie George R. R. Martin sofort davon, dass sie die Richtigen waren. Das Brainstorming konnte beginnen. Das Gespräch wurde so intensiv, dass die Runde kaum bemerkte, wie nach dem Mittagessen die Tische um sie herum gesäubert und die Stühle hoch gestellt wurden. Langsam aber sicher nahmen an dem Tag die Pläne einer Fernsehadaption Gestalt an. Die drei waren in ihrem Element und saßen noch dort, als abends die ersten Gäste fürs Dinner eintrudelten. Sie überlegten auch, welche Schauspieler ihnen für die jeweiligen Rollen einfallen würden. Schon an diesem Tag fielen zwei Namen: Sean Bean und Peter Dinklage. Am Ende des Abends wurden Hände geschüttelt, denn die Serie war beschlossene Sache. Nun musste nur noch ein Sender gefunden werden, der das Ganze finanzierte. Im März 2006 stellten Benioff und Weiss ihre Idee den beiden Sendern Showtime und HBO vor, aber es dauerte noch fast ein Jahr, bis HBO den Drehbuchautoren im Januar 2007 grünes Licht gab und zusagte, die Serie unter einer Bedingung zu produzieren:

HBO wolle das Potenzial der Serie zunächst mit einer Pilotfolge austesten, da es bei der Lektüre der Romane kaum vorstellbar war, wie diese Geschichte für das Fernsehen adaptiert werden solle. Die vielen Figuren und Handlungsstränge lassen den Leser schnell den Überblick verlieren und meistens hilft dann nur ein Blick in den Appendix, um den Ereignissen wieder folgen zu können. Würde das auf dem Bildschirm funktionieren? Die Pilotfolge sollte als Testballon dienen. Die Besetzung der TV-Serie wird den Produzenten so manch schlaflose Nacht bereitet haben, hat sich der gute George R. R. Martin für sein Epos doch nicht weniger als 1200 Charaktere erdacht, davon mehrere Dutzend Hauptcharaktere. Allen Beteiligten war von Anfang an klar, dass in den dunklen Steinhallen und den tiefen Wäldern von Westeros kein Platz für schöngeföhnte Hollywood-Diven und schmalzige Beachboys ist. Genau wie das Land müssten auch seine Bewohner dreckig und verroht sein. Eine besondere Herausforderung war vor allem die richtige Besetzung der vielen Kinder- und Jugendrollen. Die Casting-Experten von HBO hatten schon in der Vergangenheit bei Serien wie „Sex and the City“ oder „Deadwood“ ihr gutes Händchen für die richtige Darstellerauswahl bewiesen. Als die Namen der Hauptdarsteller Mitte 2009 der Öffentlichkeit bekanntgegeben wurden, gab es dennoch viele ratlose Gesichter, denn die meisten Rollen waren mit völlig unbekannten Schauspielern besetzt worden, denen nun offenbar eine große

Chance bevorstand. Nur bei den Hauptdarstellern ließ man sich nicht lumpen: Für die Rolle des gerechten Fürsten Eddard Stark verpflichtete man niemand Geringeres als Boromir-Darsteller Sean Bean, genauso wie beim ersten Brainstorming besprochen. Und für die Rolle der intriganten Königin Cersei konnte Lena Headey (Sarah Connor aus „Terminator: The Sarah Connor Chronicles") gewonnen werden.

Am 24. Oktober 2009 begannen die Dreharbeiten für die Pilotfolge. Und welche Drehorte hätten für die raue Umgebung des Nordens von Westeros besser gepasst als Irland und Schottland? Also ging es für die gesamte Filmcrew im Herbst 2009 in die schottischen Highlands und zu Doune Castle (nahe Stirling). Die restlichen Außenaufnahmen wurden im wunderschönen Irland abgedreht. Für die Innenaufnahmen wurde kurzerhand die Paint Hall in Belfast angemietet, das größte Filmstudio Europas. Für die Aufnahmen des östlichen Kontinents reiste das Team anschließend – im November 2009 – nach Marokko, genauer gesagt in die Filmstadt Ouarzazate, wo schon Ridleys Scotts „Gladiator", „Königreich der Himmel" oder auch „Der Medicus" zum Leben erweckt worden waren. Und in den teils erhaltenen Kulissen von „Königreich der Himmel" entstanden dort die orientalischen Sets für die Szenen um das Geschwisterpaar aus dem Haus Targaryen.

Die Dreharbeiten liefen allen Berichten zufolge gut und Regisseur Thomas McCarthy war zufrieden. Doch bei den Testvorführungen stellte sich heraus, dass die Pilotfolge viel zu lang war und in Teilen für das Publikum nicht nachvollziehbar. So hatte beispielsweise kaum einer der Testzuschauer verstanden, dass Cersei und Jaime Geschwister sind. Außerdem entschied man sich bei HBO dafür, einige der entscheidenden Rollen neu zu besetzen. Daenerys Targaryen wurde im Pilotfilm noch von der britischen Schauspielerin Tamzin Merchant verkörpert, die durch ihre Rolle als Catherine Howard in der Fernsehserie „Die Tudors" bekannt geworden war. Alle ihre Szenen mussten komplett neu gedreht werden. Ebenso wie die Szenen mit Catelyn Stark, die wurde im Pilotfilm nämlich noch von der Schauspielerin Jennifer Ehle („Zero Dark Thirty") gespielt, und auch einige der anderen Rollen, wie Gared, Illyrio Mopatis oder Ser Weymar Rois sollten neue Gesichter bekommen.

Große Teile der Folge mussten daher noch einmal neu gedreht werden und nur einige wenige Szenen aus dem Pilotfilm konnten letztendlich wiederverwendet werden, wie beispielsweise das Gespräch zwischen Robert Baratheon und Eddard Stark in den Katakomben von Winterfell. Auch einige Einstellungen der Feierlichkeiten fanden Verwendung sowie Szenen im Innenhof von Winterfell, die ein Gespräch zwischen Robert und Ned zeigen. Der Schere zum Opfer fiel leider der Gastauftritt von Autor George R. R. Martin als Edelmann mit einem riesigen Hut in Mopatis. Auch der Auftritt der deutschen Mittelalter-Band Corvus Corax bei der Feier am Hofe der Starks schaffte es nicht in die finale Serie. Aber nicht nur Schauspieler wurden ausgetauscht. Aus logistischen und sicherheitstechnischen Gründen entschied man sich auch für einige neue Drehorte. Für die Aufnahmen in Winterfell sollte nicht länger das schottische Doune Castle herhalten, sondern eine Burg in Nordirland. Außerdem zog man für die Essos-Szenen nach Malta und Kroatien. Als die erste Staffel dann endlich im April 2011 im amerikanischen Pay-TV anlief, gab es kein Halten mehr. Das Phänomen „Game of Thrones" breitete sich einer Lawine gleich auf der ganzen Welt aus. George R. R. Martins Bücher schnellten wieder auf die Bestsellerlisten und Millionen neuer Fans entdeckten die Welt von Westeros. Nie zuvor wurde Fantasy im Fernsehen so ernst genommen, und so richtet sich „Game of Thrones" bewusst auch an ein Publikum, das sich bisher noch gar nicht mit diesem Genre beschäftigt hat. „Game of Thrones" ist düster, bedrohlich und faszinierend; sicherlich keine leichte Kost, aber eine Delikatesse, wie man sie nur selten serviert bekommt. Ohne Zweifel kann diese Serie als ein Meilenstein der Fernsehgeschichte betrachtet werden.

ANATOMIE EINER ADAPTION – DER UNTERSCHIED ZWISCHEN ROMAN- UND FERNSEHSERIE

Die Adaption eines Romans in ein visuelles Medium wie Kino oder Fernsehen erfordert immer eine gewisse Flexibilität, was die Handlungstreue angeht, denn der dramaturgische Ablauf eines Buches sowie die Erzählstruktur funktionieren in einer filmischen Adaption nur in den seltensten Fällen. Daher drehen Drehbuchautoren und Regisseure manchmal so stark an der dramaturgisch-inhaltlichen Schraube, dass die Buchleser das Werk nicht wiedererkennen und dies infolge auch oft lautstark kritisieren. Bei vielen Buchverfilmungen heißt es von daher reflexartig: „Das Buch ist sowieso viel besser.“ Nur wenigen Filmemachern ist der Spagat zwischen filmischer Adaption und Buchtreue gelungen, so wie beispielsweise David Fincher mit seiner Verfilmung von Chuck Palahniuks „Fight Club“ oder Peter Jackson mit seiner Adaption von J. R. R. Tolkiens Fantasyroman „Der Herr der Ringe“. Beide haben es geschafft, Kernelementen und Aussagen des Buches treu zu bleiben und dennoch neue filmische Elemente einzufügen, die dem nicht widersprechen. Zwar haben sowohl Fincher als auch Peter Jackson einige Charaktere und ihre Motivation verändert, aber immer so, dass es für die meisten Fans in der Summe akzeptabel blieb. Beispielsweise gibt es im Roman „Der Herr der Ringe“ bei der Figur „Aragorn“ kaum eine charakterliche Entwicklung. Für den Buch-Aragorn ist von Anfang an klar, dass er der König von Gondor ist, die erforderliche Entwicklung findet alleine durch die räumliche Reise der Helden statt. Da dies aber für einen modernen Film emotional nicht genügend Projektionsfläche bietet, lässt Peter Jackson seinen Film-Aragorn als Zweifler beginnen, der sein Erbe abstreitet und gar nicht König werden will, sich aber bis zum Ende der Handlung langsam zum König entwickelt. Dadurch wirkt die Figur wesentlich menschlicher und der Zuschauer hat die Möglichkeit, eine emotionale Bindung aufzubauen.

Bei der Adaption von „Das Lied von Eis und Feuer“ war sicherlich nicht von Nachteil, dass George R. R. Martin ein erfahrener Drehbuchautor ist und die Bücher von Grund auf schon sehr filmisch aufgebaut hat. So lesen sich viele der Kapitel fast wie szenische Akte und enden in cineastischer Manier oft mit einem sogenannten Cliffhanger. Anders als in einem Kinofilm bietet eine Serienumsetzung zudem die Möglichkeit, sich viel Zeit für die Charaktere und die Erzählung zu lassen. Die Bindung zwischen Zuschauer und Figur kann über mehrere Folgen aufgebaut werden und muss nicht wie in einem Kinofilm in der ersten halben Stunde passieren. Zudem entschieden sich die Produzenten

D. B. Weiss und David Benioff dafür bei ihrer Adaption, gegen das alte filmische Gesetz „Show, don't tell" (dt.: „Zeigen, nicht erzählen") zu verstoßen. Wenn sich beispielsweise eine Figur an Ereignisse aus ihrer Vergangenheit erinnert, werden diese üblicherweise bei Filmen im Bild, beispielsweise als sogenannter „Flashback" gezeigt. Nicht so bei der HBO-Umsetzung von „Game of Thrones". Vermutlich auch aus Budget-Gründen entschieden die Macher, die Figuren viele Ereignisse einfach erzählen zu lassen. So berichtet beispielsweise Tyrion in der Folge „Baelor"[51] der Kurtisane Shae und seinem Freund Bronn von den tragischen Ereignissen seiner ersten großen Liebe. Während andere Filmemacher entschieden hätten, sich bei solchen Szenen eines Flashbacks zu bedienen, bleibt es bei „Game of Thrones" beim Erzählen. Auch die Erwägung, Ereignisse der Vorgeschichte rund um die historische Figur Aegon den Eroberer zu visualisieren, wurde aus finanziellen Gründen fallen gelassen und stattdessen über den Dialog der Charaktere gelöst. Ein solches Stilmittel setzt aber die Bereitschaft der Zuschauer voraus, sich auf die Serie einzulassen, da man den Figuren ständig zuhören und folgen muss, während im Bild nicht viel passiert. Und so kommen sich Romane und Serienadaption kompromissbereit entgegen.

51 Staffel 1, Folge 9, „Baelor"

Eine meistdiskutierte Abweichung von der Romanreihe, die durch die Adaption als Fernsehserie notwendig wurde, betrifft das von Martin in den Büchern angegebene Alter der Figuren.[52] George R. R. Martin hat sich für die Altersangaben in seinen Romanen an einem mittelalterlichen Vorbild orientiert. Zu jener Zeit hat es das Konzept von Jugend beziehungsweise „Heranwachsen" nicht gegeben, man war entweder Kind oder Erwachsener. Es gibt immer noch einige traditionelle, religiöse Zeremonien, die genau diesen Übergang zelebrieren, wie beispielsweise die jüdische Bar-Mizwa oder die katholische Firmung. Vor 800 Jahren waren diese Rituale der Wendepunkt im Leben des jeweiligen Menschen. Es war nicht ungewöhnlich, dass Kinder bereits in jungen Jahren die Aufgaben von Erwachsenen erfüllen mussten. So war beispielsweise Margaret Beaufort (1443–1509) erst zwölf Jahre alt, als sie mit Edmund Tudor, 1. Earl of Richmond, verheiratet wurde. Zwei Jahre später, also mit vierzehn, gebar sie ihren ersten Sohn, der als Heinrich der VII., König von England, in die Geschichte einging. Dies ist nur ein Beispiel. Die Geschichtsschreibung berichtet immer wieder von Rittern, die mit vierzehn oder fünfzehn in ihre erste Schlacht ziehen, teilweise begleitet von Knappen, die unter zehn Jahre alt sind. Solche Altersangaben scheinen heute abstrus und können nur abstrakt

52 Laut Erzählung ist Bran zu Beginn sieben Jahre alt, Arya ist neun, Sansa elf, Daenerys Targaryen ist dreizehn, Robb und Jon Schnee sind vierzehn Jahre alt.

verarbeitet werden. Einen 14-jährigen Ritter kann man sich heute nicht mehr vorstellen. In einem Buch funktioniert das, weil der Leser mit seiner modernen Weltsicht die Altersangaben im Geiste unterbewusst angleicht. In einer Verfilmung ist diese Darstellung aber schwieriger und auch unglaubwürdiger, weil sie den modernen Gewohnheiten des Zuschauers komplett widerspricht. Robb Stark als 14-jähriger König des Nordens? Schwierig vorstellbar. Deshalb entschieden die Serienmacher, bei den jungen Charakteren jeweils zwei bis vier Jahre auf das Alter draufzuaddieren. Das Sklavenmädchen Missandei wurde sogar um 13 Jahre älter gemacht. Im Roman ist sie erst zehn, als sie in die Dienste von Daenerys kommt.

Neben den erzählerischen Gründen gab es für die Produktion auch ganz pragmatische Gründe, das Alter der Figuren etwas anzuheben. Um die Jugendschutzauflagen in den jeweiligen Ländern, in denen gedreht wurde, nicht zu verletzen, war es erforderlich, dass die Schauspieler bereits ein gewisses Alter erreicht hatten, um für einen vollen Arbeitstag vor der Kamera stehen zu dürfen. Darüber hinaus wären natürlich sämtliche Nackt- und Sexszenen (wie beispielsweise zwischen Daenerys Targaryen und Khal Drogo) mit Schauspielern unter 18 Jahren unmöglich gewesen. Außerdem darf man nicht vergessen, dass es mit geringer werdendem Alter auch immer schwieriger wird, begabte, glaubwürdige Schauspieler zu finden. Für Weiss und Benioff war es extrem wichtig, eine Schauspielerin für Daenerys

Targaryen zu finden, die die emotionale Bandbreite und die enorme Entwicklung, die der Charakter durchmacht, auch glaubwürdig darstellen kann. Eine Schauspielerin im Teenager-Alter hätte damit vermutlich viel mehr Probleme gehabt als Darstellerin Emilia Clarke, die zu Beginn der Dreharbeiten bereits 23 Jahre alt war. Im Nachhinein gesteht George R. R. Martin übrigens ein, bei dem Alter der Figuren in seinem Roman eventuell etwas zu tief angesetzt zu haben.

Aufgrund der gewaltigen Anzahl der Charaktere beschloss man außerdem, einige Figuren zu streichen, beziehungsweise mehrere Charaktere zu jeweils einer Figur zusammenzuziehen. So vereint beispielsweise Matthos Seewert, der Sohn des Schmugglers Davos Seewert, in der Fernsehserie alle vier Söhne von Davos in sich, da die Figur im Gesamtkontext relativ unwichtig ist. Nicht weiter tragisch bei so einer kleinen Rolle, die vermutlich sowieso nur eingeschworenen Fans im Gedächtnis geblieben ist. Eher augenfällig war die Veränderung des Wildlingsmädchens Osha, die vor den Toren von Winterfell gefangen genommen wird. Dass Osha Theon Graufreud Treue schwört und ihm ihre Dienste anbietet, damit sie sich frei auf der Burg bewegen kann, um Bran und Rickon befreien zu können, entspricht dem Roman. Dass sie aber später mit ihm Sex hat, ist eine Vermischung mit der Buch-Figur Kyra, einem Mädchen aus Winterdorf, das Theon als Bettgefährtin zu sich nimmt. Auch in Gendry, dem Schmiedelehrling aus Königsmund, werden mindestens zwei Personen vereint. Denn im Roman ist Gendry nicht wie in der TV-Serie der letzte überlebende Bastard von Robert und wird auch niemals von der Roten Priesterin Melisandre nach Drachenstein gebracht, um sein Blut zu opfern. Im Roman geschieht dies mit Edric Sturm, einem anderen unehelichen Sohn von Robert. Diese Zusammenführung der beiden Figuren führt interessanterweise auch dazu, dass es eine spannende Begegnung zwischen Arya und der roten Priesterin gibt, obwohl sich die beiden im Buch nie begegnet sind. Überhaupt gibt es einige Handlungsänderungen in Aryas Handlungsstrang, die für unvergessliche Momente in der Fernsehserie gesorgt haben. An erster Stelle sind hier sicherlich ihre Erlebnisse in der Festung Harrenhal zu nennen. Im Roman dient sie dort eigentlich Roose Bolton, dem Lord von Grauenstein, und nicht Tywin Lennister als Dienstmädchen, weil der sich zu der Zeit gar nicht in Harrenhal aufhält. Doch die Serienmacher entschieden, dass sich Arya und Tywin in der zerstörten Festung begegnen, und bescherten Fans damit einige der wunderbarsten Dialogszenen der Serie überhaupt zwischen der Wolfs-Tochter und dem Löwen-Fürsten[53]. Für viele Fans gehören die Gespräche zwischen den beiden zu den besten Szenen der zweiten Staffel.

---

53 Staffel 2, Folge 5, „Der Geist von Harrenhal“

Eine weitere Änderung betrifft die Umbenennungen von Charakteren, vermutlich um den Zuschauer nicht zu verwirren. So wird im Roman Bran von dem Wildlingsmädchen Osha begleitet, die Schwester von Theon Graufreud aber heißt Asha. Die Namen Osha und Asha waren den Serienmachern zu ähnlich und sie befürchteten offenbar Verwechslungsgefahr, weshalb Letztere in der englischen Originalfassung der Serie in Yara umbenannt wurde. Interessantes Detail: Das deutsche Synchronstudio setzte sich über diese Entscheidung hinweg und machte die Umbenennung einfach wieder rückgängig, was von den deutschen Fans dankbar gewürdigt wurde.

Eine auffällige äußerliche Änderung ist auch die „Aufhübschung“ vieler Charaktere. Nun liegt Schönheit bekanntlich nur im Auge des Betrachters, dennoch stellt George R. R. Martin in seinen Romanen bei einigen Charakteren zweifelsfrei klar, dass ihr Anblick vor Hässlichkeit kaum zu ertragen ist. Tyrion Lennister beispielsweise wird als geradezu abstoßend beschrieben.

> *„Er war ein Zwerg, halb so groß wie sein Bruder, und auf seinen stummeligen Beinen versuchte er Schritt zu halten. Sein Kopf war zu groß für den Körper, mit dem eingedrückten Gesicht eines Grobians unter gewölbter Stirn. Ein grünes und ein schwarzes Auge lugten unter strähnigem Haar hervor.“*[54]

---

54 Die Herren von Winterfell, S. 67

Später wird er laut Roman noch weiter entstellt, als er in der Schlacht von Schwarzwasser nicht nur wie in der Fernsehserie eine schicke Narbe bekommt, sondern seine Nase verliert. Auch das Wildlingsmädchen Ygritte wird als relativ hässlich beschrieben. Wir erfahren, dass Jon sie für ihre neunzehn Jahre für zu klein hält. Sie ist zudem kräftig gebaut mit einem runden Gesicht, kleinen Händen, einer Stupsnase und krummen weißen Zähnen. In der Fernsehserie wird Ygritte aber von der schottischen Schauspielerin Rose Leslie verkörpert, die nichts mit dieser Beschreibung gemeinsam hat. Ähnlich gravierend ist der äußerliche Unterschied zwischen der Kriegerin Brienne, so wie sie im Roman geschildert wird und der Brienne aus der Serie.

> „*Die Schöne wurde sie genannt … welch grausamer Hohn. Ihr Haar war ein Rattennest aus schmutzigem Stroh, […] ihre Züge waren flach und grobschlächtig, ihre Zähne vorstehend und krumm, ihr Mund zu groß, die Lippen so fleischig, dass sie aufgequollen wirkten. Tausende von Sommersprossen bedeckten Wangen und Stirn, und die Nase war ihr mehr als einmal gebrochen worden. Mitleid erfüllte Catelyns Herz. Gibt es ein unglücklicheres Wesen als eine hässliche Frau?*“[55]

Immer wieder wird Brienne im Roman mit einer Kuh

---

55 Der Thron der Sieben Königreiche, S. 419 ff.

verglichen und mehrfach betont, dass ihre Zähne denen eines Pferdes ähneln. Die Männer bezeichnen sie als abstoßend und hässlich. Sie ist breitschultrig und besitzt offenbar keinerlei Grazilität. Als die Besetzung der Rolle mit der fast zwei Meter großen Schauspielerin Gwendoline Christie bekannt gegeben wurde, gab es vor allem im Internet jede Menge Fanproteste, dabei hatte sich Gwendoline Christie für die Rolle sogar extra die Haare kurz geschnitten und Muskelmasse antrainiert. Die Beschwerden der Fans nehme sie mit Humor, verriet Gwendoline Christie im Interview mit einer neuseeländischen Zeitung: *„Mein ganzes Leben lang hab ich mir gewünscht, dass die Leute sagen würden, ich wäre hübsch. Aber zu hübsch? Das ist super. Ich liebe es, wenn [die Fans] fragen: Wer ist dieses Model?"*

Nicht nur die äußerlichen Änderungen von Charakteren sorgten bei manchen Anhängern der Romanreihe für Unmut, sondern auch die charakterlichen Veränderungen, wie beispielsweise bei Wildlingsfrau Osha. In der TV-Serie brachte die Schauspielerin Natalia Tena („Harry Potter und der Orden des Phönix") sehr viele eigene Ideen in die Rolle mit ein und spielte Osha wesentlich sarkastischer, aber auch lebendiger als im Roman geschildert. George R. R. Martin erklärte bereits, dass er Natalia Tenas Interpretation der Rolle so sehr liebe, dass er es sogar in Erwägung ziehe, die Buch-Osha mit der Zeit an die Serien-Osha anzupassen.

Auch die Rolle der geheimnisvollen Kurtisane Shae wurde verändert und ausgebaut. Während im Roman die Herkunft von Shae ungeklärt bleibt, ist in der TV-Serie davon die Rede, dass sie aus Lorath, einer der freien Städte, stammt, wie auch ihr Akzent (in der Serie übrigens ein deutscher Akzent) verrate. Die deutsch-türkische Schauspielerin Sibel Kekilli erklärte in einem Interview, dass sie die Rolle nur unter der Bedingung angenommen habe, dass die Figur mehr Tiefe verliehen bekomme. Und da den Produzenten ihre schauspielerische Interpretation gefiel, verliehen sie Shae etwas Mysteriöses. Während Shae in den Büchern Tyrion nicht wirklich liebt und nur ihrem Geschäft nachgeht, entwickelt die Shae in der TV-Serie tatsächlich eine starke emotionale Bindung zu Tyrion. Ihr anschließender Verrat resultiert aus verletzten Gefühlen und nicht aus reiner Bosheit. Zudem zeigt die Buch-Shae auch keinerlei Interesse an Sansa, während die Serien-Shae sich für die Stark-Tochter einsetzt und sie in Königsmund vor den Machenschaften des Hofes schützen will.

Ebenfalls umgekrempelt wurde die Figur des Petyr „Kleinfinger" Baelish, der im Roman extrem subtil vorgeht, in der Serie aber auch mal offen ausspricht, was er denkt. In den Büchern wird er von den anderen Charakteren immer für freundlich und hilfsbereit gehalten, während er in Wirklichkeit seine hinterhältigen Pläne schmiedet. In der Serie bedroht Petyr seine Gegenspieler aber relativ offen und geht einmal sogar auf direkten Konfrontationskurs mit Cersei[56]. George R. R. Martin betonte in einem Interview mit der BBC, dass Kleinfinger sogar vermutlich die Figur sei, die am stärksten verändert wurde:

> *„Es gibt eine Aussage in einer der Folgen, wo zwei Figuren über ihn sprechen, er aber nicht anwesend ist. Die eine sagt: ‚Niemand traut Kleinfinger' und ‚Kleinfinger hat keine Freunde'. Und das trifft auf den Kleinfinger aus der Fernsehserie auch zu, aber nicht im Buch, denn im Buch vertraut wirklich jeder Kleinfinger. […] weil es scheint, dass er kaum Macht besitzt und außerdem zu jedem freundlich ist und auch hilfsbereit. […] Er ist mit wirklich jedem befreundet. Aber dennoch hat er auch diese machiavellistische Seite. Jeder vertraut ihm und alle sind von ihm abhängig. Aber er ist offenbar keine Bedrohung. Er ist der lustige, hilfreiche Typ, den du rufst, wenn du Geld brauchst. Dadurch machen sich immer mehr Leute von ihm abhängig und er steigt höher und höher auf.“*[57]

Einige der größeren Handlungsänderungen hängen mit der Point-of-View-Erzählweise der Romane zusammen.

56 Staffel 2, Folge 1, „Der Norden vergisst nicht“

57 Who's Afraid of Machiavelli?, BBC, Erstausstrahlung: 3.12.2013, 22:35 Uhr

Bei George R. R. Martin sind die jeweiligen Kapitel immer aus der Sicht einer bestimmten Person erzählt und beinhalten dann auch immer nur Ereignisse, die die Person direkt betreffen. Beispielsweise werden die Ereignisse im Heerlager von Renly Baratheon aus Sicht von Catelyn Stark geschildert; und die war natürlich bei privaten Gesprächen anderer Charaktere in dem Lager nicht dabei. Für die Serienhandlung war es aber beispielsweise wichtig, die Motivation von Margaery Tyrell aus Rosengarten besser auszuleuchten, weshalb in der Folge „Was tot ist, kann niemals sterben“[58] das Gespräch zwischen Renly und Margaery in Renlys Zelt gezeigt wird, bei dem Catelyn natürlich nicht zugegen war. Die Auflösung des Point-of-View-Handlungsstrangs von Catelyn führt weiterhin dazu, dass Robb Stark in der Serie wesentlich deutlicher in den Fokus gerückt wird. Anders als im Roman, wo Robbs Erlebnisse nur indirekt geschildert werden, wurde der König des Nordens in der Serie zu einem der Hauptakteure gemacht. Dadurch fühlten sich die Drehbuchautoren wiederum gezwungen, dessen Handlungsweise besser zu erklären, was zur Einführung des neuen Charakters Talisa Maegyr (gespielt von Oona Chaplin) führte.

Im Roman wird Robb nach der Eroberung von Burg Bruch, bei der er sich eine Verletzung zuzieht, dort von der 16-jährigen Jeyne Westerling versorgt. Als er

58 Staffel 2, Folge 3, „Was tot ist, kann niemals sterben“

zudem vom vermeintlichen Tod seiner Brüder erfährt, hat die schüchterne Tochter von Lord Gawen Westerling Mitleid mit dem König des Nordens und tröstet ihn mit Sex. Robb, der in tiefer Trauer ist, lässt dies in der Situation zu. Am nächsten Tag begreift er seinen Fehltritt und da Ehre ihm das wichtigste Gut ist, so wie er es von seinem Vater Eddard Stark gelernt hat, heiratet er Jeyne gezwungenermaßen, um ihren Ruf nicht zu beschmutzen, und das, obwohl er sie nicht liebt. Dadurch begeht er den fatalen Eidbruch an Walder Frey, dessen Tochter er eigentlich versprochen war, und zerbricht das Bündnis zwischen den Starks und den Freys, was letztendlich zu den Ereignissen der Roten Hochzeit führt. Den Serienautoren aber war diese Handlungswendung offenbar etwas zu schwach, um davon ein derart bedeutendes Ereignis wie die Rote Hochzeit abzuleiten. Außerdem spielen sich diese Ereignisse im Roman nur im Hintergrund ab. Daher wurde beschlossen, die Figur Jeyne Westerling komplett zu streichen und eine neue Figur zu entwickeln: Talisa Maegyr aus Volantis. In der Serie kümmert sich nun Talisa, eine einfache Heilerin, um Robbs Verwundung und die beiden verlieben sich ineinander. Dadurch wird Robbs Motivation, durch eine heimliche Hochzeit den schicksalhaften Eidbruch zu begehen, wesentlich deutlicher. Um die Emotionalität der Situation weiter zu erhöhen, beschlossen die Serienmacher, zudem Robbs schwangere Ehefrau bei dem Massaker der Roten Hochzeit ebenfalls grausam zu Tode kommen zu lassen. Im Buch hingegen ist Jeyne bei diesem Ereignis gar nicht anwesend. Die emotionale Reaktion der Serienfans im Internet auf diese Szene zeigt, dass die Drehbuchautoren mit ihrer Entscheidung richtiglagen. Die Ermordung der Schwangeren durch Messerstiche in den Bauch gilt als eine der dramatischsten Szenen in der Geschichte der Fernsehserien. Während George R. R. Martin die Entscheidung begrüßte, Robb mehr im Vordergrund agieren zu lassen, kritisierte er in einem Interview mit Maureen Ryan auf der Worldcon 2012 die Entscheidung, Jeyne durch einen komplett neuen Charakter zu ersetzen. Genau wie viele Fans hält er die Änderung für überflüssig. Es wurde vor allem kritisiert, dass Talisa als aufmüpfige Klischee-Fantasyheilerin zu eindimensional sei und sich dadurch von den anderen Figuren aus der Feder von George R. R. Martin zu sehr unterscheide.

Aber Talisa Maegyr ist nicht die einzige Figur, die erst für die Fernsehserie entwickelt wurde. Auch die Prostituierte Ros, dargestellt von der britischen Schauspielerin und Burleske-Tänzerin Esmé Bianco, wurde nur für die Fernsehserie erdacht, inspiriert von einer namenlosen, rothaarigen Hure im Roman. Ros dient in der Fernsehserie als eine Art Plot-Katalysator, um die Handlung voranzutreiben. Als Prostituierte ist sie hervorragend dafür geeignet, von den Autoren mit jedem Bewohner auf Westeros glaubwürdig in Verbindung gebracht zu werden, ganz egal ob mit Tyrion, Theon, Joffrey, Petyr Kleinfinger oder dem alten Großmaester Pycelle. Immer wenn einer dieser Charaktere seine Motivation erklären muss, damit der Zuschauer versteht, warum derjenige so handelt, wie er es tut, taucht plötzlich Ros im Drehbuch auf. In ihrer Position als zum Schweigen verpflichtete Prostituierte können ihr von den Charakteren Motivationen, Geheimnisse und Pläne anvertraut werden. Ein einfacher dramaturgischer Kniff, der aufgeht und überzeugend wirkt.

Doch wo Charaktere ausgebaut oder sogar eingeführt werden, müssen andere etwas kürzer treten. Gregor Clegane, der in der Serie von drei unterschiedlichen Schauspielern dargestellt wird, ist so ein Fall. In den Büchern von George R. R. Martin ist der Ritter Gregor Clegane die Nemesis aller Charaktere. Der Bruder von Sandor (Rory McCann) ist der übelste und brutalste Krieger in Westeros, gefürchtet nicht nur von seinen Feinden, sondern auch in den eigenen Reihen. George R. R. Martin beschreibt ihn als riesig (etwa 2,40 m groß), mit breiten Schultern und der gewaltigsten Rüstung in Westeros. Er ist vermutlich der einzige Charakter in der gesamten Geschichte, der als prinzipiell abgrundtief böse bezeichnet werden kann, ohne dass seine Gründe irgendwie näher erklärt werden. Eine seiner ersten bekannten Taten ist die Verstümmelung seines Bruders, dessen Gesicht er als Kind in glühende Kohlen drückte.

Vermutlich hat er sowohl seinen Vater als auch seine Schwester auf dem Gewissen sowie unzählige Feinde und auch eigene Soldaten. Seine Wutanfälle sind gefürchtet. In den Büchern werden Gregor Cleganes Schandtaten ausführlich geschildert, beispielsweise wie er Babys zerschmettert und Frauen vergewaltigt, und viele Leser zucken zusammen, wenn sein Name fällt. Zuschauer der Fernsehserie, die den Hintergrund der Bücher nicht kennen, erinnern sich an diesen Charakter höchstens als den Typen, der in der ersten Staffel beim Turnier einem Pferd mit einem Hieb den Kopf abgeschlagen hat und bei einem Duell in der vierten Staffel den Kopf von Prinz Oberyn Martell wie eine Melone zerquetscht.

Eine weitere Abweichung von der Romanserie betrifft die Beschleunigung beziehungsweise die Vorwegnahme einiger Handlungsstränge. Sowohl in der dritten als auch in der vierten Staffel (die dem jeweils fünften bzw. sechsten Band entsprechen) werden bereits zahlreiche Ereignisse aus dem neunten und zehnten Band geschildert, also Ereignisse, die sich laut Buch eigentlich erst viel später zutragen. Die Abenteuer von Bran Stark im Land jenseits der Mauer oder auch die Geldzahlungen der Eisernen Bank an Stannis Baratheon gehören zu diesen vorweggenommenen Ereignissen, ebenso wie die ausgiebige Folter von Theon Graufreud durch den sadistischen Ramsay Schnee sowie dessen Menschenjagd und die Eroberung von Maidengraben. Auch das Wachstum von Daenerys' Drachen wurde extrem beschleunigt, vermutlich um der Ungeduld der Fernsehzuschauer entgegenzuwirken. Denn eigentlich sind die Bestien erst im neunten Buch „Sohn des Greifen“ groß genug, um Schafe zu reißen, was in der Fernsehserie aber bereits in der vierten Staffel geschieht.

Neben diesen deutlichen Änderungen sind es auch viele kleine, äußerliche Details, die für die Fernsehadaption abgeändert wurden, weil sie wörtlich umgesetzt nicht richtig funktioniert hätten. Das betrifft unter anderem Haarfarben, Landschaften, aber auch Kostüme. So schildert George R. R. Martin beispielsweise, dass Daenerys bei ihrem Besuch in Qarth zeitweise die traditionelle Kleidung trägt, bei der eine Brust entblößt ist. Die Serienmacher entschieden sich aber dagegen, genauso bei der Tatsache, dass Daenerys im Buch ihre drei Drachen an ihrer Brust säugt. Ebenfalls geändert wurde, dass der attraktive Söldner Daario Naharis blaue Haare hat, vermutlich, weil es zu seltsam ausgesehen hätte. Und Syrio Forel, gespielt von Miltos Yerolemou, bekam statt einer Glatze einen Lockenkopf verpasst. Im Audio-Kommentar der DVD betont George R. R. Martin, dass ihn kleine Änderungen wie die Haarfarbe oder ob eine Figur Rechts- oder Linkshänder ist, persönlich nicht stören. Und dem Unterhaltungsfaktor tun sie auch keinen Abbruch, da sie für die Gesamthandlung nur wenig relevant sind.

Dass es bei Abweichungen, Änderungen oder Vermischung von Charakteren für die Serienmacher kaum Grenzen gibt, haben diese bereits in der ersten Staffel bei den Szenen mit Daenerys bewiesen. In deren direktem Umfeld wurden Figuren willkürlich getauscht, getötet oder am Leben gelassen, ganz unabhängig davon, was George R. R. Martin in den Büchern schreibt. So wird Daenerys' Dienerin Irri in den Romanen nicht, wie in der Serie „Game of Thrones“ dargestellt, bei ihrem Aufenthalt in Qarth getötet, sondern lebt zum aktuellen Zeitpunkt des zehnten Bandes noch. Anders als in der Fernsehserie wird Dothraki-Krieger Rakharo bei seinen Erkundungen auch nicht von Khal Jhaqo geköpft, sondern reist mit Dany aus der Roten Wüste weiter nach Qarth. Im Buch ist es Daenerys' Dienerin Eroeh, die stattdessen getötet wird, eine der Frauen aus Lhazareen, deren Missbrauch durch den Dothraki Mago Daenerys im letzten Moment verhindern kann. Mago vergewaltigt Eroeh später mit vielen anderen, tötet und zerstückelt sie und schickt Teile des Leichnams als Botschaft an Daenerys. In der Serie überlebt Mago aber gar nicht so lange, dass er zu einer solchen Schandtat in der Lage wäre, sondern wird vorher von Khal Drogo in einem Zweikampf getötet, in dem dieser ihm mit der bloßen Hand die Kehle aufreißt. Und während Daenerys' Dienerin Doreah in den Büchern schon auf der Reise nach Qarth in der Roten Wüste stirbt, erreicht sie in der Fernsehserie die Stadt wohlbehalten mit ihr. Auch der Rat der Dreizehn in Qarth ist nur eine Zusammenführung mehrerer herrschenden Fraktionen des Buch-Qarths. Die Tatsache, dass Daenerys ihre drei Drachen in Qarth gestohlen werden, ist eine Erweiterung der Buchhandlung. Dort versuchen die Hexenmeister zwar, ihr die Drachen zu stehlen, als sie dem Haus der Unsterblichen einen Besuch abstattet, aber es gelingt ihnen letztendlich nicht. Die Serienmacher haben hier mit den Schilderungen eines Buchkapitels aus Band 4 „Die Saat des Goldenen Löwen“ vier Serienfolgen gefüllt. Um die Ereignisse dramatischer zu gestalten, versucht der vermeintlich reiche Kaufmann Xaro Xhoan Daxos die Macht in Qarth an sich zu reißen. Eine umso stärkere Änderung ist der Handlungsstrang um Daenerys' Dienerin Doreah, die im Roman ja wie oben beschrieben eigentlich schon in der Roten Wüste stirbt und Qarth nie erreicht. In der Serie aber verrät sie Daenerys schließlich an Xaro Xhoan Daxos, nachdem diese das Heiratsangebot des Händlers abgelehnt hat, und tötet Daenerys' Vertraute Irri, die im Roman Qarth wohlbehalten verlässt. Dafür wird Doreah von Dany bestraft, indem sie zusammen mit Xaro zum Sterben in den Tresorraum eingesperrt wird.

Egal welche Änderung die Serienmacher durchführen, welche Abweichungen für die Adaption notwendig sind oder auch nicht, sie werden immer für Diskussionsstoff unter den Buchanhängern sorgen. Eins aber ist klar, keine der Änderungen oder Abweichungen wird leichtfertig getätigt, sondern unterliegt langwierigen Diskussionen von Autoren und Produzenten, bei denen alle Aspekte so weit wie möglich abgewogen werden. Und zumindest einen deutlichen positivcn Aspekt bieten alle Abweichungen vom Roman für die Buchleser: Nur so vermag die Fernsehserie, sie doch noch das ein oder andere Mal zu überraschen.

EIN STARKES ENSEMBLE – DIE SCHAUSPIELER

Neben der außergewöhnlichen Erzählkunst und dem starken Drehbuch profitiert „Game of Thrones“ vor allem von den durchgehend herausragenden Schauspielern. Das ist beachtlich, weil ein großer Teil der Darstellerriege nicht einmal volljährig ist, wie beispielsweise die während Beginn der Dreharbeiten erst 13-jährige Maisie Williams als Wildfang Arya. Auch die Riege der Erwachsenen ist zum Teil mit Newcomern, zum Teil aber auch mit hochkarätigen britischen, irischen und schottischen Schauspielern besetzt, allen voran Herr-der-Ringe-Darsteller Sean Bean als Eddard Stark. In der Rolle der intriganten Königin Cersei glänzt Lena Headey, und der amerikanische Schauspieler Peter Dinklage kann als Publikumsliebling Tyrion Lennister endlich seine Talente als Charakterdarsteller unter Beweis stellen. Aber auch den anderen Schauspielern macht es sichtlich Spaß, den komplex angelegten Figuren Leben einzuhauchen. Die Menschen in „Game of Thrones“ sind keine austauschbaren Hollywood-Schönlinge, sondern wirken wie lebendige Charaktere, die in dieser Welt atmen und leben und sterben.

Daenerys Targaryen – Emilia Clarke

Um die Drachenkönigin Daenerys Sturmtochter zu besetzen, suchten die Serienmacher lange nach einer jungen, britischen Schauspielerin, die in der Lage sein musste, die gesamte Bandbreite dieser Figur darzustellen, vom naiven Mädchen bis hin zur mächtigen Herrscherin. Es musste eine Schauspielerin sein, die sowohl eine motivierende Rede vor einer gewaltigen Menschenmenge halten konnte als auch in sensiblen Momenten liebevoll und zärtlich agieren. Außerdem durfte sie kein Problem mit Nackt- und Sexszenen haben, denn alleine in der ersten Folge der ersten Staffel sollte sie gleich mehrfach unbekleidet zu sehen sein. Die junge britische Schauspielerin Emilia Clarke (Jahrgang 1987) kam gerade frisch von der Schauspielschule, als sie den Casting-Aufruf las. Beim Casting musste die damals 22-Jährige zwei kurze Szenen aus der ersten Staffel spielen: ein Gespräch mit ihrem Bruder Viserys und das Finale der ersten Staffel, wo sie in den Scheiterhaufen von Khal Drogo steigt.

„*Das klingt vielleicht komisch, aber trotz der wenigen Dialogzeilen habe ich die Figur sofort verstanden*“, so Clarke im Anschluss. „*Sie ist ein junges Mädchen, das versucht, ihr Bestes zu geben, und dabei ihr eigenes Potenzial entdeckt.*“

Als Emilia Clarke später aus der Presse erfuhr, dass

die britische Schauspielerin Tamzin Merchant, vor allem bekannt für ihre Rolle als Catherine Howard in der Fernsehserie „Die Tudors“, die Rolle der Daenerys Sturmtochter bekommen hatte, war ihre Enttäuschung natürlich enorm. Aber Ablehnungen gehören zum Schauspielberuf dazu und Clarke schloss gedanklich mit dem Projekt ab. Im Frühjahr 2010 war die Überraschung dann umso größer, als sie einen Anruf von HBO bekam und man ihr mitteilte, dass man sie nun doch für die Rolle haben wolle.

„Der Anruf kam völlig unerwartet. Da ich die Bücher von George R. R. Martin nicht kannte, verbrachte ich die nächsten 48 Stunden damit, panisch im Internet zu recherchieren.“

Anschließend las sie dann auch noch die gesamte Romanreihe in einem Rutsch. Warum genau ihre Vorgängerin Tamzin Merchant das Projekt nach dem Pilotdreh verließ, ist bis heute unbekannt. Aber Emilia Clarke wird's gefreut haben, denn sie bekam die Rolle ihres Lebens, die für sie nicht nur den Einstieg in die Filmbranche bedeutete, sondern ihr gleich Engagements in großen Kinoproduktionen sicherte, wie beispielsweise als Sarah Connor in dem kommenden Actionfilm „Terminator: Gen!sys“.

„Es ist so aufregend für mich, dass ich für diese großartige Rolle ausgesucht wurde“, erklärte sie kurz darauf. *„Ich bin mittlerweile ein großer Fan der Romane und Dany ist mein Lieblingscharakter. Ich werde mein Bestes*

tun, um die Fans nicht zu enttäuschen." Und es ist ihr gelungen. Als Daenerys wurde sie zur Ikone, Mädchen wollten sein wie sie, Jungs verliebten sich in sie.

Die vielen, zum Teil brutalen Sex-Szenen waren für die junge Schauspielerin eine besondere Herausforderung. „*Natürlich wusste ich, dass es für HBO ist und zu 100 Prozent geschmackvoll und angemessen sein würde. [...] Aber für mich als junges Mädchen war das natürlich trotzdem eine große Sache und unglaublich furchteinflößend.*"

Dabei waren die schwierigsten Szenen ihrer Aussage nach nicht die Sex-Szenen mit Jason Momoa, sondern die mit ihrer Bettsklavin Doreah, gespielt von Roxanne McKee. „*Das war ziemlich unangenehm, aber auch, weil es für Dany unangenehm war*", so Emilia Clarke.

Am Ende waren es jedoch nicht die Sex-Szenen, sondern Emilia Clarkes beeindruckende schauspielerische Leistung, die die Zuschauer begeisterte. Selbst Superstars wie Madonna sind mittlerweile bekennende Dany-Fans. Daenerys ist zwar nicht immer sympathisch, aber ohne Zweifel eine der eindrucksvollsten Frauenfiguren der Fernsehgeschichte.

Tyrion Lennister – Peter Dinklage

Für die Besetzung seines Alter Egos Tyrion Lennister gab es für Autor George R. R. Martin von Anfang an immer nur eine Wahl: Peter Dinklage. Und das schon lange, bevor eine Fernsehserie beschlossene Sache war. Produzent David Benioff und Peter Dinklage kannten sich bereits flüchtig, als Benioff dem amerikanischen Schauspieler die Rolle von Tyrion anbot. Eigentlich hatte Peter Dinklage (Jahrgang 1969) zu dem Zeitpunkt keine Lust mehr, irgendwelche Zwerge in Fantasyfilmen oder -serien zu spielen. Aber er kannte David Benioffs Romane „Stadt der Diebe" und „25 Stunden" und ahnte, dass mehr hinter der Rolle steckte.

„Ich liebe einfach, wie er schreibt. Daher sagte ich zu, bevor ich das Drehbuch zu sehen bekam. Die drei [Benioff, Produzent Dan Weiss, HBO-Executive Carolyn Strauss] beschrieben die Rolle und sie überzeugten mich in dem Moment, in dem mir klar wurde, dass dies eine Rolle ist, wie sie mir noch nie angeboten worden war – vor allem im Fantasygenre."[59]

Dinklage war ergriffen von George R. R. Martins Figur, die zwar kleinwüchsig in einer Fantasywelt lebt, aber ein ernst zu nehmender Charakter ist und kein kauziger Gnom wie beispielsweise in den Narnia-Filmen. *„Ich*

59 „Peter Dinklage Says Tyrion Is ‚Tired of All the Lies' in Game of Thrones Season 4", Vanity Fair, Ausgabe April 2014

finde die Darstellung von Zwergen [im Fantasygenre] immer schwierig, selbst in ‚Der Herr der Ringe', obwohl ich die Bücher als Kind geliebt habe und auch Peter Jacksons Filme wirklich liebe. Aber das ist Fantasy. Ich habe in ‚Die Chroniken von Narnia' mitgespielt, mit langem Bart und so, weil ich das mal ausprobieren wollte, und hab nun auch einen Einblick bekommen. Aber nur bei Tyrion hatte ich das Gefühl, dass er ein richtiger Mensch ist", sagt Peter Dinklage. „*Ist das nicht schockierend?*"
Tyrion Lennister ist ein zugleich tragischer und heldenhafter Charakter und der Liebling der Fans. Schlagfertig und mit scharfem Verstand betrachtet er die Ereignisse in Westeros mit einem lakonischen Sarkasmus, der nicht nur unterhaltsam ist, sondern auch zum Nachdenken anregt. Und mit Tyrion scheint Peter Dinklage die Rolle seines Lebens gefunden zu haben, denn das erste Mal wurde er von der breiten Öffentlichkeit als ernst zu nehmender Schauspieler wahrgenommen und nicht nur als der kleine, lustige Gnom. Vielleicht war es das geteilte Schicksal, aufgrund der körperlichen Statur nicht ernst genommen zu werden, was Dinklage mit seiner Figur vom ersten Moment an verband. So oder so, Peter Dinklage spielt Tyrion mit Inbrunst und das wurde zur Kenntnis genommen. 2011 wurde er für die Rolle mit dem Emmy ausgezeichnet, 2012 folgte ein Golden Globe. Aber eine noch größere Auszeichnung für Peter Dinklage selbst ist die Tatsache, dass ihm nun endlich auch ernste Rollen angeboten werden, in denen er nicht

auf seine Körpergröße reduziert wird, so wie in „X-Men: Zukunft ist Vergangenheit" oder dem deutschen Liebesfilm „Taxi".

Jon Schnee – Kit Harington

Der wortkarge aber ehrbare Jon Schnee ist einer der wenigen Charaktere bei „Game of Thrones", der dem klassischen Heldenbild entspricht. Der uneheliche Sohn von Ned Stark ist aus tiefster Überzeugung ein guter Mensch. Er handelt stets idealistisch und setzt alle seine Aufgaben hingebungsvoll um. Einzig sein Ehrgeiz könnte als Schwäche gedeutet werden. Jon ist im Roman einer der wenigen Charaktere, mit denen man sich als Leser uneingeschränkt identifizieren kann, und so musste auch für die Umsetzung der Fernsehserie ein Schauspieler gefunden werden, der den Zuschauern diese Möglichkeit geben konnte.

Der zu diesem Zeitpunkt nahezu unbekannte junge Theaterschauspieler Kit Harington („Warhorse") brachte einige der Charaktereigenschaften von Jon Schnee mit, war er doch ebenso bescheiden und bodenständig. Anders als bei vielen anderen Darstellern musste er bei seinem Casting für die Pilotfolge bereits eine Szene aus der dritten Staffel lesen, die damals schon fertig gescriptet war. Dabei handelte es sich um ein Gespräch mit Ygritte, denn den Serienmachern war es wichtig, zu sehen, ob es Harington gelingen würde, das Gefühl der Beziehung der beiden Charaktere gut einzufangen. Und das, obwohl eine dritte Staffel zu dem Zeitpunkt noch komplett in den Sternen stand.

Ebenfalls hilfreich für die Zusage der Rolle war die Tatsache, dass Kit Harington (Jahrgang 1986) während des Castings für seine damals 23 Jahre noch extrem jung aussah. In der nie ausgestrahlten Pilotfolge war Jon Schnee laut Drehbuch, der Romanvorlage entsprechend, nur 14 Jahre alt, erst später entschied man, die Charaktere älter zu machen als in den Büchern beschrieben. Da Kit Harington den Produzenten nun etwas zu glatt war, baten sie ihn, sich für die Dreharbeiten der Serie einen Bart und die Haare wachsen zu lassen. Während dieser Phase, die in der Regel sechs Wochen dauert, gewöhnte sich Kit Harington an, seine Haare außerdem nicht mehr zu waschen, *„damit sie richtig schmalzig und mittelalterlich aussehen"*. In einem Interview verriet er später, dass er kein Fan der langen Haare und des Bartes sei. Außerhalb der Drehzeiten rasiere er sich daher immer und er freue sich schon aufs Ende der Serie, damit er endlich wieder seine Haare richtig kurz schneiden könne. *„Die [langen Haare] schränken mich ziemlich ein. Ich könnte jetzt beispielsweise keinen U. S. Marine spielen."*

Kurz vor Beginn der Dreharbeiten zur dritten Staffel brach sich Kit Harington den Fußknöchel, aber nicht bei einem Schwertkampf oder auf einem Gletscher, sondern ganz ungeschickt, als er eines Nachts versuchte, betrunken durch das Fenster seiner Wohnung zu steigen. Reumütig rief er seinen Agenten an, in der Angst, er werde damit seine Rolle in „Game of Thrones" verlieren. Aber die Filmemacher wussten Rat: Für Totalen sprang ein Körperdouble ein und die Nahaufnahmen wurden im Terminkalender so verschoben, dass Kit Harington beim Dreh wieder einigermaßen humpeln konnte. Der Fuß im Gips wurde dafür von Kostüm-Designerin Michele Clapton durch eine geschickte Stiefelattrappe kaschiert.

Über das Schicksal von Jon Schnee, vor allem die Ereignisse aus dem fünften Originalband „A Dance with Dragons", möchte Kit Harington übrigens lieber nichts wissen. Er hat daher beim vierten Originalband aufgehört zu lesen.

Arya Stark – Maisie Williams

Die Besetzung der ganz jungen Rollen war eine besondere Herausforderung, da es nicht einfach ist, Jungschauspieler zu finden, die die notwendige Bandbreite an emotionaler Erfahrung darstellen können. Für die Rolle der Arya Stark musste also eine Schauspielerin gefunden werden, die im Alter von Arya war, aber ein Kind darstellen konnte, das aufgrund der drastischen Umstände zu schnell erwachsen werden muss. Als sie für die Rolle der Arya Stark vorsprach, war Maisie Williams (Jahrgang 1997) gerade einmal zwölf Jahre alt. Die junge Britin hatte bis zu diesem Zeitpunkt nur Schultheater gespielt und war ansonsten völlig unerfahren. Gleich bei der zweiten Casting-Runde hatte sie eine Szene gemeinsam mit Sansa-Darstellerin Sophie Turner und die Produzenten merkten schnell, dass die Chemie zwischen den Mädchen stimmte. Schließlich wurde sie aus Hunderten von Bewerberinnen ausgewählt. Besonders begeistert zeigte sich Autor George R. R. Martin über die Wahl und schickte Maisie Williams aus den USA per Post vorab das Replika-Schwert „Nadel" aus der Merchandising-Kollektion zu den Büchern zu, damit sie üben könne.

„Ihr könnt euch nicht vorstellen, wie schwer es war, diese beiden Rollen [Arya und Sansa] zu besetzen", schrieb George R. R. Martin auf seiner Website. *„Wir haben Dutzende von Bewerbungsvideos angeschaut. Und das waren wirklich viele süße Kinder, manche hatten das richtige Aussehen, alle haben gestrahlt und waren sehr enthusiastisch, aber gute Kinderdarsteller sind selten. Maisie hat Arya von der ersten Sekunde an zum Leben erweckt, wie es kein anderes Mädchen vermochte."*

Da Arya auf der Flucht ist und ständig ums eigene Überleben kämpft, ist sie auch eines der wenigen Kinder in der Serie, das immer wieder gezwungen ist, mit eigenen Händen zu töten. Bei ihrem ersten Mord an dem Stalljungen in Königsmund, der sie verraten will, ist sie noch erschrocken über ihre Tat und sich selbst. Sie begeht den

Mord als Selbstverteidigung. Aber dann entwickelt sie sich nach und nach zu einer eiskalten Killerin. Als sie später an einem Soldaten der Freys Rache für die Rote Hochzeit nimmt, geht sie bereits kaltblütig berechnend vor. Und als sie Polliver, den Kastellan von Harrenhal, in einer Taverne trifft, der ihr einst das Schwert Nadel genommen und ihren Freund Lommy Grünhand damit getötet hat, geht sie nicht nur berechnend vor, sondern scheint die Klinge bewusst langsam in seinen Hals zu stechen und genießt dabei ihre Rache sichtlich.[60] All dies ist die konsequente Entwicklung hin zu der Assassinin, zu der sie später in Braavos ausgebildet werden wird. Arya entwickelt eine düstere Seite, die vielleicht ethisch nicht einwandfrei ist, die man ihr als Zuschauer aber gönnt, denn immerhin wurde ihr alles genommen, was sie hatte.

Khal Drogo – Jason Momoa

Er ist eine Mischung aus Conan der Barbar und Dschingis Khan – der mächtigste Kriegsherr der dothrakischen Steppe, stolz und eindrucksvoll, aber zugleich ungezähmt und gefährlich. Für die Rolle des Khal Drogo mussten die Serienmacher einen Schauspieler finden, der groß und physisch eindrucksvoll ist, aber zugleich exotisch-mysteriös, und der etwas Leidenschaftliches ausstrahlt.

60 Anders als in der Buchvorlage, in der Polliver von Sandor Clegane getötet wird.

Zudem war klar, dass aufgrund der Sprachbarriere zwischen Dany und Drogo der Schauspieler in der Lage sein musste, nur mit seiner körperlichen Ausstrahlung und seiner Mimik die notwendigen Inhalte zu transportieren. Der hawaiianische Schauspieler Jason Momoa (geboren 1979) verstand, was von ihm gefordert wurde, und bewarb sich mit einem Haka, dem rituellen Kriegstanz der Māori, der ursprünglich getanzt wurde, um die Gegner einzuschüchtern. Die unglaubliche Präsenz und das Temperament, mit denen er den Tanz aufführte, überzeugten die Produzenten und Momoa bekam die Rolle. Jason Momoa, der seine ersten schauspielerischen Gehversuche in der Rettungsschwimmer-Serie „Baywatch" absolvierte, brachte es vor allem als Ronon Dex, einer der Hauptcharaktere der Serie „Stargate Atlantis", zu Berühmtheit. Als er 2009 die Zusage für die Rolle von Drogo bekam, war er regelrecht aus dem Häuschen, da er immer davon geträumt hatte, in einer HBO-Serie mitzuspielen. Doch zwischen dem Dreh zur Pilotfolge und der ersten Staffel nahm Momoa noch ein zweites Angebot an, nämlich die Hauptrolle in der Neuverfilmung von „Conan". Das Production-Team entschied, dass Khal Drogo keinerlei Gemeinsamkeiten mit Conan haben dürfe, damit keine Verwechslungsgefahr bestünde. Für Momoa war aber von Anfang an klar, dass es sowieso nur wenige Gemeinsamkeiten zwischen Conan und Drogo gibt: *„Conan ist kein König, sondern ein einsamer Krieger. Außerdem stelle ich ihn mir wesentlich* *jünger als Drogo vor, der Herrscher über 4.000 Untertanen ist. Für ihn muss ich mich königlich bewegen und elegant und muss leidenschaftlich sein und eine Armee führen.*"

Für diese Attitüde habe er sich vom Tierreich inspirieren lassen. „*Wenn ich barbarisch spiele, dann möchte ich Dinge auf den Primatenstatus reduzieren. Ich habe mir Silberrücken-Gorillas angeschaut. Wenn man so einen Silberrücken beobachtet, sieht man, wie er sitzt und wie er schaut. Die sind einfach riesig und gewaltig, und sehr intensiv. Und diese Eigenschaften habe ich auf Drogo übertragen. Conan ist da aber ganz anders. Natürlich hat auch die Sprache eine wichtige Rolle gespielt. Und Drogo hat auch eine etwas romantischere Seite, das gefiel mir. Ich glaube hingegen nicht, dass wir bei Conan so romantisch waren.*"[61]

Wenn der sonst wortkarge Drogo spricht, dann nur die fiktive Sprache der Dothraki, die von dem Sprachwissenschaftler David J. Petersen extra für die Fernsehserie entwickelt wurde. Für seine epische Rede („*Ich werde mein Khalasar nach Westen führen, dorthin wo die Welt endet, und ich werde hölzerne Pferde über die schwarze Salzsee reiten, wie es kein Khal je zuvor getan hat.*") in der 7. Folge der ersten Staffel musste Jason Momoa einen fast zweiminütigen Monolog in Dothrakisch auswendig lernen. Das sei das Schwerste gewesen, was er jemals hätte machen müssen, gestand er in einem

61 Aladair Wilkins: „Jason Momoa explains why Conan the Barbarian is a lion, and Khal Drogo is a silverback gorilla", io9.com, 18.8.2011

Interview. *„Ich habe mich buchstäblich in mein Hotelzimmer mit Bier und Pizza eingeschlossen. Und dann hab ich die Rede auseinandergenommen, wie ein Lied. Das ist so, als ob man sich einen verdammten Liedtext merken müsste. Ich hab versucht, eine Melodie reinzubringen, damit ich mir darauf all die Wörter merken kann und wie ich sie aussprechen muss. Das hat am Ende funktioniert.“*[62] Aber nun sei er sehr stolz auf die Szene und fühle sich geehrt, dass er diese Rolle spielen durfte. Khal Drogo sei ohne Zweifel seine bis dato beste Arbeit als Schauspieler gewesen, ist er sich sicher.

Eddard Stark – Sean Bean

Für die Besetzung des aufrechten und edlen Fürsten des Nordens entschieden sich die Serienmacher mit dem Engagement von Sean Bean („Ronin“, „James Bond 007 – Goldeneye“) bewusst für einen prominenten Schauspieler, mit dessen Gesicht die Serie werbewirksam vermarktet werden konnte. Praktisch für das Produktionsbudget war sicherlich auch die Tatsache, dass Eddard Stark in der Geschichte nur eine begrenzte Lebenszeit beschert ist. Sean Bean (Jahrgang 1959), der Genrefans spätestens seit seiner Rolle als Boromir in „Der Herr der Ringe“ ein Begriff sein sollte, gibt in „Game of Thrones“

62 Hanh Nguyen: „Game of Thrones: How to Speak (and Curse!) Like the Dothraki“, TV Guide, 20.5.2011

den sorgenden Familienvater, den guten Freund und den Verfechter der Gerechtigkeit. Eine Figur mit Vorbildcharakter. Um als Ned Stark eine glaubwürdige Beziehung zu seinen Kindern darzustellen, bediente sich der britische Schauspieler (vier Mal verheiratet) bei den Erfahrungen mit seinen eigenen Kindern. Beispielsweise habe ihm das Gespräch mit Filmtochter Arya keinerlei Probleme bereitet. *„Ich habe selbst drei Töchter. Deshalb war es ziemlich entspannt und angenehm. So würde ich auch mit meinen Töchtern sprechen und ihnen auch solche Ratschläge geben.“*[63]

Dass er immer wieder Rollen in mittelalterlichen oder phantastischen Filmen bekomme, störe ihn übrigens überhaupt nicht. Er liebe dieses Genre, gestand er einmal in einem Interview. Für ihn sei es kein Problem, wenn er auf diese Rollen festgelegt würde. Dass er auch immer wieder für solche Charaktere besetzt wird, zeigt, dass seine Fans es genau so sehen.

Cersei Lennister – Lena Headey

Sie ist eine der zwiespältigen Figuren in „Game of Thrones“; hin- und hergerissen zwischen ihrer Liebe zu ihrem Bruder Jaime, ihren Kindern und ihrem Streben nach Macht, als Spielball der herrschenden Männer,

63 „Sean Bean Talks Ned Stark's Shocking ‚Game Of Thrones‘ Death“, access Hollywood, 13.6.2011

aber auch selbst nicht untätig. Eine Herrscherin, die sich dem Zuschauer in ihren sensiblen Momenten öffnet und ihre Motivation nachvollziehbar macht, sich aber im nächsten Moment wieder in ein eiskaltes und berechnendes Scheusal verwandelt. Lena Headey (Jahrgang 1973), bis dahin vor allem bekannt als Hauptdarstellerin der Fernsehserie „Terminator: The Sarah Connor Chronicles", brilliert als Meisterin der Intrigen am Hof des Roten Bergfrieds. Der Leinwanddurchbruch gelang Lena Headey 2007 als Königin Spartas in der Comicverfilmung „300". Aber keine ihrer bisherigen Rollen war vermutlich so vielschichtig wie die der Cersei Lennister.

Am meisten Angst habe sie vor ihrem Bußgang, den George R. R. Martin im 10. Band „Ein Tanz mit Drachen" schildert. Laut Romanvorlage muss Cersei vollkommen nackt, mit geschorenem Kopf und von einer grölenden Menschenmenge begleitet durch die Straßen von Königsmund ziehen. *„Das wird interessant. Ich hab bisher immer drauf bestanden, dass sie ihre Kleidung anbehält, weil das ein Teil ihrer Macht ist. Um sexuell und weiblich zu wirken, muss sie sich nicht ausziehen. Aber ich befürchte, gerade deshalb wäre es umso schockierender, wenn es dann doch passiert. Wir werden sehen, ich hab auf jeden Fall schon Angst."*[64]

---

64 Don Kaye: „EXCLUSIVE: Lena Headey on Game of Thrones and shooting THAT Cersei scene", blastr.com, 6.3.2014

Jaime Lennister – Nikolaj Coster-Waldau

Jaime Lennister ist einer der ambivalentesten Charaktere in der Geschichte von George R. R. Martin. Während der Königsmörder, gespielt vom dänischen Schauspieler Nikolaj Coster-Waldau (Jahrgang 1970), am Anfang der Saga noch als Scheusal dargestellt wird, der sogar in der Lage ist, ein kleines Kind aus dem Turmfenster zu stoßen, entwickelt er sich nach und nach zu einem menschlichen Wesen, mit dem man sich als Leser zu identifizieren beginnt. Verstärkt wird dies vor allem dadurch, dass er zu einem der Point-of-View-Charaktere in der Erzählung wird und der Leser an seiner Gedankenwelt teilhaben kann. Infolgedessen begreift man, dass alle seine Taten in der Liebe zu seiner Schwester Cersei begründet sind. Für viele aber noch interessanter als die Beziehung zu seiner Schwester ist diejenige zu Brienne von Tarth, auch wenn diese sich auf einem ganz anderen Niveau abspielt. „*Er respektiert sie und sorgt sich um sie. Aber ich glaube nicht, dass er mehr von ihr will. Jaime liebt nur eine Frau*“, so Nikolaj Coster-Waldau.

Berühmt wurde Nikolaj Coster-Waldau 1994 durch seine Hauptrolle in dem dänischen Film „Nightwatch – Nachtwache“, der später mit Ewan McGregor für das amerikanische Publikum neu verfilmt wurde. Coster-

Waldau war außerdem in dem Kriegsfilm „Black Hawk Down“ und dem Science-Fiction-Film „Oblivion“ mit Tom Cruise zu sehen.

Aber die Rolle des Jaime Lennister sei seine interessanteste Rolle, erklärte der Däne einmal in einem Interview. Was ihn selbst so sehr an der Rolle fasziniere, sei die Tatsache, dass Jaime einen düsteren Aspekt in seiner Persönlichkeit enthalte. „*Wenn er sagt, dass er keine Angst habe, zu sterben, dann stimmt das wahrscheinlich. Man muss sich nur seine Familie und seinen Vater anschauen. Er hat seine Mutter verloren, als er noch sehr jung war, und er wurde sein ganzes Leben lang darauf vorbereitet, ein Soldat zu sein. Deswegen sieht er die Dinge pragmatisch. Das Kämpfen macht ihm auch wirklich Spaß, das täuscht er nicht nur vor. Manchmal kann ich ihn sehr gut verstehen. Aus meiner Sicht gibt es nichts Schlimmeres als auf Leute zu treffen, die dich vorschnell verurteilen und meinen, dich zu kennen. So was kotzt mich total an. Ich weiß, das klingt jetzt kindisch und dumm, aber genau das sehe ich bei Jaime. Und für ihn ist das natürlich extrem, weil er ständig als ‚Königsmörder‘ und ‚unehrenhaft‘ abgestempelt wird.*“[65]

Die Serie selbst habe er übrigens nie wirklich gesehen, verriet er einmal in einem Interview. Wie viele Schauspieler schaue er sich seine eigenen Szenen nicht gerne an.

---

65 „Interview With Nikolaj Coster-Waldau“, HBO

Sansa Stark – Sophie Turner

Wenn Charaktere in „Game of Thrones“ bei den Zuschauern unbeliebt sind, dann liegt das meistens nicht daran, dass die Figuren schlecht entwickelt wurden, sondern ganz im Gegenteil daran, dass sie vom Autor außergewöhnlich raffiniert angelegt sind. Einer dieser Charaktere ist Sansa, in der Serie gespielt von der Newcomerin Sophie Turner (Jahrgang 1996). Die ältere Tochter von Eddard und Catelyn Stark lebt in einer romantischen Welt der Illusionen und Fantasien. Erst im Verlauf der Handlung begreift sie, dass ihre Vorstellung nicht viel mit der Realität gemein hat. Aber anders als viele andere Frauen in der Serie, wie Arya oder Brienne, entscheidet sich Sansa bewusst für ihre Rolle als Frau, auch wenn das auf Westeros eine besondere Stärke erfordert. Sophie Turner wünscht sich, dass mehr Zuschauer dies auch reflektiert wahrnehmen würden und Sansa nicht einfach aus Prinzip ablehnen.

„Die Leute mögen Sansa nicht, weil sie sehr feminin ist. Aber es ärgert mich, dass die Leute nur weibliche Charaktere mögen, die sich wie Männer verhalten. Und darum geht es im Feminismus oft. Die Frauen werden ermutigt, wie Jungs auszusehen, so zu handeln und zu kämpfen wie Jungs. Ermutigt doch lieber die Mädchen, Kleider zu tragen und trotzdem stark zu sein.“[66]

66 Sadie Gennis: “Defending Sansa: Why Game of Thrones’ Girly Girl Is The Hero We Need”, TV Guide, 16.03.2014

Um zu sehen, ob die damals erst 13-jährige Sophie in der Lage sein würde, die Rolle überhaupt zu tragen, sollte sie beim Casting abgesehen von einer Szene mit Arya an der Königsstraße auch den Moment spielen, in dem sie zu dem abgeschlagenen Kopf ihres Vaters aufschaut. Obwohl Sophie Turner vorher nie vor einer Kamera gestanden hatte, überzeugte sie die Produzenten schnell.

Anders als in der Serie sind Arya-Darstellerin Maisie Williams und Sophie Turner die besten Freundinnen. Die beiden treffen sich auch privat oft und lieben es, gemeinsam rumzualbern, wie auch diverse Handy-Videos der beiden im Internet belegen.

In Zunni, die Northern-Inuit-Hündin, die in der Serie ihren Schattenwolf Lady darstellt, verliebte sich die Schauspielerin Sophie Turner so sehr, dass sie das Tier nach Abschluss der Dreharbeiten adoptierte.

König Joffrey Baratheon – Jack Gleeson

Die Riege der unbeliebtesten Seriencharaktere überhaupt wird ohne Zweifel von Joffrey Baratheon angeführt. Der krankhaft sadistische und tyrannische Teenager-König wird so überzeugend von Jack Gleeson (Jahrgang 1992) verkörpert, dass der irische Schauspieler selbst mit Beleidigungen und Anfeindungen in der Öffentlichkeit zu kämpfen hatte. Nie zuvor hat es so viel Spaß gemacht, einen Seriencharakter zu hassen. Für die Darstellung des soziopathischen Königs ließ sich Jack Gleeson nach eigener Aussage von Joaquin Phoenix' Darstellung des römischen Kaisers Commodus in „Gladiator" inspirieren. Das Gefährliche an Joffrey ist, dass er im Prinzip ein Kind mit einer Lupe an einem Ameisenhaufen ist. Er hat keine Empathie für die Menschen um sich herum und gerät in einen Machtrausch, der zwangsläufig zu seinem eigenen Ende führt. Aber auf dem Weg dahin ist er eine unberechenbare Gefahr für jeden in seiner Umgebung. Dabei sei der Unterschied zwischen einem Helden und einem Schurken gar nicht so groß, ist Gleeson überzeugt. Beide würden für das einstehen und für das kämpfen, woran sie glauben. Als der damals 17-jährige Schauspieler die Zusage für die Rolle bekam, hatte er mit Nebenrollen bereits einige Erfahrung vor der Kamera gesammelt, unter anderem als Kind in „Batman Begins". Seine Rolle als Joffrey markiert aber bis dato den Höhepunkt seiner schauspielerischen Karriere und eventuell auch das Ende, denn im April 2014 gab Jack Gleeson bekannt, dass er nach „Game of Thrones" keine Rollen mehr annehmen wolle, da er eigentlich nie vorgehabt habe, vollberuflicher Schauspieler zu werden. Stattdessen widmet er sich seinem Studium der Philosophie und der Theologie am Trinity College in Dublin, wo er später einmal promovieren möchte.

Tywin Lennister – Charles Dance

Der skrupellose, aber bestechend intelligente Patriarch des Hauses Lennister wird von einem alten Hollywood-Veteranen verkörpert: Charles Dance kann eine beachtliche Liste an Filmauftritten vorweisen, darunter „Auf der Suche nach dem goldenen Kind“ mit Eddie Murphy, „Alien 3“ mit Sigourney Weaver, „Last Action Hero“ mit Arnold Schwarzenegger oder „James Bond 007 – In tödlicher Mission“ mit Roger Moore. Er verleiht der Rolle die Würde und die aristokratische Attitüde, die den Charakter auszeichnet. Von Vorteil waren bei seiner Darstellung sicherlich auch seine Erfahrungen als Mitglied der Royal Shakespeare Company, für die er unter anderem Henry V. im gleichnamigen Stück gab.

Bei „Game of Thrones“ reizten den britischen Schauspieler vor allem die Szenen mit Maisie Williams in Harrenhal. Er bewundere aber auch Peter Dinklage, bei dem er sich ständig hinter den Kulissen entschuldige, weil er ihn vor der Kamera so abfällig behandelt. *„Die Drehbücher [der Serie] sind außergewöhnlich gut. […] Die Autoren sind so clever und die Qualität der Dialoge ist so hochwertig wie die ganze Produktion. Für eine Fernsehserie ist das erstaunlich.“*

Die Romanreihe von George R. R. Martin habe er niemals gelesen: *„Ich meide Bücher, die so viele Seiten haben. Die machen mir Angst, und sie wiegen eine ganze*

Menge im Koffer"[67], gestand er einer Fanseite mit einem Augenzwinkern. Über das tragische Schicksal von Tywin sei er aber natürlich trotzdem immer auf dem Laufenden gewesen. *„Die Fans der Romane sprechen mich auf der Straße an und erzählen mir alles. Deswegen wusste ich Bescheid."*

Theon Graufreud – Alfie Allen

Kaum ein Charakter in „Game of Thrones" muss so viel körperliche und seelische Folter ertragen wie Theon Graufreud. Seine Kindheit hat er als Friedgeisel am Hof der Starks verbracht, wofür er später von seinem Vater und seiner Schwester verachtet wird. In der Gefangenschaft des sadistischen Ramsay Schnee wird Theon viele Male gefoltert, verstümmelt und im Geiste gebrochen. Anders als andere Figuren scheint Theon vom „Spiel der Throne" überfordert, vermutlich weil seine einzige Ambition Profilierung ist und nicht wie bei anderen Machterhalt oder gar Liebe. Der britische Bühnenschauspieler Alfie Allen (Jahrgang 1986) verkörpert Theon Graufreud mit seiner gesamten Erbärmlichkeit auf so geniale Weise, dass die Zuschauer zwischen Abscheu und Mitleid schwanken. In Großbritannien hatte sich Alfie Allen vor allem als Hauptdarsteller in dem

67 „Interview with Charles Dance", Westeros.org, 19.3.2012

Theaterstück „Equus" einen Namen gemacht, er war aber vorher auch schon des Öfteren in kleinen Rollen auf der Kinoleinwand zu sehen gewesen, beispielsweise in Filmen wie „Elizabeth", „Abbitte" und „Die Schwester der Königin".

Wie er Fans auf der ComicCon in San Diego erklärte, sei er im Nachhinein etwas unzufrieden mit der Szene, in der Theon die beiden Bauernjungen töten lässt, um sie als Bran und Rickon Stark auszugeben[68]. Der Regisseur habe ihn gebeten, dass er bei Theon Reue erkennen lasse. Er selbst hätte die Szene gerne anders gespielt, da er der Meinung sei, dass Theon bei dieser Tat nichts als Zufriedenheit verspürt habe.

Übrigens wurde Alfie Allens Schwester, der berühmten Popsängerin Lily Allen („The Fear"), vor Drehbeginn die Rolle von Theons Schwester Asha Graufreud angeboten. Aufgrund der inzestuösen Reitszene, bei der Theon seine Schwester begrapscht, war sie von dem Angebot aber nicht so angetan. *„Nachdem mir die Produzenten erzählt hatten, was die Rolle beinhalten würde, habe ich dankend abgelehnt. Ich fand das unangenehm"*, erklärte Lily Allen auf Reddit.com.

---

68 Staffel 2, Folge 7 „Mann ohne Ehre"

Sandor Clegane – Rory McCann

Sandor Clegane, auch bekannt als „Der Bluthund" oder einfach „Der Hund", beginnt seine Karriere in der Serie als der brutale Leibwächter von Joffrey Baratheon, entwickelt sich aber aufgrund seiner Erfahrungen zum zynischen Verächter von Adel und Tugenden. Da sein älterer Bruder Gregor ihm in der Kindheit im Streit um ein Spielzeug die Gesichtshälfte ins Feuer gedrückt hat, wird Sandor von vielen nur noch als ein hässliches Monster wahrgenommen. Vermutlich war es auch diese Erfahrung, die in ihm den Beschützerinstinkt für junge Kinder weckt, die unschuldig den brutalen Ereignissen von Westeros ausgesetzt sind. Erst setzt er sich in Königsmund für die sensible Sansa ein, später für ihre Schwester Arya. Und mit der verbindet ihn mehr, als man auf den ersten Blick meinen mag: Beide sind auf der Flucht, ihre Familien können ihnen keinen Schutz mehr bieten und sie müssen täglich ums Überleben kämpfen. Ein ungewöhnliches Paar auf den Straßen von Westeros, dessen Freundschaft trotz aller widrigen Umstände besteht. Für Rory McCann (Jahrgang 1969) war seine Rolle als Sandor Clegane sozusagen eine Rückkehr zu seinen Genrewurzeln. Der schottische Schauspieler war nämlich 1987 durch Zufall zur Schauspielerei gekommen, als er in Wales in ein Casting des Fantasyfilms „Willow" von Ron Howard stolperte. Mittlerweile ist er ein erfahrener

Schauspieler mit Auftritten in Kinostreifen wie „Hot Fuzz – Zwei abgewichste Profis“, Oliver Stones „Alexander“ oder auch „Kampf der Titanen“.

Da einige Mitglieder seiner Familie im Filmbusiness arbeiten, kommt es manchmal an den Sets zu regelrechten Familientreffen, so auch bei „Game of Thrones“. Seine Schwester und sein Schwager sind für Kostüme und Requisiten bei „Game of Thrones“ zuständig.

Catelyn Stark – Michelle Fairley

Ihre Familie bedeutet ihr alles – das Schicksal von Catelyn Stark ist durch und durch tragisch, denn sie verliert nicht nur ihren Ehemann Eddard, sondern auch ihre Kinder. Mit der Absicht, ihre Familie zu beschützen, hat sie sicherlich den einen oder anderen Fehler begangen, aber der Fehler, für den sie am Ende büßen muss, war derjenige ihres Sohnes Robb, das Bündnis mit Walder Frey zu brechen und nicht dessen Tochter, sondern eine andere Frau zu heiraten. In den Romanen von George R. R. Martin ist Catelyn Stark einer der wichtigsten Point-of-View-Charaktere und der Leser erlebt die Ereignisse um ihren Sohn Robb Stark komplett aus ihrer Sicht. In den ersten sechs Büchern hat sie sogar mehr Kapitel als Daenerys. In der Fernsehserie entschied man sich, stattdessen Robb Stark selbst mehr ins Rampenlicht zu rücken, das geht zwar teilweise auf Kosten der Screentime von Catelyn, lässt sie aber nicht an Präsenz im Spiel der Throne verlieren.

Die Schauspielerin Michelle Fairley (geboren 1964) war nicht die erste Wahl für die Besetzung. In der Pilotfolge wurde Catelyn Stark noch von der Amerikanerin Jennifer Ehle („Zero Dark Thirty") verkörpert, die das Projekt aber vorzeitig wegen der Geburt ihrer Tochter verließ.

Michelle Fairley war von Anfang an begeistert von der Figur: „*Was die Drehbuchautoren sehr gut aus den Romanen von George R. R. Martin übertragen haben, sind die weiblichen Charaktere. Sie sind zäh und haben keine Angst vor den Grausamkeiten des Lebens. Die treibende Kraft, mit der sie versuchen, ihre Ziele zu erreichen, ist außergewöhnlich, ganz egal ob das gute oder moralisch schlechte Ziele sind. Alle Frauen, ob meine [Film-]Töchter oder Cersei, haben einen Überlebensinstinkt entwickelt, der in dieser bedrohlichen Welt lebenswichtig ist*", sagte sie in einem offiziellen HBO-Interview.

Die Figur der Catelyn Stark könnte fast einem Drama von William Shakespeare entsprungen sein, denn all ihre Ambitionen und guten Absichten führen letztendlich in die Katastrophe, die als „Die Rote Hochzeit" bekannt wurde. Einer der unumstrittenen dramatischen Höhepunkte der Serie. Eine ganze Woche lang wurde diese Szene chronologisch in den Paint Hall Studios in Belfast gedreht und war für alle Beteiligten eine gefühlsmäßige Achterbahnfahrt.

„In der letzten Einstellung, die wir an einem Freitagabend drehten, steht nur noch Catelyn alleine da. Das war aufgrund der Ereignisse unglaublich emotional. In diesem Moment steht für alle viel auf dem Spiel. Auch für mich, weil es innerlich der Punkt gewesen ist, an dem ich allen Menschen Lebewohl sage, die ich über die Zeit kennen und lieben gelernt habe. Natürlich ist das sehr emotional, in so etwas involviert zu sein.“[69]

Nach dem Dreh habe sie sich erst mal völlig zurückgezogen und nicht einmal mehr die Anrufe von Produzent David Benioff angenommen.

„Ich habe diese Person drei Jahre lang gespielt, man weiß, was sie antreibt. Und dann muss man miterleben, wie es ihr das Herz zerreißt, als ihr Sohn vor ihren Augen ermordet wird. Sie wird von der Trauer innerlich zerrissen, aber sie verliert nie die Kontrolle. Sie weiß, dass sie bereits tot ist, und sie wünscht es sich auch, tot zu sein, aber sie wünscht sich auch Rache. Dadurch, wie es letztendlich gedreht wurde, spürt man diese unglaublich aufgeladene Atmosphäre in der Szene. Sie bleibt einfach an einem Punkt wie angewurzelt stehen und bringt ihre Trauer nur noch durch ihr Gesicht und ihre Stimme zum Ausdruck.“[70]

---

69 Mike Hogane: „‚Game Of Thrones‘: Behind Catelyn's Death Scene With Michelle Fairley“, Huffington Post, 2.6.2013

70 James Hibberd: „‚Game of Thrones‘ Michelle Fairley explains Catelyn's murderous decision“, Entertainment Weekly, 3.6.2013

Robb Stark – Richard Madden

Ehrliche Menschen haben es schwer in Westeros – ein gutes Beispiel dafür ist Robb Stark, König des Nordens und ältester Nachkomme der Starks, ein aufrechter und edelmütiger Krieger, der aber aufgrund des Todes seines Vaters Eddard Stark viel zu schnell die Verantwortung für seine Untergebenen übernehmen muss. Richard Madden (Jahrgang 1986) war 21 Jahre alt, als er für den Pilot der Serie das erste Mal in einem Fellmantel auf dem Burghof von Winterfell stand. Fast sechs Jahre später starb er als unglücklicher König infolge seiner pubertären Gefühlswallungen für eine Frau. Obwohl der schottische Schauspieler von Anfang an wusste, dass er eines Tages grausam hingeschlachtet würde, war der Dreh der Szene selbst dann doch ziemlich schwierig. Sogar Wochen später hatte der schottische Bühnenschauspieler aus Glasgow noch einen Kloß im Hals, wenn er an die Szene dachte.

„Ich habe jedes Jahr etwa sechs Monate mit diesen Menschen verbracht. Meine Film-Mutter sah ich öfter als meine eigene Mutter. Das war sehr persönlich. Mein Verstand hat mir immer gesagt: Es ist doch nur ein Job. Aber da waren halt viele Gefühle mit verbunden. Auf eine gewisse Art und Weise war es ein echter Tod. Es war der Tod meines jüngeren Ichs, der Tod meines Charakters, den ich fünf Jahre lang gespielt hatte. Es war das Ende,

nicht für die Freundschaften, aber für die Möglichkeit, diese Freunde regelmäßig zu sehen."[71]

Die Szene selbst sei nicht nur tragisch, sondern auch befreiend gewesen: *„[Catelyn und Robb] haben gekämpft und gekämpft und gekämpft. Nun haben sie endlich Frieden. Das haben Michelle und ich an dem Tag auch gefühlt – genau wie der Rest der Crew."*[72]

König Robert Baratheon – Mark Addy

Als bekannt wurde, dass Robert Baratheon, Herr der Sieben Königslande und Beschützer des Reiches, vom britischen Schauspieler Mark Addy verkörpert werden sollte, gab es unter den Fans viele Zweifler. Er sei weder groß genug noch würde man ihm den Krieger abnehmen, der er einst war, so die Vorwürfe. Seinen Leinwanddurchbruch erlebte Mark Addy in der Komödie „Ganz oder gar nicht". Von 2002 bis 2006 spielte er in der amerikanischen Sitcom „Still Standing" die männliche Hauptrolle. 2010 war er in dem Historienepos „Robin Hood" von Ridley Scott als Bruder Tuck zu sehen. Doch Addy, außerdem bekannt durch seinen Auftritt in „Ritter aus Leidenschaft", überzeugte

---

71 Tom Lamont: „Richard Madden: ‚You get a lot of terrified actors tearing through the script, going, Do I die?'", The Guardian, 8.12.2013

72 Rob Leigh: „‚A moment of tragedy and utter relief': Game of Thrones actor Richard Madden on the filming of ‚Red Wedding' massacre", The Mirror, 4.6.2013

in „Game of Thrones“ als eine Mischung aus dem trink- und raufsüchtigen Falstaff[73] und dem tragischen Macbeth. Ein müder Mann, weit jenseits seiner besten Tage, nur noch getrieben vom Alkohol und seiner Freundschaft zu Eddard Stark, der einzigen Person in Westeros, der er traut. Diese hohe Position habe Robert aber nie Zufriedenheit gebracht, sagt Mark Addy: *„Robert ist nicht glücklich über seine Rolle als König [...] Mit einer Krone auf dem Kopf schläft es sich schlecht, weil man sich ständig in Gefahr befindet.“* Seine unglückliche Ehe mit Cersei macht das Ganze noch schlimmer, dabei war die Heirat nicht mal seine Idee gewesen. *„Es wurde ihm von Jon Arryn, der damaligen Hand des Königs, empfohlen [sie zu heiraten], denn sie hatte einen mächtigen Vater und es hätte das Königreich gestärkt. Das war ein bedachter politischer Schachzug, aber Robert rechnete nicht damit, wie machthungrig die Lennisters waren und in welche Gefahr er sich damit bringen würde.“*[74]

Als Robert bemerkt, dass er niemanden hat, der seinen Rücken deckt, holt er Ned Stark nach Königsmund und besiegelt damit ihrer beider Ende.

---

73 John Falstaff ist ein wohlbeleibter Soldat in den Werken von William Shakespeare, der dem Alkohol nicht abgeneigt ist.

74 „Mark Addy & Sean Bean 'Game Of Thrones' Interviews", SciFiPulse, 04.2011

Brienne von Tarth – Gwendoline Christie

Das offizielle Castinggesuch für Brienne an die Schauspielagenturen brachte es auf den Punkt: „Grobschlächtig, mit einfachem Gesicht und einer plumpen Persönlichkeit, aber auch ehrlich und loyal. [...] sie muss mindestens 1,80 m groß sein. Und bitte schlagen Sie keine Schauspielerinnen vor, die wie Models aussehen. Wir suchen eine große *Kriegerin*, die mehr männlich als weiblich ist.“[75]

Gwendoline Christie (Jahrgang 1978) schien diesen Anforderungen gerecht zu werden, auch wenn viele Fans finden, dass Christie immer noch viel zu gut aussehe für die Rolle der Brienne. Um sich auf die Rolle vorzubereiten, schnitt sich die 1,92 m große Schauspielerin schweren Herzens die blonden Haare kurz, trainierte sich 10 Kilo Muskelmasse an, nahm Reitstunden und lernte Schwertkampf. Kameraerfahrung brachte Christie nur relativ wenig mit. Sie war vorher hauptsächlich auf den Bühnen Londons zu Hause gewesen, wo sie unter anderem in Shakespeares „Cymbeline“ als Königin und in Christopher Marlowes „Die tragische Historie vom Doktor Faustus“ als Luzifer zu sehen war.

75 Casting Call, Mai 2011

Mit ihrer Darstellung von Brienne hat sie ohne Zweifel viele Menschen inspiriert, zu ihren eigenen Idealen zu stehen. Zudem gelang ihr durch ihren Auftritt in „Game of Thrones“ der Sprung auf die große Leinwand. Im Dezember 2015 wird sie in „Star Wars: Episode VII“ im Kino zu sehen sein.

Lord Petyr „Kleinfinger“ Baelish – Aidan Gillen

Trotz seiner Herkunft aus einem ärmlichen Umfeld hat es Petyr Baelish durch Intelligenz und ein gewisses Maß an Manipulation geschafft, zu einem hohen Beamten in Königsmund aufzusteigen. Er wird oft unterschätzt, ist aber einer der gefährlichsten Männer am Hofe, eine Art Thomas Cromwell[76] von Westeros. Seine einzige Schwäche ist seine Liebe zu Catelyn Stark, die ihn auch zu seinem drastischsten Schachzug motiviert. Nachdem Catelyn Stark bei der Roten Hochzeit ermordet worden ist, beschließt Petyr Baelish, sich dafür persönlich an Joffrey zu rächen.

„Ich glaube nicht, dass er mit zwölf von so einem Leben geträumt hat“, sagt Kleinfinger-Darsteller Aidan Gillen

76 Thomas Cromwell war ein Berater von Heinrich VIII. und der Konstrukteur der Henri'schen Reformation im England des 16. Jahrhunderts.

(Jahrgang 1968) über seine Rolle. „*Aber nach einer Reihe von Erniedrigungen und Ablehnungen beschloss er, es nie wieder so weit kommen zu lassen. Und deshalb hat er sich eine Stellung erarbeitet, in der das nur schwer geschehen kann. Er hat eine sehr harte Schale, aber einen weichen Kern. Mir gefällt der Gedanke, dass wir auch die gute Seite von Kleinfinger kennenlernen werden, vor allem bezüglich seiner väterlichen Instinkte*“, erklärte Gillen in Anbetracht der Ereignisse der vierten Staffel. Der irische Schauspieler, der unter anderem durch seinen Auftritt als Stuart Alan Jones in der Fernsehserie „Queer as Folk“ international Aufmerksamkeit erlangte, spielt Kleinfinger mit einer köstlichen Gelassenheit und Selbstbeherrschung. Kleinfinger scheint nur selten die Kontrolle über sich zu verlieren, beispielsweise, wenn er seinem Gegenüber süffisant droht, ohne dabei mit der Wimper zu zucken. Selbst als Cersei ihren Wachen befiehlt, Lord Baelish auf der Stelle zu töten, verliert er nur kurz die Fassung und fängt sich schnell wieder. In genau dieser Szene offenbart Petyr den Motor all seines Tuns: „*Wissen ist Macht.*“

Varys – Conleth Hill

Für den mehrfach preisgekrönten Theaterschauspieler Conleth Hill war die Rolle des geheimnisvollen Eunuchen Varys, auch „die Spinne“ genannt, ein Geschenk. Hinter seiner stets freundlichen und unterwürfigen

Fassade verbirgt sich einer der gefährlichsten Männer von Königsmund. Varys, der das Spionagenetzwerk von Westeros leitet, ist nicht nur über alles informiert, was sich hinter verschlossenen Türen abspielt, sondern verfolgt zudem seine ganz eigenen Ziele. Der Einzige, der es intellektuell mit ihm aufnehmen kann, ist Petyr Baelish, auch bekannt als „Kleinfinger". Die Wortgefechte der beiden gehören ohne Zweifel zu den Höhepunkten der Serie. Außerhalb der Filmkulissen liebt Conleth Hill seine Privatsphäre, daher gibt er nur sehr wenige Interviews, und der Schauspieler äußerte einmal, dass er sehr froh darüber sei, dass er mit Haaren und Bart in der Öffentlichkeit kaum erkannt wird.

Bronn – Jerome Flynn

Der Söldner Bronn ist ein Opportunist, wie er im Buche steht. Er ist treu und loyal, aber nur solange es ihm selbst zugutekommt. Und das spricht er auch offen aus. Als er beispielsweise keinen Nutzen mehr in der Freundschaft zu Tyrion sieht, trennen sich ihre Wege. Der britische Schauspieler Jerome Flynn (Jahrgang 1963) bedauert dies allerdings zutiefst: *„Das macht mich sehr traurig, weil ich es einfach liebe, mit Peter [Dinklage] zusammenzuarbeiten. Diese beiden Charaktere zu spielen macht einfach Spaß. Peter ist ein wundervoller Schauspieler. Von seiner Art ist er zugleich kultiviert, aber auch sehr unter-*

haltsam, und er hat einen wunderbaren Humor. Er ist ein richtig witziger Mensch. Es ist ein Traum, gemeinsam mit ihm zu spielen."

Flynn ist ein erfahrener Serienschauspieler, aber das ist nicht seine einzige Begabung. In den 90ern hätte er auch fast als Popstar Karriere gemacht. Sein Popsong „Unchained Melody", den er zusammen mit seinem Filmpartner Robson Green in „Soldier Soldier" sang, verkaufte sich in Großbritannien 1,9 Millionen Mal. Daher war die Szene kurz vor der Schlacht in der Schwarzwasserbucht, in der Bronn mit seinen Männern „Der Regen von Castamaer" singt, für Jerome Flynn fast so etwas wie eine Rückkehr zu seinen Wurzeln.

Ser Jorah Mormont – Iain Glen

Vom Saulus zum Paulus, das ist die Geschichte von Ser Jorah Mormont. Offiziell wegen Sklavenhandels ins Exil verbannt, schließt er sich Daenerys an, um sie auf der Reise durch Essos zu begleiten. Die Mutter der Drachen ahnt aber nicht, dass ihr Mentor in Wahrheit ein Spitzel in Varys' Diensten ist, der sie ausspionieren soll. Mormont kann sich jedoch Daenerys' Charisma nicht entziehen und verliebt sich in sie. Von nun an beginnt er, sie mit allen ihm zur Verfügung stehenden Mitteln zu unterstützen, bis Daenerys herausfindet, warum er sie ursprünglich begleitet hat. Iain Glen (Jahrgang 1961) brachte zu „Game of Thrones“ jede Menge Leinwanderfahrung mit. Er stand unter anderem in Filmen wie „Lara Croft: Tomb Raider“, „Königreich der Himmel“ oder „Kick-Ass 2“ vor der Kamera. Genrefans kennen den gebürtigen Schotten aber auch als wiederkehrenden Charakter Dr. Sam Isaacs aus der „Resident Evil“-Filmreihe.

Shae – Sibel Kekilli

Als der deutsch-türkischen Schauspielerin Sibel Kekilli (Jahrgang 1980) die Rolle der Shae angeboten wurde, wollte sie erst ablehnen. Die Prostituierte an Tyrions Seite war ihr in den Büchern eine zu unwichtige und eindimensionale Figur. Erst als ihr David Benioff und Dan Weiss per E-Mail mitteilten, dass sie vorhätten, die Rolle auszubauen, stimmte sie schließlich zu. Kekilli verleiht Shae in der Serie nun wesentlich mehr Tiefe und Komplexität, was von den meisten Fans positiv aufgenommen wurde. *„Selbst der Autor George R. R. Martin sagte bei unserem ersten Treffen: ‚Deine Shae ist sehr viel besser als meine Shae in den Büchern.‘ Wow, das ist ein großes Kompliment, dachte ich“*[77], verriet Kekilli in einem Interview mit Serienjunkies.de.

Die Schauspielerin, die ihre ersten schauspielerischen Gehversuche in Porno-Filmen absolvierte, schaffte

77 Hanna Huge: „Interview mit Sibel Kekilli: Ich werde die Königin“, Serienjunkies.org, 27.04.2014

schließlich mit Unterstützung des deutsch-türkischen Regisseurs Fatih Akın den Sprung auf die große Leinwand. Für ihre Auftritte in deutschsprachigen Filmen wie „Gegen die Wand“ oder „Die Fremde“ wurde sie hierzulande mit Preisen überhäuft. Sie gilt mittlerweile als eine der profiliertesten deutschen Schauspielerinnen ihrer Generation, vermutlich ein Grund, weshalb ihr auch die Hauptrolle als Kommissarin im „Tatort“ angeboten wurde. Mit „Game of Thrones“ gelang Sibel Kekilli der internationale Durchbruch, nun wird sie auch in Großbritannien oder den USA auf der Straße erkannt. Nach Hollywood ziehe es sie aber trotzdem nicht. Sie bevorzuge das deutsche Kino, sagt Kekilli über ihre Karrierepläne.

Ser Davos Seewert – Liam Cunningham

„Zwiebelritter“ Davos Seewert steht zwischen den Stühlen. Einerseits ist er seinem Herrn Stannis Baratheon treu verpflichtet, andererseits kann er aber dessen religiösen Fanatismus nicht gutheißen. Verkörpert wird die Rolle bravourös von Liam Cunningham (geboren 1961). Der irische Film-, Fernseh- und Theaterdarsteller trat schon in zahlreichen Kinofilmen auf, darunter „Der 1. Ritter“, „Kampf der Titanen“ oder zuletzt „Gefährten“. Bei „Game of Thrones“ wäre er fast nicht mit an Bord gewesen, denn ursprünglich hatte er für eine andere

Rolle in der ersten Staffel vorgesprochen, musste die dann aber aufgrund Verpflichtungen in einer anderen Serie absagen. Die Produzenten luden ihn deshalb für die zweite Staffel erneut zum Vorsprechen ein. Eine zweite Chance, die Cunningham mehr als gefreut hat, denn er ist begeistert von „Game of Thrones". Er sieht die Stärke der Serie darin, dass sie aktuelle Themen metaphorisch aufgreift: *„Ist es nicht die Aufgabe jeglicher Kunst, der Gesellschaft einen Spiegel vorzuhalten?"*, sagt er in einem offiziellen HBO-Interview. *„Man kann so manche Parallelen zwischen der Serie und der Realität entdecken. Egal wo Menschen Macht haben, werden sie immer danach trachten, diese zu verteidigen."*

Stannis Baratheon – Stephen Dillane

Lord Stannis Baratheon ist der ältere von Robert Baratheons zwei jüngeren Brüdern. Er ist kühl, humorlos und fanatisch in seinen Ansichten. Obwohl er der rechtmäßige Thronfolger ist, wird ihm dieser Anspruch verwehrt. Da Stannis nur wenige finanzielle Mittel und kaum Truppen hat, wendet er sich der Religion zu. Seinen Pakt mit der Roten Priesterin Melisandre schließt er aus reiner Berechnung, um seine Machtansprüche geltend zu machen. Der britische Charakterschauspieler Stephen Dillane (Jahrgang 1956) spricht nicht so gerne über die Rolle, da er den gesamten Hype um die Serie nicht nachvollziehen kann. Er habe die Bücher nicht gelesen und auch die Serie selbst nicht gesehen. Er selbst sei mehr ein Fan von britischen Produktionen, die sich von internationalen wie „Game of Thrones“ grundlegend unterscheiden würden. „*Ich glaube nicht, dass die große Aufmerksamkeit der Fans so einen großen Einfluss auf den Produktionsprozess hat. […] Dahinter steckt natürlich eine größere Industrie [als bei rein britischen Fernsehserien]. Bei so etwas Großem mitzumachen ist eine ganz andere Erfahrung als jeden Tag an einem Set mit einem Haufen Menschen zu stehen, die man lange kennt. […] Es ist etwas komplett anderes und auch die Wahrnehmung ist eine andere. Es wird viel mehr Zeit in die Vorbereitungen der Aufnahmen gesteckt.*“[78] Dass er einige pikante Szenen mit der Schauspielerin Carice van Houten habe spielen müssen, habe ihn aber nicht gestört. „*Dafür bin ich zu alt*“, erklärt der BAFTA-ausgezeichnete Schauspieler. „*So was berührt mich nicht mehr, erinnert mich irgendwie an die deutschen Softpornos aus den 70er-Jahren. Und ich vermute, es dient dem Zweck. Aber die positiven Seiten der Serie überwiegen diesen Faktor auch bei Weitem.*“[79]

---

78 Rob Smedley: „Stephen Dillane on The Tunnel and Game Of Thrones“, Den of Geek!, 13.1.2014

79 Caroline Frost: „‚Game Of Thrones‘ Star Stephen Dillane Admits The Nudity Is Like ‚German Porn From The 1970s‘“, Huffington Post, 14.1.2014

Melisandre – Carice van Houten

Die Rote Priesterin Melisandre aus Asshai scheint einer der wenigen stereotypen Fantasycharaktere zu sein. Als manipulative Hexe oder böse Stiefmutter ist man solchen Figuren schon oft in Fantasygeschichten begegnet, mit dem Unterschied, dass diese dann meistens durchgehend bekleidet sind. Melisandre von Asshai ist aber ziemlich oft nackt, was die niederländische Schauspielerin Carice van Houten (Jahrgang 1976) nicht gestört hat: „*Ich komme aus Holland und in den Filmen dort gibt es viel Nacktheit. Wir sind das gewohnt. Die Nacktszenen sind jetzt nicht unbedingt die Szenen, die ich am allerliebsten drehe, aber ich fühle mich auch nicht unwohl dabei. Ich glaube auch, je öfter man sich am Set mit einem Bademantel bedeckt oder je schüchterner man ist, desto mehr gucken die Leute. Ich bin am Ende einfach immer komplett nackt rumgerannt. Das hat die sexuelle Anspannung rausgenommen.*“[80]

Es sei nur ein Teil der manipulativen Seite der Figur, die es wie kaum eine andere versteht, die mächtigen Männer von Westeros um ihren kleinen Finger zu wickeln. Und in dieser Darstellung hat sie die Zuschauer vom ersten Auftritt an überzeugt.

80 „Interview With Carice van Houten“, HBO

Margaery Tyrell – Natalie Dormer

Die einzige Tochter der Tyrells steht den männlichen Protagonisten in ihren Machtgelüsten in nichts nach. Dass sie eine manipulative Ehefraue eines Königs spielen kann, hat Natalie Dormer (Jahrgang 1982) bereits als Anne Boleyn in „Die Tudors" unter Beweis gestellt. Die britische Schauspielerin, die unter anderem in Kinoproduktionen wie „Captain America – The First Avenger" und „Die Tribute von Panem – Mockingjay" zu sehen war, habe die Bücher aber nie gelesen.

„Als ich die Rolle bekam, fragte ich Dan [Weiss] und David [Benioff], ob ich auch die Romane lesen sollte. Sie sagten: Du kannst die Romane gerne als Entspannungslektüre lesen, aber für die Charakterisierung der Margaery in der Serie ist es nicht notwendig, da wir die Figur umbauen werden und etwas anderes mit ihr vorhaben. Und das ist hoffentlich eher eine Erweiterung als eine Abwendung von den Büchern."[81]

Obwohl viele Zuschauer Margaery für verschlagen und manipulativ halten, ist Natalie Dormer von der Aufrichtigkeit der Rolle überzeugt. Sie spiele lieber einen ambivalenten Charakter, bei dem die Grenze zwischen Unaufrichtigkeit und Freundschaft unklar ist, aber die positiven Charaktereigenschaften dominieren. Beispiels-

81 Daniel Fienberg: „Interview: ‚Game of Thrones' co-star Natalie Dormer discusses her Margaery Tyrell", 31.3.2013

weise, so ist Natalie Dormer überzeugt, empfinde Margaery tatsächlich so etwas wie Freundschaft für Sansa und entwickele einen Beschützerinstinkt. Sie sehe in dieser Freundschaft nicht nur ihre Vorteile. Ob das wirklich so ist, bleibt aber Auslegungssache, denn viele Fans sehen das bewiesenermaßen anders.

Ygritte – Rose Leslie

Die rothaarige Wildlingsfrau Ygritte ist selbstbewusst, wortgewandt und wickelt den naiven Jon Schnee im Nu um den Finger. Doch unter der rauen Schale steckt ein sensibles Mädchen, das sich nach menschlicher Wärme sehnt und fasziniert ist von dem Mann von südlich der Mauer. Umso zorniger ist die leidenschaftliche Kriegerin später, als sie sich von Jon Schnee verraten fühlt. Von da an hat sie nur noch ein Ziel: Jon so viel Schmerz und Leid zuzufügen wie nur möglich. Rose Leslie (geboren 1987), die als Dienstmädchen Gwen Dawson in der Serie „Downton Abbey" bekannt wurde, hat nach eigener Aussage nicht viel mit Ygritte gemeinsam. Sie sei nicht so taff und vor allem auch nicht so kälteresistent. Bei den Dreharbeiten in Island bei minus 15 Grad waren Leslie teilweise Heizkissen ins Kostüm eingearbeitet worden, damit sie die Kälte ertragen konnte. Aber es gab auch viele schöne Momente: *„Die Landschaft ist einfach episch und atemberaubend"*, schwärmt die schottische Schauspielerin. *„Immer wenn wir bei den Dreharbeiten eine kleine Pause hatten, habe ich mich umgeschaut und gedacht: Ich kann nicht glauben, dass ich tatsächlich hier bin. Das war sensationell. Ich habe mich in dieses Land verliebt.“*[82]

Aber nicht nur in das Land hatte sie sich verliebt. Dass die Liebesbeziehung zwischen Jon Schnee und Ygritte so authentisch wirkt, hat vermutlich unter anderem damit zu tun, dass es zwischen den beiden Schauspielern auch im echten Leben gefunkt hatte. Kit Harington und Rose Leslie wurden auch außerhalb von Westeros ein Paar, aber genau wie bei Jon und Ygritte war dieser Beziehung keine Dauerhaftigkeit beschert. Sie trennten sich Mitte 2013, blieben aber Freunde.

Talisa Maegyr – Oona Chaplin

Der Mord an Talisa Maegyr und ihrem ungeborenen Baby während der Roten Hochzeit ist wohl der grausamste Dolchstoß in der Fernsehgeschichte. Dabei stammt er nicht einmal aus der Feder von George R. R. Martin, sondern wurde von den Drehbuchautoren erdacht. Talisa Maegyr, eine Figur, die in den Büchern so nicht vorkommt, wird von der spanischen Schauspielerin Oona Chaplin verkörpert, bei der es sich, der Name lässt es vermuten, tatsächlich um die Enkelin

82 Hanh Nguyen: „Game of Thrones' Rose Leslie: Ygritte Will Soften Toward Jon Snow“, TV Guide, 17.5.2012

von Charlie Chaplin handelt. „*Als ich zu dem Projekt dazustieß, ahnte ich ja nicht, welche Bedeutung Game of Thrones hat. […] [Die Serie] hat Fantasygegner zu Fantasyfans gemacht, weil sie so vielseitig und echt ist.*“

Damit, dass sie in der Serie blank ziehen muss, hat sie keine Probleme. „*Das ist ein wichtiger Teil der Serie. Ich mag die Nacktheit. Je mehr Nacktheit, desto besser, finde ich. Dadurch ist für jeden etwas dabei. Das befriedigt doch grundlegende menschliche Bedürfnisse nach Nacktheit und Gewalt, in Verbindung mit einer universellen Wahrheit, der wir uns nun stellen müssen, und zwar dem ewigen Kampf um die Macht.*“[83]

Bran Stark – Isaac Hempstead-Wright

Als er von Jaime aus dem Turmfenster gestoßen wird, zerbricht sein Traum, eines Tages ein großer Ritter zu sein, sprichwörtlich in tausend Stücke. Bran ahnt nicht, dass eine andere große Verantwortung auf ihn wartet. Aber erst muss er sich den aktuellen Widrigkeiten stellen wie dem Verlust seiner Familie und der Flucht durch die Wälder nach Norden. Als der britische Schauspieler Isaac Hempstead-Wright im zarten Alter von zehn Jahren (!) zu der Schauspielriege von „Game of Thrones“ dazustieß, war es mehr ein Abenteuer als Arbeit für den jungen

83 Steven MacKenzie: „Oona Chaplin: ‚It satisfies desires for nudity and violence‘“, The Big Issue, 4.6.2013

Schauspieler. *„Das ist doch der Traum von jedem Teenager, in eine Welt voller Schwerter und abgeschlagener Köpfe einzutreten"*, erinnert er sich lachend im Interview. *„Das ist ziemlich cool, durch die Kulissen zu laufen und überall liegen tote Körper rum, von denen man dann ein Handyfoto macht. Das war lustig."*[84]

Im Gegensatz zu vielen seiner Schauspielkollegen wünscht er sich für seine Rolle nicht mal, dass er am Ende auf dem Eisernen Thron sitzt: *„Ich hoffe, dass Bran ein richtig böser Typ wird. Es würde mir total Spaß machen, wenn er beispielsweise der Anführer der Weißen Wanderer werden und mit ihnen in die Schlacht reiten würde, um als magischer Seher zurückzufordern, was seins ist."*

Ramsay Schnee – Iwan Rheon

Der uneheliche Sohn von Lord Roose Bolton ist ein psychopathischer Sadist, der eine perfide Freude daran hat, Menschen zu quälen. Darunter muss vor allem Theon Graufreud leiden, dem er durch Folter alles nimmt – sogar seine Persönlichkeit. Für den walisischen Schauspieler Iwan Rheon (geboren 1985) war die Darstellung des Psychopathen Ramsay eine wahre Freude. *„Es war harte Arbeit, hat aber auch richtig Spaß gemacht. Ich habe es genossen, diesen Charakter*

84 Alex Strachan: „Isaac Hempstead-Wright relishes his wild-child role as Bran Stark on Game of Thrones", Montreal Gazette, 3.4.2014

zu spielen, weil der einfach ein richtiger Drecksack ist. Es ist irgendwie befreiend, weil er so extrovertiert und überhaupt nicht zurückhaltend ist. Er ist einfach sehr glücklich und hat Spaß daran, Menschen zu foltern.“[85] Mit geistig gestörten Charakteren hat Rheon so seine Erfahrung. Berühmt wurde er nämlich erst kurz vor „Game of Thrones“ als Soziopath Simon in der britischen Erfolgsserie „Misfits“. Bleibt zu hoffen, dass er sich für seine Karriere nicht auf diese Rolle festlegen lässt.

Schauspieler-Roulette: Gregor Clegane, Daario Naharis und Co.

Immer wenn bei einer bereits existierenden Rolle der Schauspieler ausgetauscht wird, ist dies ärgerlich für die Fans der Serie, da es der Glaubwürdigkeit der Welt schadet, wenn eine Figur mit einem Mal ganz anders aussieht. Bei einer Serie mit vielen Schauspielern, ganz besonders bei „Game of Thrones“, ist aber eine Kontinuität in den Nebenrollen oft nur schwierig durchzuhalten, da nicht immer alle Schauspieler bei den Dreharbeiten zur nächsten Staffel gleichzeitig verfügbar sind. Dann sind Abstriche nötig. Als nach den Dreharbeiten der Pilotfolge einige der Schauspieler ausgetauscht

---

85 „Actor Iwan Rheon: My Game Of Thrones character Ramsay Snow is a right scumbag – and that's fun to play“, Metro.co.uk, 2.7.2013

wurden, mussten die entsprechenden Szenen komplett neu gedreht werden. Später konnte eine solche Sorgfalt bei einem Schauspieleraustausch leider nicht mehr an den Tag gelegt werden, da der Wechsel meistens nach Ausstrahlung beschlossen wurde.

Die Figur, die es sicherlich am härtesten getroffen hat, ist Gregor Clegane, auch bekannt als „Der Berg“, in der Romanreihe eine der bedrohlichsten und brutalsten Figuren in Westeros. In der Fernsehserie tritt er seltener in Erscheinung und durchlief gleich mehrere Schauspielerwechsel. In der ersten Staffel wurde Gregor Clegane noch von dem australischen Ex-Wrestler Conan Stevens verkörpert, der die Serie aber aufgrund seiner Besetzung in der „Hobbit“-Verfilmung von Peter Jackson verließ. In der zweiten Staffel wurde Gregor Clegane in einigen kurzen Szenen in Harrenhal von dem Stuntman Ian Whyte verkörpert. Der brachte den Produzenten allerdings zu wenig Körpermasse mit, weshalb sie für die vierte Staffel beschlossen, Gregor Clegane erneut zu besetzen, diesmal mit dem isländischen Gewichtheber Hafþór Júlíus Björnsson.

Auch der gutaussehende Söldner Daario Naharis wurde mitten in der Handlung ausgetauscht. In der dritten Staffel wurde er noch mit langem, blondem Haar von dem Briten Ed Skrein verkörpert. Da der aber anschließend für die Hauptrolle in „Transporter 4“ verpflichtet

wurde, musste der niederländische Schauspieler Michiel Huisman, mit kurzen dunklen Haaren, die Rolle des Charmeurs übernehmen.
Joffreys kleiner Bruder Tommen Baratheon, der in der ersten und zweiten Staffel von Callum Wharry gespielt worden war, wurde in der vierten Staffel gegen Dean-Charles Chapman ausgetauscht, da der extrem junge Wharry offenbar nicht die schauspielerische Leistung bieten konnte, die später von der Rolle gefordert wurde. Ein Wechsel, der allerdings für die Zuschauer nicht ins Gewicht fiel, da sich Callum Wharry und Dean-Charles Chapman tatsächlich ziemlich ähnlich sehen.

Beric Dondarrion, den Arya in der dritten Staffel in der Höhle bei der Bruderschaft ohne Banner trifft, wird von Richard Dormer verkörpert, der zu dem Zeitpunkt auch bereits die zweite Besetzung dieser Figur ist. Denn was vermutlich nur Buchlesern aufgefallen sein dürfte, ist die Tatsache, dass Beric Dondarrion bereits in der ersten Staffel in der Folge „Eine goldene Krone“[86] zu sehen war, damals allerdings verkörpert von David Michael Scott. Der Auftritt schien aber selbst den Produzenten so unbedeutend zu sein, dass sie ihn im Abspann nur als Statisten aufführten. Interessanterweise kann dieser Schauspielerwechsel anhand der Buchvorlage sogar plausibel begründet werden, denn im Roman schreibt

86 Staffel 1, Folge 6, „Eine Goldene Krone“

George R. R. Martin, dass sich die äußere Erscheinung von Beric Dondarrion dadurch, dass er mehrfach den Tod findet und wiederbelebt wird, verändert.

So lässt sich die Aufzählung der Schauspielerwechsel immer weiter fortführen.

Rickard Karstark, Lord von Karholt sowie das Oberhaupt des Hauses Karstark, wurde in der ersten Staffel noch von dem Schauspieler Steven Blount verkörpert. Zu dem Zeitpunkt, als der Krieg der Fünf Könige entbrennt und Robb die Häuser des Nordens um sich versammelt, wurde er jedoch gegen den weißbärtigen John Stahl ausgetauscht, der schließlich auch von Robb Stark geköpft wird.

Und wer sich gewundert hat, dass die Frau an Stannis Baratheons Seite bei der Verbrennung der Statuen der Sieben (in der zweiten Staffel) ganz anders aussah als in der dritten und vierten, hat sich nicht verguckt. Selyse Baratheon wurde zunächst von Stand-in-Double Sarah MacKeever verkörpert und erst später von der britischen Schauspielerin Tara Fitzgerald.

Einen Schauspieler in einer Serie auswechseln zu müssen, ist für Produzenten grundsätzlich eine unerwünschte Situation, die man versucht zu verhindern. Aber manchmal lassen ihnen die Umstände keine andere Wahl und dann hoffen sie darauf, dass die Zuschauer den Wechsel nicht bemerken oder ihn akzeptieren. Die Fans von „Game of Thrones“ haben bisher jeden Wechsel missmutig aber ohne laute Proteste hingenommen. Bleibt zu hoffen, dass die Macher hinter „Game of Thrones“ die Toleranzschwelle der Fans nicht im Übermaß strapazieren.

EINMAL RUND UM DIE WELT – DREHORTE

Schon in den frühen Planungsphasen stellte sich die Frage, wo „Game of Thrones" gedreht werden sollte. Benioff und Weiss brachten von Anfang an Neuseeland als mögliches Filmland ins Spiel, da man dort viele verschiedene Landschaften an einem Ort habe. Und immerhin hatte Peter Jackson mit „Der Herr der Ringe" bewiesen, dass Neuseeland als episches Fantasyland durchaus tauglich ist. So verkündete HBO in der ersten offiziellen Pressemeldung vom 11. November 2008, dass man die Serie eventuell in Neuseeland drehen werde.

Doch George R. R. Martin wollte, dass Westeros einen europäischen Look hat, da seine Erzählung sehr eng an die europäische Geschichte angelehnt ist. Zudem boten viele europäische Locations bereits historische Bauten wie Burgen oder Straßenzüge, die man nutzen konnte, ohne großartig in Kulissen investieren zu müssen. Warum in Neuseeland eine mittelalterliche Steinbrücke bauen, wenn es solche in Irland zahlreich gibt?

Logistisch sind die Dreharbeiten zu „Game of Thrones" ein Mammutakt, da meistens in vielen unterschiedlichen Ländern, zum Teil sogar auf verschiedenen Kontinenten, gleichzeitig gedreht wird. Dadurch, dass sich einige der Handlungsstränge nicht kreuzen, ist es möglich, dass mehrere Crews parallel arbeiten. Geplant wird diese logistische Hölle von Bernie Caulfield und Chris Newman. *„Die sind eigentlich die richtigen Produzenten"*, gesteht David Benioff. *„Wir [D. Benioff und Dan Weiss] sind nur die Schreiberlinge. Jeden Abend, wenn wir während der Pre-Production-Phase nach Hause fahren, müssen wir an Chris' Büro vorbei, in dem die Wände wie ein riesiger Flowchart aussehen mit den Abläufen für alle drei Units und die verschiedenen Länder. Letztes Jahr [2012] haben wir alleine in fünf Ländern gedreht. Das ist Furcht einflößend."*

Die beiden Crews, die es seit Beginn der Produktion gibt, sind die sogenannte „Wolf Unit" und die „Dragon Unit". Für die Dreharbeiten in Island kam ab Staffel 3 noch die „Raven Unit" dazu. Besonders knifflig wird es immer, wenn etwas unerwartet schiefläuft, beispielsweise weil es schlechtes Wetter gibt oder sich einer der Schauspieler verletzt (so wie 2012, als sich Kit Harington [Jon Schnee] den Fußknöchel brach, als er durch ein Fenster seiner eigenen Wohnung kletterte). Die Tatsache, dass alle Szenen der gesamten Staffel nicht chronologisch, sondern völlig durcheinander gedreht werden, verkompliziert die Planung zusätzlich. Und wenn dann etwas umgestoßen wird, hat das Auswirkungen auf alle anderen Drehs.

„Dann muss der ganze Plan geändert werden", erklärt Benioff. *„Und das ist das komplizierteste Tetris-Puzzle, das man sich vorstellen kann. Aber irgendwie hat Chris da trotzdem den Überblick."*

Vom Aufwand her gleiche die Produktion zweifelsohne einem Kinofilm, erklärt Locations Director Robbie Boake. Die verschiedenen Filmcrews, die zum Teil gleichzeitig in verschiedenen Ländern drehen und zwischen Kroatien, Island und Irland rotieren, seien wie eine Hydra, eine vielköpfige Bestie, die nur schwer unter Kontrolle zu halten sei. *„Das ist wie die Leitung eines großen Orchesters"*, so Robbie Boake. Über 100 verschiedene Sets gibt es pro Staffel. Ein ungeheurer Aufwand.

Hauptstützpunkt der Crew ist Belfast in Nordirland. In der Paint Hall, dem größten Filmstudio Europas, entstehen fast alle Innenaufnahmen für die Serie. Ursprünglich handelte es sich bei dem historischen Gebäude um einen Teil der Harland-&-Wolff-Werft, in der früher Schiffsteile, unter anderem für die Titanic, gestrichen wurden, weshalb die Studios heute auch noch gerne als „Titanic Studios" bezeichnet werden. Seit Anfang der Produktion finden sich dort auch die Produktionsbüros. Der Vorteil an diesem Standpunkt ist, dass man von dort für die Außendrehs unglaublich schnell in der Natur ist. *„Es gibt so vielfältige Landschaft rund um Belfast"*, erklärt Boake. *„Sanfte Hügel, die Küste von Antrim, und alles, was man sonst noch so braucht, befindet sich innerhalb nur einer Autostunde.*

Und wir reisen mit einer Menge Zeugs […], deswegen verwenden wir teilweise Militärstraßen und Feldwege, um unsere Crews zu versorgen. Für einige der Schlachtenszenen mussten teilweise bis zu 200 Statisten versorgt werden. Wenn man 200 Statisten hat, ist es eine besondere Herausforderung, dass die alle satt sind und es warm haben. Und wenn es regnet, brauchen 200 Leute einen Unterstand", so Boake.[87]

An einigen Orten Irlands, in Steinbrüchen oder auf Privatgrundstücken wird teilweise ein enormer Aufwand betrieben, um die notwendigen Kulissen hochzuziehen. Der Aufbau dauert, teilweise bis zu 16 Wochen, wenn etwas gebaut wird, das länger stehen soll. Aber am Ende, wenn die Filmcrews und Kulissen wieder verschwunden sind, bleibt keine Spur zurück. „*Ich gehe dann meistens noch einmal mit dem Besitzer über das Grundstück und hebe wenn nötig auch die letzte Plastikflasche noch persönlich auf.*"

Während man für die nie ausgestrahlte Pilotfolge die Winterfell-Szenen in Doune Castle am Rande der schottischen Highlands gedreht hatte, entschied man sich für den Dreh der ersten Staffel dafür, näher an Belfast zu bleiben. Gleich mehrere Locations dienten im Verlauf der Serie als Burg Winterfell. Die wichtigste davon war wohl Castle Ward nahe dem Städtchen Strangford im County Down, etwa eine Stunde südlich von Belfast.

---

87 „Game of Thrones: behind the scenes secrets revealed", RadioTimes, 22.1.2014

Dort wurde unter anderem die Ankunft der Lennisters auf der Burg für die erste Folge der ersten Staffel gedreht. Für „Game of Thrones“ wurde Castle Ward per Computergrafiken optisch aufgehübscht und moderne Elemente, wie die Turmuhr im Burgturm, entfernt. In den Parks der Burg wurden außerdem die erste Begegnung von Bran und Osha sowie einige der Reiseszenen gen Süden gedreht, beispielsweise das Gespräch von Ned und König Robert Baratheon während einer Rast. Direkt nebenan von Castle Ward befindet sich das Audley's Field, ein großes mit Gras und Felsen übersätes Gelände, inklusive Wohnturm aus dem 15. Jahrhundert. Dieses diente ebenfalls zahlreiche Male als passendes Setting, unter anderem für Szenen in Robbs Heerlager mit der Gefangennahme und der anschließenden Freilassung von Jaime Lennister. Das Gelände musste außerdem als das Schlachtfeld herhalten, auf dem sich Robb und Talisa das erste Mal zwischen all den Verwundeten begegnen und ineinander verlieben.

Eine Autostunde nördlich von Belfast, an der irischen Steilküste, befinden sich die Höhlen von Cushendun, die dort von Wind, Wetter und Gezeiten in den letzten 400 Millionen Jahren geformt wurden. In der Höhle gebar Melisandre die grausige Schatten-Kreatur, was von Davos Seewert mit großer Beunruhigung zur Kenntnis genommen wurde.

Der Tollymore Forest Park mit seinen dichten Wäldern, vielen Bächen und alten Steinbrücken, etwa anderthalb Autostunden südlich von Belfast, ist nicht nur ein beliebtes Ausflugsziel sondern diente für „Game of Thrones“ als Drehort für zahlreiche Szenen des mittleren und nördlichen Westeros: ob Theon Graufreuds Verfolgung durch den sadistischen Ramsay Schnee, der Fund der Wolfswelpen durch die Starks, diverse Überquerungen alter Steinbrücken oder auch der gruselige Prolog der ersten Staffel mit den drei Soldaten der Nachtwache, die das erste Mal auf die Weißen Wanderer treffen. Für letztere Szene wurde der Wald unter großem Aufwand künstlich in eine Winterlandschaft verwandelt.

Die windumtoste Nordküste Irlands, ganz in der Nähe der berühmten Carrick-a-Rede Rope Bridge, einer wackeligen Hängebrücke, die zu einem Felsen im Meer führt und bei Touristen sehr beliebt ist, diente passenderweise als die Sturmlande. Gedreht wurden dort zum Beispiel die Außenszenen in Renly Baratheons Feldlager, das von Catelyn Stark zwecks Verhandlungen aufgesucht wird. Zu den Szenen im Lager gehören unter anderem der Schaukampf zwischen Brienne und Loras Tyrell sowie die erste Begegnung mit Margaery Tyrell. Direkt nebenan befindet sich der alte pittoreske Fischerhafen Ballintoy Harbour, der für Theon Graufreuds Ankunft in seiner Heimat in einen Hafen der Eiseninseln verwandelt wurde, wozu aber kaum Aufwand nötig war, da das dortige Hafenbecken fast mittelalterlich anmutet.

Downhill Beach im County Antrim, ein sanfter Sandstrand, der von 40 Meter hohen Felsklippen eingefasst wird, diente als Kulisse für die Strandszenen bei Drachenstein. Von denen dürfte vor allem die Verbrennung der Statuen der Sieben durch Melisandre von Asshai in Erinnerung geblieben sein.

Eine besondere Touristenattraktion und ein beliebtes Fotomotiv in Nordirland trägt den Namen „The Dark Hedges“. Dabei handelt es sich um eine Allee, die von uralten knorrigen Buchen umrahmt wird, die dort im 18. Jahrhundert von der Stuart-Familie angepflanzt wurden. Die Allee, die auch direkt aus einem Tim-Burton-Film stammen könnte, diente den Filmemachern als die große Königsstraße, auf der Arya, gemeinsam mit Heiße Pastete, Yoren und Gendry, gen Norden aus Königsmund abreist.

Für die Szenen in den Flusslanden begab sich die Filmcrew an den irischen Fluss Quoile bei dem kleinen Örtchen Downpatrick im County Down. In den mystischen Ruinen der Inch Abbey, einer ehemaligen Zisterzienserabtei, wurde das Heerlager von Robb Stark errichtet und der Quoile wurde zum Westeros-Fluss Trident. Auf einem Steg am Flussufer wurde außerdem die Seebestattung von Catelyn Starks Vater Hoster Tully gedreht.

Für epische Shots wie die Begegnung von Robb und Stannis auf den Klippen hoch über dem Meer ging es nach Murlough Bay, ganz im Norden von Irland, eine atemberaubend schöne Felsklippenlandschaft, von der man übers Meer Rathlin Island, Mull of Kintyre,

Islay und einige andere schottische Inseln in der Ferne erkennen kann. Dort wurde auch der Ritt von Theon mit seiner Schwester Asha (Yara) auf der Eiseninsel Peik realisiert. In der gleichen Bucht wurde außerdem Davos Seewert nach der Schlacht in der Schwarzwasserbucht an Land gespült.

Für das Versteck des Rebellen Beric Dondarrion und seinen Männern (Staffel 3) ging es in Irlands längste Höhle: Die Pollnagollum Höhle zieht sich in ihrer vollen Länge über 16 Kilometer durch den Burren, eine Karstlandschaft im Nordwesten des County Clare in Irland.

Location Manager Robert Blake berichtet in offiziellen Interviews, dass der Maßstab der Sets mit jeder neuen Staffel immer größer wurde, mit immer größeren Gebäuden und immer mehr Kunstschnee. Produzent Chris Newman: „*Wenn wir in Nordirland an einem schwer erreichbaren Ort etwas drehen wollten, dann haben Robbie (Blake) und sein Team eine Straße dorthin gebaut.*“ Besonders aufwendig war die Errichtung der Schwarzen Festung, die als üppige Kulisse in einem Steinbruch in Magheramorne, etwa eine Autostunde nördlich von Belfast, errichtet wurde. Sie umfasst die Gebäudekomplexe der Burg samt Speisesaal und Aufgängen, den Aufzug zur Mauer und die dazugehörige Winde sowie den Übungsplatz und das Podium der Kommandanten.

Für die Burg Grauenstein, die Festung der Boltons, wo Theon während der vierten Staffel gefangen gehalten wird, fand man mit Myra Castle im County Down eine Burg, die kaum noch vom Art Department verändert werden musste, um wie die Heimatstatt der Boltons zu wirken.

Aber nicht nur im verregneten Irland wurde gedreht, wer von der Crew Glück hatte, wurde in sonnigere Gegenden versetzt. Während man viele Szenen, die in Königsmund und auf Essos spielen, für den Piloten noch in Marokko gedreht hatte, entschied man sich für die Dreharbeiten der ersten Staffel für einen Umzug nach Malta. Dort begannen im Oktober 2010 die Neudrehs, unter anderem von Danys und Drogos Hochzeit, weil seit dem Piloten nicht nur die Kostüme der Dothraki geändert worden waren, sondern auch die Daenerys-Schauspielerin gewechselt hatte.

Unter anderem diente die natürliche Felsformation des Azure Window (deutsch: Blaues Fenster) als Hintergrundkulisse, ein durch Witterung und Gezeiten entstandenes Felsentor im Meer auf der maltesischen Insel Gozo, das etwa 100 Meter breit und 20 Meter hoch ist.

Die historische Stadt Mdina mit ihrem mittelalterlichen Stadtbild, das von schmalen Gassen geprägt ist, bot mit ihrem maltatypischen Sandstein die perfekte Kulisse für Königsmund. Nicht nur das berühmte Stadttor von Mdina ist in der Fernsehserie zur Geltung gekommen, auch diverse Häuser und Straßenzüge.

Als große Septe und somit die Hintergrundkulisse für die Hinrichtung von Ned Stark wählten die Filmproduzenten die Festung Fort Manoel aus, die noch aus der Zeit der Herrschaft des Johanniterordens auf Malta (ab 1722) stammt. Die Szenen mit Arya in Königsmund, unter anderem die Jagd nach der Katze, aber auch der „Tanzunterricht" mit Syrio Forel wurden in Fort Sankt Angelo, am Südende von Valletta, gedreht, einer Festung, die auf den Überresten eines römischen Tempels erbaut wurde. Und unweit davon, in der während der Zeit der Herrschaft des Johanniterordens von 1670 bis 1693 erbauten Festung Fort Ricasoli, wurden viele Szenen im Roten Bergfried gedreht bzw. Szenen, die in dessen Außenanlagen spielen. Vor allem die Tore und das Torhaus wurden von der Filmcrew mehrfach genutzt.

Malta diente jedoch nur für die erste Staffel als Drehort, danach wechselte man nach Kroatien und später Marokko. Zu dem Grund, warum die Filmleute von HBO Malta nicht mehr in Erwägung zogen, gibt es keine offizielle Aussage vom Sender. Bekannt ist aber, dass es zu Streitigkeiten zwischen der Filmcrew und der örtlichen Umweltbehörde Malta Environment & Planning Authority (MEPA) gekommen war. So war die Drehgenehmigung für die Dothraki-Hochzeit im Dwejra Heritage Park (mit dem Azure Window im Hintergrund) mit der Auflage vergeben worden, dass die dortige empfindliche Flora und Fauna mit ihren vielen

Fossilien angemessen geschützt würde. Dementsprechend wurde der gesamte Boden mit Folie abgedeckt, worüber man Sand schüttete. Leider waren die Folien nicht so undurchlässig wie gehofft, wodurch große Mengen Sand auf den geschützten Boden durchrieselten, sich dort mit Feuchtigkeit vermischten und zementartig verfestigten. Die MEPA warf der Produktionsfirma daraufhin Versagen vor. Außerdem seien die Filmleute entgegen allen Absprachen mit schweren Baufahrzeugen über den empfindlichen Boden gefahren, hieß es. Die Schuld wurde letztendlich bei der örtlichen Filmproduktionsfirma gefunden, die den Dreh organisiert hatte und eine Strafe von 36.500 Euro an die lokalen Behörden zahlen musste. Ein Fiasko und vermutlich der Grund, warum sich HBO nach neuen Drehorten für Königsmund und Essos umsah. So ging es für die zweite Staffel nach Kroatien, genauer gesagt nach Dubrovnik an der Adria. Die Stadt, die bereits in der Antike erwähnt wird und auf der Liste des UNESCO-Weltkulturerbes steht, bot einen ähnlich mediterranen, mittelalterlichen Stil wie die Städte auf Malta, doch ohne die behördlichen Probleme vor Ort. Aber auch ansonsten begeisterte Dubrovnik. „*Kroatien ist der beste Ort, an dem ich jemals war. Die Menschen, das Essen, alles ist einfach großartig!*“, schwärmte Peter Dinklage in einem Making-of-Video. Der mühsame Marsch von Daenerys und ihren Leuten durch die Rote Wüste nach Qarth wurde im Steinbruch von Dubac gedreht, nur zehn Autominuten außerhalb von Dubrovnik. Auch nicht weit von der Stadt entfernt, etwa 600 Meter draußen auf dem Meer, befindet sich die grüne Insel Lokrum mit einem alten Kloster, dessen Parkanlagen als die Gärten von Qarth dienten. Einige der Qarth-Gebäude hingegen fand man direkt in der Altstadt von Dubrovnik, allen voran im Rektorenpalast.

Mit der zweiten Staffel entdeckten die Serienmacher schließlich auch Island als Filmland für sich. *„Für Jons Reise suchten wir eine Landschaft, die gleichermaßen wunderschön und brutal ist“*, erklärte David Benioff. *„Denn er ist jetzt ja wirklich im Norden.“* Kunstschnee kam daher auf keinen Fall infrage. Zunächst wurden auf der vulkanischen Insel für die zweite und dritte Staffel alle Szenen nördlich der Mauer im Winter gedreht. Vor allem in der Umgebung des Vatnajökull, des größten Gletschers Islands im Südosten der Insel, entstanden atemberaubende Aufnahmen mit Jon Schnee, der Nachtwache und den Wildlingen. Übrigens war dies nicht die erste Filmcrew auf dem Gletscher, denn auch schon Christian Bale wurde in „Batman Begins“ von Liam Neeson über das Eis gehetzt und der Silver Surfer hatte den Gletscher in „Fantastic Four: Rise of the Silver Surfer“ heimgesucht. Die winterlichen Dreharbeiten in Island stellten eine ungeahnte Herausforderung für Filmcrew und Schauspieler gleichermaßen dar. Nicht nur der Umstand, dass maximal vier Stunden Sonnenlicht pro Tag zur Verfügung standen, sondern auch die eisigen Temperaturen machten es der Crew schwer. Im Gegenzug bot sich ihnen aber eine spektakuläre und authentische Landschaft, wild und von Eis zerfurcht.

In der dritten Staffel wurde dann außerdem in dem spektakulären Lavafeld Dimmuborgir gedreht, dessen bizarr geformte Steinformationen wie zerfallene Burgen und Türme aussehen und die Isländer schon seit Jahrhunderten zu Legenden und Geschichten inspiriert. Was lag näher, als das mystische Gebiet, das als Heimat der Trolle und Elfen gilt, auch für eine Fantasyserie wie „Game of Thrones" zu verwenden? Der anliegende gigantische Explosionskrater des Hverfjall-Vulkans bot den spektakulären Hintergrund bei dem Aufmarsch der Armee der Weißen Wanderer. In dem gleichen Gebiet, das landläufig als Myvatn bezeichnet wird, befindet sich auch die Höhle, in der sich Ygritte und Jon das erste Mal näherkommen. Die Szene, in der die beiden nackt in einem natürlichen Becken baden, konnte tatsächlich im tiefsten Winter (November 2012) in der *Grjotagjá*-Höhle gedreht werden, da deren Wasserbecken durch geothermale Aktivität ständig auf einer angenehmen Badetemperatur von 44 Grad Celsius gehalten werden.

Auch für die vierte Staffel ging es zurück nach Island, aber diesmal wollte man nicht nur Schnee und Eis, sondern auch die grüne Seite der Insel nutzen. Daher reiste die Film-Crew im Sommer an und drehte in der ungezähmten, aber wunderschönen Landschaft unter anderem die Reise von Arya und Sandor, aber auch den Aufmarsch der Wildlinge. „*Vorher waren wir hier immer im November, aber dieses Mal sind wir im Sommer hier. Das ist echt einer der besten Drehorte der gesamten Serie. Es gibt in der Landschaft so viel Abwechslung, Wasserfälle, Schluchten und Aussichten, die nicht durch Straßen und Häuser verdorben werden*“, berichtet Koproduzent und Drehbuchautor Bryan Cogman. Und während sich die Schauspieler bei den vorherigen Drehs in dem Land über die Kälte beschwert hatten, wurde nun die Hitze moniert. Denn der Sommer 2013 war für isländische Verhältnisse außergewöhnlich warm und sonnig. Nicht einfach, wenn man als Wildling in viele Lagen Fell gewickelt ist oder wie Rory McCann (Sandor Clegane) und Gwendoline Christie (Brienne) Rüstungen tragen muss, in denen man ins Schwitzen gerät. Das berühmte und bei Touristen sehr beliebte Ausflugsziel Thingvellir, 40 km östlich der isländischen Hauptstadt Reykjavík, diente als Kulisse für gleich mehrere Szenen. Der Nationalpark dort besticht durch einen großen Canyon, der sich durch tektonische Bewegung gebildet hat, einen Riss in der Erde. Zwischen den aufsteigenden Felswänden wurde die Begegnung der Wildlinge mit den glatzköpfigen Thenn gedreht, ebenso der Marsch von Kleinfinger und Sansa zur Festung Hohenehr. Auch die Reise von Arya und Sandor Clegane verlegte man von Nordirland in diese Gegend Islands, vermutlich, um dem Zuschauer ausgefallenere, exotischere Landschaften zu bieten.

Für die dritte Staffel ging es auch wieder zurück nach Marokko, wo man seit den Dreharbeiten für den Pilotfilm nicht mehr gewesen war. Dort entstanden die Sklavenbucht-Szenen mit Daenerys. Einige Plätze und Wehrgänge der historischen Küstenstadt Essaouira wurden dafür in die fantastische Stadt Astapor verwandelt. Dabei mussten gar nicht mehr viele Kulissen aufgebaut werden, denn die über 2000 Jahre alte Stadt bot bereits das perfekte Ambiente. Mit ein paar Requisiten und ein bisschen digitaler Nachbearbeitung war die Illusion perfekt. Und wenn Daenerys über die Mauer flaniert und über das Meer blickt, dann sieht man nicht den Atlantik, sondern die Sklavenbucht von Essos.

Aber nicht alle Drehorte in Marokko waren historischer Natur. Bei der epischen Szene, in der sich die Unbefleckten gegen ihre Herren auflehnen, wurde in den Atlas Studios, am nordwestlichen Stadtrand von Ouarzazate, gedreht, wo auch schon Filme wie „James Bond 007 – Der Hauch des Todes", „Die Mumie", „Gladiator" oder „Königreich der Himmel" entstanden. Das Studio dort bietet Filmproduktionsfirmen günstige Preise dank Kulissen-Recycling. Wer also genau hinschaut, der entdeckt bei „Game of Thrones" unter anderem Gebäude aus „Königreich der Himmel" und vielleicht auch aus „Asterix & Obelix: Mission Kleopatra" wieder.

Wie kaum eine andere Serie lebt „Game of Thrones" von den großartigen Landschaften, den authentisch wirkenden Burgen und den unendlichen Weiten, dabei sind diese eigentlich nur Nebendarsteller im Krieg der Fünf Könige. Doch erst sie verleihen der Geschichte die Tiefe und Authentizität, die „Game of Thrones" zu einer der erfolgreichsten Serien aller Zeiten machen.

EPISCHE PIXELWELTEN – VISUAL EFFECTS

Da „Game of Thrones" vor allem durch düstere Stimmung und Realismus geprägt ist, war es umso wichtiger, dass auch die visuellen Computereffekte nicht aufdringlich wirken, wie bei so vielen anderen Genre-Vertretern, sondern vielmehr subtil und glaubwürdig eingesetzt werden. Besonders entscheidend war dies ab der zweiten Staffel, wo es mit Daenerys' Drachen und der Schlacht in der Schwarzwasserbucht effektmäßig richtig zur Sache ging. Das Ergebnis konnte sich sehen lassen. Sowohl 2012 als auch 2013 erhielt die Fernsehserie den Emmy Award für die besten visuellen Effekte. „*So eine Serie hätte es vor fünf Jahren noch gar nicht geben können*", ist Dan Weiss überzeugt. „*Sie wäre schon aufgrund der Visual Effects gar nicht möglich gewesen.*" Für die Umsetzung derselbigen hat man sich einige der führenden Visual-Effect-Spezialisten ins Boot geholt. Dafür, dass alle Fäden am Ende zusammenlaufen, sorgen Joe Bauer und Steve Kullback, die für die Aufsicht der verschiedenen Visual-Effect-Abteilungen zuständig sind. Sie sind die kreativen Köpfe hinter den Computern, die von der ersten Planung über den Dreh im Greenscreen-Studio bis hin zur Animation den Überblick behalten müssen. Steve Kullback ist ein routinierter VFX Producer, der seine Erfahrungen sowohl bei Kinoproduktionen, wie beispielsweise „Pirates of the Caribbean – Am Ende der Welt“, aber auch bei effektreichen Fernsehserien wie „Battlestar Galactica“ gesammelt hat. Joe Bauer, der bei den Dreharbeiten auch mal selbst den Stab mit dem grünen Tennisball am Ende zum Leben erweckt, ist ein alter Effekt-Veteran. Er war bereits bei Serien wie „Star Trek – The Next Generation“ oder „Star Trek – Voyager“ mit von der Partie, stammt also aus einer Zeit, wo noch viel mit Modellen, Licht und Kameratricks gearbeitet wurde. Unterstützt wurden die beiden von dem noch relativ jungen Effekt-Spezialisten Jabbar Raisani, der am Set als VFX Supervisor und PreViz-Spezialist zuständig für den Übergang von der Planung hin zur konkreten Umsetzung ist. Gelernt hat Raisani sein Handwerk unter anderem bei Filmemachern wie Regisseur Robert Rodriguez („Machete“). Bei so einer geballten Ansammlung von Fachwissen, stand es außer Zweifel, dass die visuellen Effekte von „Game of Thrones“ international Beachtung finden würden. Dabei war es elementar, dass sie nie um ihrer selbst willen eingesetzt werden, sondern als erzählende Elemente, die die Welt zum Leben erwecken. Am Anfang jedes Konzepts stehen daher die Zeichnungen und Computerskizzen von Künstlern, die den Beschreibungen im Drehbuch ein konkretes Aussehen verleihen. Danach werden die Effect Shots in Form von sogenannten PreViz umgesetzt, also grob gerenderten Animationen, die dem Regisseur ein Gefühl für Ablauf und Geschwindigkeit der Sequenz geben sollen. Diese helfen zudem auch den Visual-Effect-Mitarbeitern vor Ort, die jeweilige Szene einzurichten. Die PreViz-Aufnahmen dienen als Orientierung dafür, wo Greenscreens aufgestellt werden müssen und aus welchem Kamerawinkel gefilmt wird. Auch für die Schauspieler, die solche Szenen wie die Schlacht in der Schwarzwasserbucht komplett im Greenscreen-Studio drehen, sind die PreViz-Aufnahmen außerordentlich hilfreich, weil sie eine Vorstellung davon bekommen, was in der Szene überhaupt passiert und was zu sehen sein wird. Da eine Effektfirma alleine den Aufwand und die zeitlichen Vorgaben kaum stemmen konnte, wurden gleich mehrere solcher Firmen ins Boot geholt, unter anderem die irischen Profis von Screen Scene aus Dublin, die Londoner Firmen Peanut FX und BlueBolt und das kanadische Effektstudio Spin VX.

Viele der preisgekrönten Effekte bei „Game of Thrones“ sind übrigens „Made in Germany“. Insgesamt 336 Mitarbeiter der Stuttgarter Effekte-Firma Pixomondo (Oscar für „Hugo Cabret“) haben alleine für die zweite Staffel der Fantasysaga insgesamt 528 Effekt-Einstellungen erstellt. *„Die Herausforderung war, dass wir über die zehn Folgen so ziemlich jede Königsdisziplin der digitalen Effekte bedienen mussten“*, so Visual Effects

Producer Jan Fiedler. „*Von bewegten Mattepaintings über Explosionen, Baby-Drachen bis hin zu digitalem Wasser. Und das in einem Zeitraum von 22 Wochen. Wir mussten also alle 14 Tage eine Folge abliefern. Das war zeitlich extrem knapp kalkuliert. Als die erste Folge im Fernsehen lief, haben wir noch an Folge 4 die Pixel geschoben. Das war ein Wettlauf mit den Deadlines.*" Dafür, dass bei diesem Wettlauf nichts schiefging, sorgte der Deutsche Rainer Gombos, der unter anderem an Filmen wie „Harry Potter", „Sin City" oder auch „Sucker Punch" mitgewirkt hatte.

Für die perfekte Umsetzung war es wichtig, jeden Effekt sorgfältig vorzubereiten. Für die Drachen recherchierten die Visual-Effect-Spezialisten beispielsweise in der realen Tierwelt, untersuchten alle möglichen Echsenwesen, aber auch andere Tiere, wie Fledermäuse. So wurden dann nach dem Vorbild der Natur bedrohliche Drachenwesen kreiert mit Muskelstruktur, Schuppenhaut und ledernen Flügeln. Damit Emilia Clarke und die anderen Schauspieler am Set eine Vorstellung von den Drachen bekommen konnten, wurden außerdem realistische Modelle aus Hartgummi hergestellt.

Eine der größten Herausforderungen der zweiten Staffel war aber nicht die Darstellung der Drachen, sondern die des Schattenwesens, das die Rote Priesterin Melisandre gebärt. VFX Supervisor Rainer Gombos hatte nur die Vorgabe, dass sich das Wesen so wie Tinte in einem Wasserglas bewegen soll. Dutzende Computer-

Animatoren beschäftigten sich wochenlang mit verschiedenen animierten Fließ- und Bewegungsprozessen, bis die Kreatur endlich gruselig und düster genug aussah, ohne aber an Glaubwürdigkeit zu verlieren.

Während man für Drachen und Schattenwesen auf komplette CGI-Kreaturen setzte, entschieden die Serienmacher, dass die Schattenwölfe von echten Hunden dargestellt werden sollten, die man am Computer entsprechend vergrößerte. Dafür wurden sogenannte Northern Inuit Dogs verwendet, die seit einiger Zeit wieder in Großbritannien gezüchtet werden und sehr wolfsähnlich anmuten. Für die Wolfsszenen werden die Hunde jeweils separat in einem Greenscreen-Studio gefilmt und vergrößert in die Aufnahmen mit den Schauspielern eingefügt.

Fast zum Standardtagewerk gehörten für die Computerspezialisten aber auch die vielen aufwendigen digitalen Mattepaintings für Locations wie Peik, Hochburg und Stammsitz des Hauses Graufreud, oder die zerstörte Festung Harrenhal, aber auch die Rote Wüste. Bei Mattepaintings handelt es sich in den meisten Fällen um digitale Set-Erweiterungen, die mit den gefilmten Aufnahmen der Landschaft oder einer Burg so geschickt kombiniert werden, dass kein Übergang sichtbar ist.

Bei der dritten Staffel wurde die Zahl der visuellen Effekte dann noch einmal erhöht. Pixomondo konzentrierte sich nun komplett auf die Drachen. Bei Spin VFX entstanden unter der Leitung des fünffachen Emmy-

Nominierten Doug Campbell und des dreifach nominierten Luke Groves über 200 Shots, darunter das Lager von Manke Rayder, die Armee der Unbefleckten aus Astapor sowie die Schattenwölfe und die Eismauer.

Auch für Briennes unangenehme Begegnung mit dem Bären in Harrenhal musste getrickst werden. Der Bär selbst kam nicht aus dem Computer, sondern war echt. Begegnet sind sich Schauspielerin Gwendoline Christie und der Bär aber nie, denn wegen der strengen Sicherheitsbestimmungen und der Auflagen für Tiertransporte mussten die Aufnahmen mit dem Bär komplett in Los Angeles gedreht werden, während die restlichen Aufnahmen in Nordirland entstanden. Dafür wurde ein Teil des Sets der Bärengrube in den USA aufgebaut und die Einstellungen so geschickt miteinander verbunden, dass es in der Serie so wirkt, als sei Brienne in tödlicher Gefahr.

Die größte Visual-Effect-Herausforderung der dritten Staffel war die Besteigung der Mauer durch Jon, Ygritte und die Wildlinge. Denn im Unterschied zu vielen anderen Effect Shots, die meistens immer nur kurz als Höhepunkt einer Szene zu sehen sind, handelte es sich bei diesem um eine mehrminütige Sequenz mit mehr als 200 Einstellungen. „*Das war zeitaufwendiger und erforderte mehr Vorbereitung als alles andere zuvor*", erinnert sich Dan Weiss. Für die bis dahin aufwendigste Effektsequenz der gesamten Serie wurde in den Studios von Belfast zunächst eine künstliche und fast 20 Meter hohe

Eismauer aus mit Wachs beschichtetem Styropor aufgebaut, an der die Sequenz mit den Schauspielern innerhalb von sechs Tagen gedreht werden konnte. Da die Mauer in Westeros aber nicht 20, sondern 200 Meter hoch ist, musste das Set entsprechend am Computer erweitert werden.

In der vierten Staffel schließlich durften die Effektspezialisten ganz tief in ihre Kreativkisten greifen. Vor allem in der neunten Folge bei der Schlacht um die Schwarze Festung wurden keine halben Sachen gemacht. Riesen und gewaltige Kriegsmammuts waren dabei nur die Speerspitze. Alleine für die aus dem Wald strömenden Wildlinge mussten Hunderte von digitalen Figuren animiert werden.

Letztendlich verhält es sich mit den Visual Effects ganz ähnlich wie mit der Magie in Westeros. Sie werden nur gelegentlich und behutsam zum Einsatz gebracht, aber dann entfalten sie ihre volle Wirkung.

DIE KREATIVEN DETAILS – PRODUCTION DESIGN

Aber nicht nur Drehorte und Computereffekte waren entscheidend, um die fantastische Welt von Westeros zum Leben zu erwecken. Wichtig waren auch die vielen kreativen Köpfe hinter den Kulissen, die dieser Welt eine scheinbar natürlich gewachsene Kultur, Kunst, Architektur und Ästhetik verliehen. Ob einer Vase, einer Kutsche oder gar einer Kathedrale, jedem Ding in Westeros musste ein Aussehen verpasst werden, das den Gegenstand seiner Kultur zuordnen lässt und zugleich glaubwürdig in diese Welt passt. Der Aufwand, eine gelebte Realität zu schaffen, ist enorm. Verantwortlich für die Leitung war bis zur dritten Staffel die britische Production-Designerin Gemma Jackson, die bereits bei Kinofilmen wie „Ein Fall für die Borger“ oder auch „Bridget Jones“ für das Design verantwortlich war. Als einen ihrer absoluten Karrierehöhepunkte kann man sicherlich ihre Arbeit an Marc Forsters „Wenn Träume fliegen lernen“ bezeichnen, für die sie 2005 mit einer Oscar-Nominierung bedacht wurde. Vom ersten Designentwurf bis hin zur praktischen Umsetzung war Jackson bei „Game of Thrones“ verantwortlich für das Aussehen und die Details der Sets. Bei dem künstlerischen Designprozess sei es vor allem wichtig gewesen, dass bei jedem Gegenstand die Logik nicht verloren gehe, betont sie in einem der Making-of-Videos. Design diene immer einem Nutzen, den man nicht aus den Augen verlieren dürfe. Für ihre herausragende Umsetzung von Westeros in der zweiten Staffel wurde sie von der amerikanischen Fernsehindustrie mit einem Creative Arts Emmy Award ausgezeichnet. Aber auch wenn sie den Award entgegennahm, so war sie es natürlich nicht alleine, sondern hat ihren Erfolg auch ihren Hunderten von Mitarbeitern zu verdanken, von Grafikern und Designern bis hin zu Gärtnern und Zimmerleuten. Einer ihrer wichtigsten Mitarbeiter war ohne Zweifel der Grafiker Jim Stanes, denn der musste die unzähligen Wappen, Banner und Siegel der verschiedenen Adelshäuser von Westeros entwerfen, die immer wieder die Szenerie prägen, ob bei Feldzügen, an Gebäuden oder auf Rüstungen und Kleidung. Außerdem war er für alle Briefe, Bücher und Karten in der Serie zuständig. Die Wappen erwiesen sich als besonders schwierige Herausforderung, weil sie glaubwürdig, aber zugleich auch einzigartig sein mussten. Beispielsweise beschreibt George R. R. Martin das Wappen der Lennisters als einen aufsteigenden goldenen Löwen auf rotem Grund. Der aufsteigende Löwe ist auch in unserer Welt eines der am häufigsten gebräuchlichen Wappentiere. Wie also entwirft man einen Löwen, den es noch nicht gegeben hat und der auch einen gewissen Wiedererkennungswert mitbringt? Stanes sah sich viele Löwenwappen an und entwarf selbst Hunderte von Wappenlöwen für die Lennisters, bis endlich der Löwe gefunden war, der letztendlich auf den Flaggen in der Serie zu sehen ist. Ein ähnliches Problem gab es bei dem Wappen der Starks. Ein grauer Schattenwolf auf einem weißen und grünen Feld, das klingt einfach, war es aber nicht. Stanes wollte nicht nur einen gewöhnlichen Wolfskopf abbilden, sondern einen Wolf, der etwas Außergewöhnliches mitbrachte. Am Ende entwarf er den drohenden Wolf mit den hochgezogenen Lefzen und dem fast schuppenartig gestalteten Fell, der in dieser Form einzigartig ist und von Zuschauern und Fans sofort und überall als das Insigne des Hauses Stark erkannt wird.

Mit dem Ende der dritten Staffel verabschiedete sich Gemma Jackson von der Produktion, weil ihr der Umfang der Arbeiten für die Serie zu aufwendig geworden war. In den Audiokommentaren der Blu-ray zur dritten Staffel erzählt sie, dass ihre Ehe und ihr Privatleben sehr unter der Verpflichtung bei „Game of Thrones" gelitten hätten, vor allem angesichts der Tatsache, dass sie dafür rund um die Welt reisen musste und sie nur noch selten zu Hause gewesen sei.

Daher wurde Jackson ab der vierten Staffel von Deborah Riley abgelöst. Die australische Designerin hatte 1998 am Set von „Matrix" erstmals Filmluft geschnuppert und war auch bei Streifen wie „21

Gramm" oder „Moulin Rouge" für die kreative Umsetzung mitverantwortlich. „Game of Thrones" ist ihr bis dato größtes Projekt, bei dem sie sich aber schnell bewähren konnte. *„Man hat nicht nur 600 Seiten Drehbuch, sondern auch sechs unterschiedliche Regisseure, fünf Kameramänner, 19 Wochen für die Dreharbeiten und zwei unterschiedliche Film-Crews. Das ist Wahnsinn!"*, beschreibt sie den enormen Aufwand hinter der Serie. Alleine für die vierte Staffel musste sie innerhalb von kürzester Zeit 105 neue Sets entwerfen und aufbauen. Und das sei nicht ohne die vielen Mitarbeiter möglich gewesen, von den Malergesellen bis hin zum Set-Architekten. Der Zeitdruck spiele dabei immer eine enorme Rolle, da man ständig das Gefühl habe, man renne nur ganz knapp vor dem Deadline-Zug, der ständig drohe, einen zu überrollen. Aber der Stress hat sich am Ende gelohnt, denn nur wenige Serien scheinen so prächtig ausgestattet zu sein wie „Game of Thrones".

SAMT UND SEIDE – DIE KOSTÜME

Wie bei allen großen Film- oder TV-Produktionen spielen auch bei „Game of Thrones“ die Kostüme der Figuren eine wichtige Rolle. Sie dienen der Identifikation, der Zuordnung zu einer Familie, einem Haus oder einer Gegend. Daher musste Kostüm-Designerin Michele Clapton für jedes Gebiet in Westeros und für jeden gesellschaftlichen Stand eine eigene, neue Mode entwerfen. Den Produzenten war es wichtig, dass die Fernsehzuschauer auf den ersten Blick erkennen konnten, ob jemand aus dem Norden stammt, aus Dorne oder aus Braavos jenseits der Meerenge. Die jeweiligen herrschenden Häuser bestimmter Regionen geben dabei den Ton dort an und die Mode vor. Der Adel wird sozusagen zum Trendsetter. So imitieren beispielsweise viele Gewänder der einfachen Bevölkerung in Königsmund die Kleidung des Hauses Baratheon, und die Menschen in den Westlanden kleiden sich nach Art der Lennisters. Bei einem solchen Modediktat ist aber auch wichtig, es hin und wieder zu durchbrechen, um es nicht zu uniformell wirken zu lassen.

Bei den Kostümen wurden die Buchvorlage und die

Beschreibungen von George R. R. Martin immer als Orientierung verwendet, allerdings wichen die Kostümdesigner von den Beschreibungen ab, wenn sie diese für unpassend hielten. Beispielsweise schildert Martin, dass die Königsgarde in der Hauptstadt komplett in Weiß gekleidet ist. Dies schien in einem visuellen Medium wie dem Fernsehen nicht zu funktionieren und die Macher beschlossen, die Königsgarde in Gold zu kleiden. Manchmal wurden Kostümabweichungen von der Buchvorlage aber auch von den Produzenten beschlossen, wenn sie sich als nicht umsetzbar herausstellten. So ist es laut Buch in Qarth traditionelle Frauenmode, eine Brust entblößt zu tragen. Auch Daenerys passt sich im Buch der dortigen Mode an. Clapton entwarf entsprechende Kostüme, die aber aus kulturellen Gründen des Drehortes abgelehnt wurden, da es unmöglich war, in Kroatien genug Statistinnen zu finden, die bereit gewesen wären, dieses Kostüm zu tragen.

Wichtig war den Serienmachern zudem, dass die Kleidung der verschiedenen Personen auch ihre eigenen Geschichten erzählt. Sie sollte Aufschluss darüber geben, wer mit wem verbündet ist, wer viel Macht hat und wer keine. Wer in der Serie genau hinschaut, kann beobachten, wie rangniedrige Adelige, Berater und sogar Diener die Kleidung der Personen imitieren, die viel Einfluss haben. Und sobald ein Charakter am Hofe an Macht verliert, verschwindet auch die damit verbundene Mode nach und nach. Besonders anschaulich wird dies in Königsmund. Während sich Höflinge und Angestellte in den ersten beiden Staffeln nach Art von Königin Cersei Lennister kleiden, wird ihre Bekleidung zur dritten Staffel hin immer mehr an den Stil von Margaery Tyrell angepasst. Eine Veränderung, die zwar von den meisten Serienzuschauern nicht bewusst wahrgenommen wird, aber unterbewusst den langsamen Machtwechsel suggeriert.

Ein sehr gutes Beispiel dafür, wie die Kostüme die Geschichte eines Charakters erzählen, ist auch die Kleidung von Sansa. Zu Anfang der Geschichte trägt sie die traditionellen Kleider des Hauses Stark, mit Knotenverzierungen und Stickereien. Aber auf ihrer Reise nach Königsmund beginnt sie, sich zu verändern, und ihre Kleider werden zunehmend von Cerseis Kleidungsstil beeinflusst, bis sie schließlich sogar genau wie diese angezogen ist. Sie adaptiert die Mode des Hauses, in das sie einheiraten möchte. Aber mit den drastischen Ereignissen am Ende der ersten Staffel und zu Anfang der zweiten wendet sie sich auch modisch wieder ab. Geradezu symbolisch ist die Szene, in der König Joffrey seinem Ritter Ser Meryn Trant von der Königsgarde befiehlt, Sansa die Kleidung vom Leib zu reißen. Die schönen Kleider zerreißen genauso wie Sansas Traum vom Leben am Hofe in Königsmund. Anschließend sucht sie Verbündete, die sie in den Tyrells zu finden glaubt, und sie passt ihren Kleidungsstil an den von Margaery Tyrell an. Als sie aber fliehen muss, werden die Farben gedeckter und die Kleidung einfacher, bis sie am Ende der vierten Staffel fast wieder dem ernsten aber selbstbewussten Kleidungsstil ihrer Mutter entspricht und ein Kleid trägt, das sie eigens in einer Szene näht.

Im starken Kontrast zu diesem unsteten Wandel steht Ned Stark, der sich während seines Aufenthaltes in Königsmund modisch nie an die dortige Mode anpasst. Ned hat seine Ideale und an denen hält er stoisch fest, und genauso ist es mit seiner nordischen Kleidung. Die Kleidung bildet einen Teil seiner Persönlichkeit. Da er genau weiß, wer er ist und wo er steht, verändert sich die Kleidung nicht. Zudem denkt er praktisch. Als die Bedrohung für ihn größer wird, trägt er selbst in der Sommerhitze von Königsmund wieder sein Lederwams.

Daenerys Targaryen wird zu Beginn der Fernsehserie als ein unschuldiges und naives Mädchen mit langen aber einfachen Gewändern inszeniert. Am Anfang ist Daenerys noch sehr schüchtern und ihr wird vorgegeben, wie sie sich kleiden muss. So bekommt man am Anfang nur ihr Schaugewand und ihr Hochzeitsgewand zu sehen. Das durchscheinende Schaugewand ist so gestaltet, dass man ihren nackten Körper regelrecht durchscheinen sieht, denn sie soll ja Khal Drogo wie eine Ware präsentiert werden. Den einzigen Akzent bildet eine Drachenbrosche, die das Gewand zusammenhält. Das Hochzeitsgewand hingegen ist eher gewickelt, fast wie ein Geschenk, das Drogo in der Hochzeitsnacht auspacken kann. Die Verbrennung dieses Kleides am Ende der ersten Staffel steht metaphorisch auch für das Ende der Beziehung zu Drogo und ihre neue Selbstbestimmtheit. Nachdem sie sich aber nach und nach die Anerkennung der Dothraki sichert, wird auch ihre Gewandung immer mehr davon beeinflusst. Sie entwickelt dabei einen ganz eigenen und einzigartigen Stil, mit eigener Persönlichkeit. Die Aussage: Daenerys ist nun selbstbewusst. Sie hat die Kontrolle. Ihre Gewänder enthalten sowohl Anspielungen auf ihre Drachen, beispielsweise in Form schuppenähnlicher Texturen, als auch viele Blautöne, die ihre Verbindung zu den Dothraki beziehungsweise Khal Drogo ausdrücken sollen, der die blaue Farbe als Körperschmuck trug. Daenerys adaptiert aber auch die Mode der Regionen, durch die sie reist. So trägt sie nach dem Besuch in Qarth ein goldenes Bustier-Korsett als Element der dortigen Mode. Die Kunststickerin Michele Carragher, die für die meisten Stickereien bei „Game of Thrones" verantwortlich ist, erklärt: *„Ich begann ab der dritten Staffel, ihr Kostüm zu verschönern. Die Verzierungen entwickeln sich mit wachsender Macht und Stärke von einer subtilen Andeutung hin zu einer klaren Aussage, die Geschichte ihrer Reise. […] So wie Danys Stärke durch ihre Drachen erwächst, so breiten sich auch die Verzierungen nach und nach auf dem Kostüm aus.“*[88]

Übrigens war nicht jedes Gewand von Daenerys selbst genäht. Ihr einfaches blaues Kleid stammt nicht von

88 Michelle Lanz: „'Game of Thrones': Secrets of Daenerys' and Sansa's costumes revealed", Southern California Public Radio, 4.4.2014

den Kostümschneidern, sondern ist leicht modifiziert ein Kleid vom Modelabel Vionnet, das Kostümdesigner Michele Clapton in einem Schaufenster in Dubrovnik entdeckte.

So kleiden sich die Regionen

Da der Winter im nördlichen Königreich bereits Einzug gehalten hat, tragen die Menschen des Nordens schwere, dicke Stoffe mit Fellbesatz. Die Starks sind kein sehr wohlhabendes Haus und jeder muss schauen, wie er über die Runden kommt. Infolgedessen tragen die Frauen der Familie auch nur wenig Schmuck und die Krieger dementsprechend keine Metall-, sondern meistens Lederrüstungen. Statt Juwelen und Geschmeide setzt man bei der Kleidung auf Stickereien und Knotenkunst. Die Landbevölkerung trägt die ärmlichere Variante dieser Kleidung, weniger verziert, mehr pragmatisch auf die Kälte ausgerichtet. Die Kleidung der Starks repräsentiert aber auch den Charakter der Familie; Ehre und Aufrichtigkeit müssen weder pompös noch prunkvoll sein.

Bei den Kostümentwürfen für das Haus Stark orientierte sich Michele Clapton stark an dem mittelalterlichen Nordeuropa, kombiniert mit japanischen Einflüssen, die beispielsweise in den Männerröcken der Starks Ausdruck finden.

„Als Erstes macht man sich Gedanken darüber, welchen

Zweck die Kleidung erfüllen muss", so Clapton. „*Dann überlegt man sich, welche Materialien zur Verfügung stehen. [...] Die Fellkragen der erwachsenen [Adeligen] sollen Wolfspelze sein, die Kinder tragen Hasenfelle und die Bauern haben ihre Krägen einfach nur mit Schafwolle ausgefüttert.*"

Auch bei der Farbauswahl blieb nichts dem Zufall überlassen. Im Norden dominieren raue Farben, die das Klima widerspiegeln, also viele Grau- und Blautöne. Da die Starks aber sehr innige, warme Familienverhältnisse pflegen und sich umeinander kümmern, tragen sie wärmere Blautöne.

Unterschiedliche Charakterzüge werden durch die Details offenbar. Beispielsweise haben beide Stark-Töchter aufwendige Knotenkunst an ihren Gewändern. Aber während die Knoten bei Sansa sehr akkurat und ordentlich ausgeführt sind, sind sie bei Arya durcheinander und verheddert.

Im Kontrast zum Norden sind die Westlande sehr wohlhabend. Immerhin zählt das Haus Lennister zu den reichsten, mächtigsten und ältesten Dynastien von Westeros. Und dies spiegelt sich auch in den Kostümen wider. Die Soldaten der Lennisters tragen Plattenpanzer aus Metall, je nach Rang und Stand zum Teil aufwendig verziert. Auch bei diesen Designs hat sich Clapton stark von der asiatischen Kultur beeinflussen lassen, ohne aber das europäische Feeling aus den Augen zu verlieren. So sind Cerseis Kleider vorne oft wie ein Kimono gebunden, ein Motiv, das sich auch in der Kleidung der Männer wiederfindet, beispielsweise dem asymmetrischen Kragen von Jaimes Ledermantel.

Tywin Lennister als der reichste Mann von Westeros trägt selbstverständlich auch immer die prächtigsten Gewänder, wie eine über und über verzierte Rüstung oder aufwendig punzierte Lederkleidung. Als Material bei den Lennisters dominieren teure Stoffe wie Samt und Seide. Die Farben entsprechen den Insignien des Hauses. Dabei wirkt vor allem das oft eingesetzte Rot sehr aggressiv.

Um die Herkunft des Hauses Tyrell deutlich zu machen, entschied sich Michele Clapton für einen fast hochmittelalterlichen europäischen Stil. Die Tyrells haben ihre Heimat in „der Weite“, einem Landstrich, der die Hochburg der Zivilisation in Westeros bildet. Kultur und Rittertum treffen dort aufeinander. Die Rüstungen der Ritter dieses Hauses sind sehr europäisch und so kunstvoll verziert, dass man den Eindruck bekommt, sie sollen nicht dem Kampf, sondern allein der Bewunderung dienen. Die Gewänder von Margaery Tyrell, die ihre Weiblichkeit einsetzt, um sich Macht zu verschaffen, zeigen oft viel Haut, haben sehr tiefe Ausschnitte, sind rückenfrei, beinfrei und/oder haben keine Ärmel. Dies gibt zudem Aufschluss über die klimatischen Verhältnisse der Weite. Farblich verhält sich das Haus Tyrell sehr defensiv. Man trägt helle, angenehme, freundliche Töne.

Für Aufsehen unter den Zuschauern sorgte vor allem Margaery Tyrells erstes Kleid mit seinem trichterförmigen Kragen. Hierbei handelte es sich um eine Extravaganz der Kostümbildner, die als Hommage an ein Kostüm der Popsängerin Björk von dem Modedesigner Alexander McQueen gedacht war. *„Ich hatte das Gefühl, das passt gut zu diesem jungen, ambitionierten Mädchen, dass sie mit Formen experimentiert und ihren tollen Modestil entwickelt. Es war riskant und hat die Zuschauer gespalten"*, so Clapton.

Für die Bewohner von Königsmund sollten vor allem warme, sommerliche Farben vorherrschen, die auch das mediterrane Ambiente der Hafenstadt widerspiegeln. Dabei ließ man sich unter anderem von persischen Stilen beeinflussen.

Besonders viel Arbeit steckten Clapton und ihr Team in das Hochzeitskleid von Sansa, denn dies sollte viele verschiedene Aspekte auf einmal zum Ausdruck bringen. So sollte dem Kleid entnehmbar sein, dass Sansa zu der Hochzeit gezwungen wird, weshalb das Kleid einschnürend und bedrängend wirken sollte. Aber um zugleich die Verletzlichkeit zum Ausdruck zu bringen, verzichteten die Kostümbildner auf die Ärmel und ließen die Arme bloß. Zwei bestickte Schärpen, die quer über die Brust verlaufen, geben zudem Aufschluss über ihre Herkunft, denn sie sind ein Element der Starks, das sich visuell ähnlich beispielsweise auch in den Rüstungen wiederfindet. Die Stickarbeiten selbst erzählen die Lebensgeschichte von Sansa. Sie beginnen an ihrem Rücken mit den Wölfen der Starks, winden sich dann als die Fische des Hauses Tully (der Familie von Sansas Mutter) empor bis hin zum prächtigen Löwenkopf am oberen Ende, um auszudrücken, dass Sansa nun von den Lennisters kontrolliert wird.

Ganz anders hingegen Margaerys Hochzeitskleid, bei der zum Ausdruck kommen sollte, dass sie genau weiß, was sie tut, und von niemand anderem als sich selbst kontrolliert wird. Clapton gelang es, die Rose, das Haus-Insigne der Tyrells, in das Gewand einfließen zu lassen, ohne es kitschig wirken zu lassen, sondern ganz im Gegenteil aggressiv. Das gelang ihr, indem sie das Kleid mit Metall-Rosenranken verzierte, die mit kleinen Metall-Dornen besetzt waren. So wirkt das Hochzeitskleid auf den ersten Blick elegant, aber auf den zweiten bedrohlich, fast als sei es in Stacheldraht gewickelt.

Die Aussagekraft der Kostüme sollte aber immer subtil bleiben und niemals platt wirken. Deshalb vermied man auch, dass die Charaktere ihre Familienwappen wie Superman sein Zeichen auf der Brust zur Schau stellen. Die einzige Ausnahme bildet Viserys Targaryen, was die krankhafte Überidentifizierung mit seiner Herkunft deutlich machen sollte. *„Er trägt [sein Wappen] die ganze Zeit, so als ob er schreien wolle: Ich bin ein Targaryen!"*, so Clapton.

Bei den Flusslanden entschieden sich die Kostümdesigner gegen einen einheitlichen Kleidungsstil der

Region, da es auch keine Einheit der Häuser dort gibt. Entsprechend bekam dafür jedes der Häuser eine eigene Mode verpasst, wobei hier vor allem die Tullys und die Freys erwähnenswert sind. Da die Insignien des Hauses Tully die beiden Fische sind, findet sich dieses Motiv auch im Schmuck und in der Kleidung unaufdringlich wieder, beispielsweise in Stickereien auf den Borten oder wie bei Brynden „Schwarzfisch" Tully in Form eines geschuppten Kragens. Die Freys hingegen wirken verlottert und heruntergekommen, obwohl sie eigentlich nicht arm sind, sondern nur geizig. Lord Walder Frey schert sich nicht darum, wie er und seine Familie aussehen, lieber spart er sein Gold auf.

Im Grünen Tal von Arryn und auf Hohenehr kommt in den Kostümen der Geltungsdrang, aber auch die Überheblichkeit der Bewohner zum Ausdruck. Die Menschen dort sind stolz auf ihre Herkunft, denn das Grüne Tal war der erste Ort, wo die Andalen sich niederließen. Und während sie sich später in anderen Regionen von Westeros mit den ersten Menschen vermischten, blieben sie im Tal aufgrund ihrer isolierten Lage zum Großteil unter sich. Daher gilt das Adelsgeschlecht des Tals als die reinste Andalenfamilie auf ganz Westeros. Die Gewänder waren zwar einst prunkvoll, sind aber mittlerweile alt und ausgeblichen. Die Männer tragen weiße Wappenröcke über hellen Plattenpanzer-Rüstungen, die weit weniger aufwendig verziert sind als die der Lennisters oder Tyrells.

Um die raue, ungemütliche Umgebung der Eiseninseln mit ihren Felsen und der stürmischen See in den Kostümen widerzuspiegeln, tragen die Bewohner dort vom Meersalz verkrustete Kleidung und schützende Öl-Ponchos, um das Wetter abzuhalten. Die Stoffe ihrer Kleidung sind regelrecht von den Gezeiten verschlissen. Und nur die reichsten Adeligen können sich Metallrüstungen leisten, die aber aufgrund der Witterungen und der Verhältnisse auf See zumeist verrostet sind, so wie auch die Rüstung von Asha Graufreud. Die Graufreuds tragen schwere, dicht gewobene Kleidung, die mit Wachs und Fischöl imprägniert wurde, um gegen die Feuchtigkeit zu schützen.

„*Nach seiner Taufe übernimmt [Theon] die Mode der Graufreuds, die farblich den Felsen der Inseln ähnelt. Das sind schwere Mäntel, gepolstert und vernietet, mit Öl eingerieben, in die man sich hüllen kann, um sich vor den Elementen zu schützen*“, erklärt Kostümdesignerin Michele Clapton. „*Den Look der Kostüme der Eiseninseln mag ich am liebsten. Immer wenn wir einen Look für eine spezielle Region in Westeros entwerfen, schauen wir uns die Umgebung an. Im Fall der Eiseninseln sind das feuchte, windumtoste Felsen im Meer. Deswegen sind die Kostüme windresistent im Gegensatz zu all den warmen, dünnen Leinenstoffen.*“

Im krassen Gegensatz zu den Eiseninseln steht Dorne, das heiße, wüstenähnliche Gebiet im Süden, wo die Menschen leichte Stoffe tragen und viel Haut zeigen. Viele Dorne-Kostüme sind ärmellos, haben tiefe Ausschnitte, sowohl bei Männern als auch bei Frauen. Und die fließenden Gewänder sind oft persisch beeinflusst. Die Farben sind sehr hell und freundlich, Orange- und Gelbtöne dominieren. Einige der Kostüme für die Männer seien sehr weiblich geschnitten, so Clapton, wie beispielsweise das des Prinzen Oberyn Martell, aber Schauspieler Pedro Pascal trage es sehr maskulin.

Die Mitglieder der Nachtwache tragen durchgehend schwarze Kleidung und vermeiden dabei sämtliche Symbolik, Wappen oder Zeichen der Zugehörigkeit zu irgendwelchen Häusern. Da die Nachtwache nicht die finanziellen Mittel für eigene Uniformen oder Rüstungen hat, muss jeder neue Rekrut einfach die Kleidung beziehungsweise Rüstung, die er am Leib trägt, schwarz einfärben. Dadurch kommt es vor, dass einige Mitglieder der Nachtwache, die aus reicherem Umfeld stammen, wie Jon Schnee oder Sam Tarly, in edlere Kleidung gekleidet sind als andere, bei denen es sich nur um ärmliche Sträflinge handelt.

Die Wildlinge auf der anderen Seite der Mauer tragen ihrem Lebensraum entsprechend Kleidung aus schweren Fellen und Tierhäuten, um sich gegen Schnee und Kälte zu schützen. Mit den dick eingewickelten Beinen, den Kapuzen und ihren Speeren sind die Kostüme klar von der Kleidung der Inuit beeinflusst, so wie sie im arktischen Zentral- und Nordostkanada sowie auf Grönland getragen wurde. Da die weiblichen Wildlinge (Speerfrauen wie Ygritte) den Männern gleichberechtigt sind, tragen die meisten von ihnen auch Hosen und keine Röcke. Ihrer archaischen und rückständigen Kultur entsprechend verwenden die Wildlinge außerdem in ihren Rüstungen und ihrer Kleidung keinerlei Metall. Auch der Schmuck, den sie tragen, ist höchstens aus Holz, Horn oder Tierknochen, da Wildlinge gar nicht in der Lage sind, Metall herzustellen. Das einzige Metall, das man bei ihnen findet, sind von der Nachtwache gestohlene Waffen.

Eine Ausnahme unter den Wildlingen bilden die kannibalischen, glatzköpfigen Thenn. Auch die sind zwar nicht in der Lage, Metall zu schmieden, aber sie vermögen Kupfer herzustellen. Die Krieger tragen daher primitive kupferne Rüstungsteile.

Insgesamt wurden in der Kostümabteilung zu „Game of Thrones" regelrechte Wunder vollbracht: *„Wir haben Weber, Sticker und Leute, die drucken. Viele der Kostüme werden wirklich von Grund auf gestaltet. Die Kleidung von Crasters Frauen zum Beispiel besteht aus Bast, Hasenhaut und Federn, die wir in unserem Verschleißraum gealtert haben"*, so Clapton.

Bei den Dothraki ließ sich Clapton von den Beduinen inspirieren.

Das Reitervolk trägt primitive, aber dennoch kunstvoll gewobene Kleidung. Dabei wurde vor allem das Gras der großen Steppe als Material verwendet, ähnlich wie bei den Maori. Da die Dothraki viel Zeit im Sattel verbringen, tragen alle Krieger außerdem Beinschoner aus Pferdeleder.

„Die Kostüme der Dothraki haben sich von der Pilotfolge zur Serie noch einmal stark verändert. Das war nicht einfach. Es bestand nämlich zunächst die Gefahr, dass wir uns etwas zu sehr in eine falsche Richtung bewegen. Wir haben uns am Anfang auf afrikanische und indianische Einflüsse festgelegt", gesteht die Kostümbildnerin. *„Dieser Look war zwar wesentlich dramatischer, aber wir haben noch einmal drüber nachgedacht, was ihnen in ihrer Umgebung überhaupt zur Verfügung steht, und es dann alles etwas reduziert. Was haben sie überhaupt an Material? Gut, es gibt das Gras der Steppen, das von den Frauen gewoben werden kann. Und es gibt die Häute kleinerer Tiere. Am Anfang waren die Farben auch sehr natürlich, im Stil der Landschaft gehalten, aber wir wollten da etwas anderes. Deshalb kamen wir auf die Idee, blaue Farbe als Element mit einfließen zu lassen, die aus zermahlenen Steinen gewonnen und bei festlichen Anlässen verwendet wird wie beispielsweise der Hochzeit in der ersten Folge. Visuell war das Blau in dieser kargen Landschaft natürlich sehr aufregend. Bei den Reiterstiefeln der Dothraki ließen wir uns von afghanischen Reitern beeinflussen. Unserer Meinung nach war es wichtig, dass die Fußbekleidung der Dothraki in erster Linie zum Reiten gut sein muss, da es sich ja um ein Reitervolk handelt. Deswegen haben ihre Stiefel Absätze, damit sie nicht aus den Steigbügeln rutschen. Und wenn man reitet, braucht man Lederhosen*

– selbst Daenerys trägt später eine unter ihrem Kleid, genau wie die anderen Frauen der Dothraki.“

Auch für jede einzelne Stadt in Essos musste ein eigener Modestil entworfen werden aber zugleich dem Zuschauer suggerieren, dass man sich weiterhin auf dem östlichen Kontinent befindet. So spiegeln die Bewohner von Qarth den unglaublichen Reichtum und die Exotik dieses Ortes wider. Die Männer tragen extravagante, reichlich verzierte Westen mit Goldbesatz und Schmuck. Die Rüstungen der Unbefleckten, eine Armee von kastrierten Elitekriegern, wurde von Käfern inspiriert. *„Die wichtigste Idee, die alles zusammenbringt, war es, das Gesicht zu verbergen“*, so Clapton. *„Das entfernt jegliche Persönlichkeit. Das bringt die Idee hinter den Unbefleckten auf den Punkt, dass ihre gesamte Persönlichkeit ausgelöscht wurde.“*[89]

Es gibt keinen Zweifel daran, dass die Kostümabteilung von „Game of Thrones“ ganze Arbeit geleistet hat. Tausende von Kostümen wurden nicht nur entworfen, sondern mussten oft auch innerhalb von kürzester Zeit realisiert werden. Dass sie mit ihren Entwürfen voll ins Schwarze getroffen haben, sieht man spätestens, wenn man auf Fan-Conventions die unglaublich vielen Cosplayer[90] in „Game of Thrones“-Outfits sieht. Aber

---

89 Rebecca Greenfield: „Deciphering The Hidden Messages In ‚Game Of Thrones‘ Costumes“, Fast Company, 3.4.2014

90 Verkleidete Fans

auch von professioneller Seite gab es jede Menge Anerkennung: Im September 2012 wurde Michele Clapton für ihre Kostümarbeit bei der Serie „Game of Thrones“ mit dem Emmy ausgezeichnet.

VALAR MORGHULIS – DIE SPRACHEN VON WESTEROS

„Es gibt kein Wort für ‚Danke' auf Dothrakisch." –
Jorah Mormont; Staffel 1, Folge 1

Zu einer kulturell so komplexen und umfangreichen Welt wie die in „Game of Thrones" gehört selbstverständlich auch eine gewisse Anzahl an unterschiedlichen Sprachen, die den jeweiligen Kulturen eine zusätzliche Facette bieten. Auf Westeros und Essos gibt es zahlreiche dieser fiktiven Sprachen: die Gemeinsprache der Andalen, die Alte Sprache, Hochvalyrisch oder Dothrakisch, um nur einige zu nennen, die erwähnt und gesprochen werden. Die tatsächliche Anzahl der Sprachen in der Welt von „Das Lied von Eis und Feuer" ist unbekannt. Aber über Daenerys' Übersetzerin Missandei aus der Sklavenbucht wird gesagt, dass sie immerhin 19 verschiedene Sprachen sprechen kann. George R. R. Martin hat immer betont, dass er anders als sein Vorbild J. R. R. Tolkien kein Sprachwissenschaftler sei. Ganz im Gegenteil bezeichnet er sich sogar als ziemlich unbegabt, was Fremdsprachen anginge. Schon zu seiner Schulzeit hatte er schlechte Noten in

Französisch und Latein. Daher beschränkte er sich in seinen Romanen darauf, nur ganz wenige Begriffe und Ausdrücke der fremden Sprache zu entwickeln, wie beispielsweise das berühmte „Valar morghulis“ (aus dem Hochvalyrisch übersetzt „Alle Menschen müssen sterben“).

> *„Viele Charaktere in meinen Büchern sprechen die Sprache der Pferdeherren und ich habe den Text mit einigen dothrakischen Wörtern gewürzt, wie beispielsweise Khal oder arakh. Aber meistens belasse ich es dabei, dass ich schreibe, ‚Und sie unterhielten sich auf Dothrakisch‘, und dann einfach inhaltlich wiedergebe, was gesagt wird, wobei ich den Rhythmus und den Satzbau etwas verändere, um einen Eindruck zu vermitteln.“*[91]

Mit grammatikalischen Regeln oder Aussprache hat er sich nie auseinandergesetzt. Und bis auf eine Handvoll Vokabeln gab es von George R. R. Martin so gut wie keine Informationen zu den Sprachen. Die beiden wichtigsten Sprachen in der Erzählung sind neben der Gemeinsprache, die in der Übersetzung dem Deutschen (und im Original dem Englischen) entspricht, vor allem Dothrakisch und Valyrisch. Zudem wird die Alte Sprache der ersten Menschen erwähnt, die noch von den

91 George R. R. Martin: „LiveJournal Entry“, 13.4.2010

Wildlingen jenseits der Mauer verwendet wird. Auch auf den Sommerinseln, in Lhazar, in Qarth und auf der Insel Ib wird jeweils eine eigene Sprache gesprochen. Und selbst die Weißen Wanderer verfügen über eine eigene Sprache, das sogenannte Skroth, das wie knackendes, krachendes Eis klingt.

Für die Fernsehadaption stand relativ früh fest, dass zwar nicht alle, aber zumindest einige dieser Sprachen in der Serie zu hören sein würden. Im Drehbuch waren sogar Szenen komplett in Dothrakisch oder Valyrisch vorgesehen. Daher standen die Produzenten vor einem großen Problem, denn im Prinzip mussten sie leisten, was George R. R. Martin versäumt hatte. Sie mussten die Sprachen von Grund auf neu entwickeln. Zunächst versuchten sie es selbst, indem sie gemeinsam mit den Drehbuchautoren einfach irgendwelche Sätze ohne Bedeutung überlegten. Doch dieser Ansatz wurde bald verworfen, da das Ergebnis einfach zu sehr nach erfundenem Kauderwelsch klang. Also beschloss man, den Sprachwissenschaftler David J. Peterson von der amerikanischen Language Creation Society (LCS) damit zu beauftragen, die fiktiven Sprachen aus „Das Lied von Eis und Feuer“ zu konstruieren. Im Fokus stand zunächst Dothrakisch, ab der dritten Staffel folgte dann Valyrisch. Auch wenn kaum ein Zuschauer in der Lage ist, diese Sprachen zu verstehen, so klingen sie doch durch konkrete Aussprachëregeln und Grammatik wie glaubwürdige Sprachen.

Dothrakisch

In der Handlung von „Das Lied von Eis und Feuer" tritt das wilde Reitervolk der Dothraki relativ früh auf den Plan. Für die frisch vermählte Daenerys ist die Sprachbarriere eine der größten Schwierigkeiten zwischen ihr und ihrem Ehemann Khal Drogo. Aber auch ganze Dialoge innerhalb des Khalasar finden in dieser Sprache statt. Bei der Entwicklung von Dothrakisch ließ sich David J. Peterson vor allem von Russisch, Türkisch, Estnisch, Swahili und Inuktitut[92] beeinflussen. Er entwickelte nach den Beschreibungen von George R. R. Martin einen eigenen Ausspracheklang, der wie eine Mischung aus arabisch und spanisch klingt. Für die erste Staffel schrieb er ein grundlegendes Vokabular mit rund 1800 Wörtern, das aber mittlerweile schon auf rund 3300 Wörter angewachsen ist – und es werden stetig mehr. Außerdem entwarf er eine komplexe grammatikalische Struktur. George R. R. Martin ist übrigens so begeistert von Petersons Dothrakisch, dass er einmal sagte, sein größter Traum sei nun eine Shakespeare-Übersetzung auf Dothrakisch. Mittlerweile ist Dothrakisch übrigens auch schon in der realen Welt angekommen. Laut der amerikanischen Social Security Administration erhielten im Jahr 2012 in den USA 146 neugeborene Mädchen den Namen „Khaleesi".

92 Die Sprachen der Inuit

Valyrisch

„Nyke Daenerys Jelmāzmo hen Targārio Lentrot, hen Valyrio Uēpo ānogār iksan. Valyrio muño ēngos ñuhys issa." („Ich bin Daenerys Sturmgeboren aus dem Hause Targaryen, vom Blut des Alten Valyria. Valyrisch ist meine Muttersprache!")

– Daenerys; Staffel 3, Folge 4.

500 Jahre vor Beginn der Romanhandlung galt die prächtige Stadt Valyria, die Heimat des Hauses Targaryen, als die Wiege der Zivilisation. Mithilfe ihrer Drachen war es den dortigen Herrschern gelungen, im Laufe der Jahrtausende nahezu den gesamten Kontinent Essos zu unterwerfen. In diesem großen Reich, das Freistaat Valyrien genannt wurde, hatten die Eroberer den Menschen ihre Sprache aufgezwungen, das sogenannte Hoch-Valyrisch. Und so war dies eine der am meisten verbreiteten Sprachen in der damals bekannten Welt. Doch als eine verheerende Naturkatastrophe das alte Valyria zerstörte, starb mit den herrschenden Häusern auch deren Sprache. Hochvalyrisch wurde zu einer toten Sprache, die nur noch von Gelehrten und Geistigen in Schriftform verwendet wird, ähnlich wie bei uns Latein.

Im Laufe der folgenden Jahrhunderte und ohne den Einfluss des Freistaates mutierte die Sprache bei den Nachfahren der Valyrier und in den Kolonien des ehemaligen Großreichs wie den Freien Städten. Durch die Vermischung mit anderen Sprachen entwickelten sich Mischsprachen und Dialekte. Diese werden allgemein als Niedervalyrisch („Low Valyrian“) bezeichnet oder auch als Bastardvalyrisch und können je nach Region so unterschiedlich sein, dass sich zwei Menschen, die sich in Niedervalyrisch unterhalten, möglicherweise gar nicht verstehen. So haben beispielsweise die Bewohner von Pentos, Braavos, Lys, Qohor, Tyrosh, Volantis, Myr und Lorath jeweils komplett eigene Dialekte, an denen man sofort erkennen kann, aus welcher Stadt der jeweilige Sprecher kommt. Für David Peterson war es aufregend, eine tote Sprache zu entwickeln und lebendige Dialekte davon abzuleiten. *„Valyrisch ist eine sehr komplizierte Sprache. Wir haben ja nicht wirklich Einblick in die valyrische Kultur. Das ist eines der großen Mysterien der Buchserie. Darüber hinaus sind die Kultur und alle Muttersprachler tot. Die Sprache wurde zwar von Generation zu Generation weitergegeben, ist aber ein Fossil einer vergangenen Ära. […] Ich habe versucht, Wörter für Dinge des Alltags zu vermeiden. Ganz anders als bei Niedervalyrisch. In dem Fall wurde die Sprache zwar übernommen, aber mit Wörtern aus der eigenen Kultur vermischt, beispielsweise mit dem Ghiscarischen.“*[93]

In der Fernsehserie kommen derzeit drei Arten von

93 Katie M. Lucas: „Interview with Linguist David Peterson“, Making Of Game of Thrones, 8.5.2014

Valyrisch zum Einsatz. Einerseits Hochvalyrisch, das hauptsächlich von Daenerys und Melisandre gesprochen wird, außerdem astaporisches und meereenisches Valyrisch, das in den jeweiligen Städten gesprochen wird. Wie stark sich die jeweiligen Dialekte des Valyrischen unterscheiden, wird sehr schön in der Folge 6 der vierten Staffel demonstriert. In dieser Folge tritt ein Ziegenhirte, dessen Tiere von dem Drachen Drogon getötet worden sind, vor Dany. Die bittet ihn in bestem Hochvalyrisch, vorzutreten. Doch er antwortet auf meereenischem Valyrisch, dass er sie nicht verstehe. Daraufhin übersetzt Danys Dolmetscherin Missandei die Worte.

Daenerys: „*Zūgagon daor, ñuhys raqiros. Skoros ynot epilū?*" („Fürchte dich nicht, mein Freund. Um was möchtest du mich bitten?")

Hirte: „*Yeng shijetra, osh eghlish. Tha shifang.*" („Vergib mir, Hoheit. Aber ich verstehe dich nicht.")

Missandei: „*Ye Thal poghash koth nyesha she yedhra.*" („Die Königin sagt, dass du vortreten und sprechen darfst.")

Missandei-Darstellerin Nathalie Emmanuel ist übrigens auch die einzige Schauspielerin, die in der Serie bisher fünf verschiedene Sprachen sprechen musste, und zwar Englisch, astaporisches Valyrisch, Hochvalyrisch, Dothrakisch und meereenisches Valyrisch.

Dass es bei der Sprachübersetzung nicht immer bierernst zur Sache geht, zeigt eine längere Dialogzeile auf meereenischem Valyrisch in Folge 3 der vierten Staffel. Als nämlich in dieser Episode Daenerys mit ihren Truppen vor den Toren von Meereen steht, kommt ein einzelner Krieger herausgeritten, der Daenerys aufs Ärgste beleidigt. Die Worte werden nicht untertitelt, aber durch Gesten und Handlung des Kriegers (er pisst vor Daenerys auf den Boden) unterstrichen. Tatsächlich, so verriet Peterson auf seinem Internet-Blog Dothraki.com, zitiert dieser Krieger den französischen Wachsoldaten aus Monty Pythons „Ritter der Kokosnuss", der König Artus und seine Ritter mit starkem französischem Dialekt beleidigt.

Eigene Sprachen für die Serie entwickeln zu lassen erwies sich als einer der besten Schachzüge der Produzenten, denn erst die eigene Sprache verleiht einer fremden Kultur die notwendige Glaubwürdigkeit, um als eigenständiges Volk vom Zuschauer akzeptiert zu werden. Und ohne diese Sprachen wäre „Game of Thrones" sicherlich um eine wichtige Facette ärmer.

MIT WÜRFEL, TASTATUR UND KOCHSCHÜRZE – ADAPTION DES EPOS

Hörbuch

Anfang 2008, noch vor Neuübersetzung und Fernsehserie beschloss der deutsche Hörbuchvertrieb Audible, eine Hörbuchfassung von „Das Lied von Eis und Feuer“ auf den Weg zu bringen. Damit entsprach Audible-Geschäftsführer Michael Treutler dem Begehren der Fans, die sich mehr ungekürzte Fantasyhörbücher wünschten. Bei Audible gab es nämlich zu dieser Zeit aus diesem Fantasygenre eigentlich nur „Eragon“ und „Der Herr der Ringe“. Als Erzähler für „Das Lied von Eis und Feuer“ wurde der Schauspieler Reinhard Kuhnert engagiert, der als Synchronsprecher seine Stimme regelmäßig amerikanischen Schauspielern wie Peter Coyote oder Martin Sheen leiht. Da die damaligen Blanvalet-Cover im kitschigen 80er-Jahre-Stil nicht den Vorstellungen von Audible-Geschäftsführer Michael Treutler entsprachen, gab er sogar erstmals in der Geschichte des Hörbuchvertriebs eigene Cover in Auftrag, die von der slowakischen Künstlerin Martina Pilcerova umgesetzt wurden.

Als der Blanvalet Verlag anlässlich der Veröffentlichung der Fernsehserie 2010 beschloss, die Übersetzung der Romane komplett zu überarbeiten und den Text in die neue Rechtschreibung zu übertragen, stand man bei Audible vor einer schweren Entscheidung: Sollte man die Neuübersetzung übernehmen und damit einen Bruch in der bis dahin aufgenommenen Hörbuchreihe riskieren oder die Hörbuchreihe komplett neu einsprechen? Immerhin hatten sich mit der Überarbeitung rund 80 % aller Namen geändert. Da schlug Reinhard Kuhnert eine Alternative vor: Warum die Namen in den neuen deutschen Bänden nicht einfach *zurück* übersetzen und damit einen einheitlichen Konsens schaffen? Das bedeutete zwar zusätzliche Arbeit, die aber wurde von den vielen Fans, die sich über die neue Übersetzung geärgert hatten, mit Dankbarkeit quittiert. Mit einer zehn Seiten langen Liste von Begriffen in Deutsch und Englisch machte sich Kuhnert ans Werk und so wurde aus Jon Schnee wieder Jon Snow und aus Drachenstein wieder Dragonstone. Somit bietet bisher nur die Hörbuchfassung den Fans die Möglichkeit, die Geschichte im deutschen Text, aber mit den englischen Originalnamen zu genießen.

Graphic Novel

Für die auf den Büchern basierende Graphic Novel zu „Das Lied von Eis und Feuer" – in Deutschland erschienen bei Panini Comics – wurde die Geschichte von Fantasyautor Daniel Abraham, einem Freund und ehemaligen Studenten von George R. R. Martin, für die illustrierte Umsetzung adaptiert. Abraham, der mit Martin zusammen auch den Kurzroman „Shadow Twin" verfasst hat, ist vor allem für seine Kurzgeschichten in Magazinen wie „Issac Asimov's SF Magazine", „Realms of Fantasy" oder „The Magazine of Fantasy & Science Fiction" bekannt, hat aber auch einige Anthologien veröffentlicht wie „Vanishing Acts" oder „Bones of the World". Seine Science-Fiction-Romane, die er zusammen mit Ty Franck geschrieben hatte, wurden unter dem gemeinsamen Namen James S. A. Corey publiziert.

Für die Illustrationen schauten sich der Verlag und George R. R. Martin die Arbeitsproben von Dutzenden von Künstlern an. Die Entscheidung fiel nicht leicht, aber am Ende stach Comic-Zeichner Tommy Patterson heraus, der ein untrügliches Gespür für die Atmosphäre in Westeros zu haben schien. Anstatt sich der Designs der Fernsehserienmacher zu bedienen, entwickelte Patterson eine ganz eigene Bilderwelt. Zudem bot das Comic natürlich die Möglichkeit, einige der Szenen wesentlich textgetreuer umzusetzen, als dies bei der Fernsehserie der Fall war. Einzig an der großen Anzahl der Charaktere scheint Patterson am Ende etwas zu knabbern gehabt zu haben. Einige der Gesichter wirken charakterlos, ihre Mimik ist nicht immer passend. Eine große Herausforderung war aber sicherlich auch, die komplexen Dialoge in einer relativ überschaubaren Anzahl von Sprechblasen unterzubringen. Autor Daniel Abraham gelingt es hervorragend, die Atmosphäre und die Intrigen über die gekürzten Dialoge und Beschreibungen der Adaption zu transportieren. Im Deutschen übrigens passenderweise übersetzt von Andreas Helweg, der sich auch für die Übersetzung der Romane zuständig zeichnet.

Rollenspiel

Bei einer so detailliert beschriebenen Welt wie Westeros, mit politischen Hintergründen, einer ausgeklügelten Historie, exakten Beschreibungen der Religionen und des Alltagslebens, drängt sich die Idee einer Umsetzung als Pen-&-Paper-Rollenspiel geradezu auf. Das dachte sich auch der amerikanische Verlag Green Ronin und veröffentlichte bereits 2008 eine erste Rollenspiel-Umsetzung zur Romanreihe. Die deutsche Ausgabe vom Mantikore Verlag folgte 2013. Einer der größten Unterschiede zu den meisten anderen Fantasyrollenspielen ist die Abwesenheit von Magie. Zeitlich ist das Rollenspiel kurz vor den Romanen angesiedelt, also in einer Zeit, in der Robert Baratheon noch quicklebendig auf dem Eisernen Thron sitzt. Genau wie auch die Bücher konzentriert sich das Rollenspiel vor allem auf die Intrigen und politischen Ränkespiele der Adelshäuser. Neben den üblichen Würfelproben (W6-System) auf Fähigkeiten und Kämpfe bietet das Rollenspiel zudem einen interessanten Ansatz, Intrigen-Konflikte regelmechanisch zu lösen. Der Wert für „Gelassenheit" spielt dabei eine wichtige Rolle und manches Intrigenspiel wird nicht rein rollenspielerisch, sondern durchs Würfeln entschieden. Ebenfalls interessant ist die Hintergrundidee, dass die Spieler keine Streuner, Diebe oder Bettler darstellen, sondern Adelige mit eigenen Häusern. Dafür bietet das Rollenspiel ein ausgeklügeltes Würfelsystem, um eigene Adelshäuser zu entwickeln mit Ländereien, Gesetzen, Wappen und Motto.

Computerrollenspiel

Anders als Comic und Rollenspiel orientierte sich die Computerspiel-Rollenspiel-Umsetzung des französischen Entwickler-Studios Cyanide aus dem Jahr 2012 direkt an der HBO-Serie. Zwar führt das Spiel neue Hauptfiguren ein und erzählt auch eine eigenständige Handlung, die vor Beginn der Serienhandlung beginnt, aber Schauplätze, einige der Nebenrollen und die Musik stammen direkt aus der Fernsehserie. Das sorgt bei Serienfans natürlich für einen wohligen Wiedererkennungseffekt, konnte dem Spiel aber letztendlich nicht zu einem mit der Serie vergleichbaren Erfolg verhelfen. Der lineare Handlungsablauf, der dem Spieler nur wenig Bewegungsfreiheit lässt, wurde ebenso kritisiert wie die teilweise fehlerhafte technische Umsetzung. Einzig die gute Geschichte wurde ausnahmslos gelobt.

Computerstrategiespiel

Bereits 2011 war mit „A Game of Thrones: Genesis" auch ein Echtzeit-Strategiespiel des gleichen Entwicklerstudios erschienen, in dem der Spieler in die historischen Charaktere von Westeros schlüpft wie beispielsweise Aegon Targaryen. Auf 3D-Karten kann dann in einer schier endlosen Aneinanderreihung von Schlachten die Eroberung von Westeros nachgespielt werden. Für eine erfolgreiche Eroberung der Welt ist der Abschluss von Bündnissen entscheidend, die man geheim oder offen per Gesandte abschließt. Das Spiel wurde in Kritiken und Test aber weitgehend als uninspiriert und die Kämpfe als extrem langweilig bewertet.

Kochbuch

Eine außergewöhnliche und doch sehr passende Adaption von George R. R. Martins Schöpfung entsprang der Inspiration durch die ausführlichen Essensbeschreibungen in der Romanreihe „Das Lied von Eis und Feuer". Schon beim Lesen der oft seitenlangen, detaillierten Beschreibungen von Festtafeln, Gerichten und Gelagen im Roman ist so manchem Fan das Wasser im Mund zusammengelaufen, so auch den beiden Amerikanerinnen Chelsea Monroe-Cassel und Sariann Lehrer. Sie starteten daher das Online-Projekt „Inn at the Crossroads", benannt nach der Taverne aus den Romanen, in dem sie versuchten, die in den Büchern beschriebenen Gerichte nachzukochen beziehungsweise die entsprechenden Rezepte überhaupt erst einmal zu entwickeln. Dies gelang mit Recherchen in der mittelalterlichen Küche und einer ordentlichen Portion Kreativität. Das Internet-Projekt war bald so beliebt, dass die beiden beschlossen, die Rezepte auch als Kochbuch zu veröffentlichen. Das Ergebnis nennt sich „A Game of Thrones – das offizielle Kochbuch" und bietet 70 Rezepte aus Westeros. Neben deftiger Hausmannskost wie Forelle im Speckmantel oder Rindfleischpastete mit Speck bietet das Kochbuch aber auch einen spannenden Ausflug in die exotische Küche mit Rezepten wie Pilzcremesuppe mit Schnecken, honiggewürzte Heuschrecken oder dornischer Schlange (Zutat: eine Klapperschlange). Erschienen ist das Kochbuch in Deutschland im Zauberfeder Verlag.

Brettspiele

Eine weitere kreative Adaption der Konflikte aus der Romanreihe findet sich in dem gelungenen Brettspiel „Der Eiserne Thron“, das bereits 2003 bei Fantasy Flight Games und ein Jahr später auf Deutsch beim Heidelberger Spieleverlag erschienen ist. Bei diesem Strategiespiel schlüpfen die Spieler in eines der aus den Romanen bekannten Adelshäuser Lennister, Stark, Greyjoy, Tyrell oder Baratheon (noch in der alten Übersetzung) und kämpfen rundenweise um den Gewinn möglichst zahlreicher Festungen. Dabei sorgen intelligente Spielmechanismen dafür, dass interessante Parallelen zur Buchhandlung entstehen, beispielsweise was die Feindschaft bestimmter Häuser angeht. Mittlerweile sind zwei Erweiterungen für das Spiel erhältlich: „Die Thronkriege“ und „Sturm der Schwerter“.

Ein weiteres Brettspiel aus dem Heidelberger Spieleverlag (im englischsprachigen Raum erschienen bei Fantasy Flight Games) ist „Die Schlachten von Westeros“, eine Mischung aus Tabletop-Strategie und Rollenspiel, bei dem es, wie der Name bereits vermuten lässt, um die Schlachten in George R. R. Martins Erzählung geht. Dieses komplexe Strategiespiel für zwei Spieler (Stark vs. Lennister) beeindruckt auch durch die Spielmaterialien, wie etwa die 138 detailgetreuen Plastikminiaturen und -aufsteller, 110 Karten, einen doppelseitig bedruckten Spielplan und 32 Spielplanauflagen. Ein episches Strategiespiel für lange Spieleabende.

Kartenspiel

Um die Macht in Westeros dreht sich auch das 2012 beim Heidelberger Spieleverlag (im Original ebenfalls bei Fantasy Flight Games) erschienene Kartenspiel zum Epos. Ziel der Spieler bei „Der eiserne Thron – das Kartenspiel" ist es, möglichst viele Machtpunkte für das eigene Haus anzusammeln. Zur Auswahl stehen die Häuser Stark, Lennister, Baratheon und Targaryen. Zu jedem Haus gibt es die dazugehörigen Familienmitglieder und deren Unterstützer. Mithilfe des jeweiligen Charakters führen die Spieler dann die Herausforderungen im Bereich Militär, Intrigen und Macht aus. Genau wie auch das Brettspiel glänzt das Kartenspiel durch die vielen guten Illustrationen, die Westeros völlig unabhängig von der Fernsehserie darstellen.

LICHT AM ENDE DES TUNNELS

Während diese Worte geschrieben werden, warten Westeros-Fans auf der ganzen Welt (meine Wenigkeit eingeschlossen) sehnsüchtig auf den nächsten Band „The Winds of Winter“, der laut George R. R. Martins Lektorin Anne Groell nicht vor 2015 erscheinen wird. Der Autor selbst erklärte, dass er sich von der Tatsache, dass noch gut 3.000 Manuskriptseiten zu schreiben seien, nicht mehr unter Druck setzen lasse. *„Ich habe einen Punkt erreicht, an dem ich aufgehört habe, darüber nachzudenken, das ist sonst zu einschüchternd. Ich schreibe ein Kapitel nach dem anderen, eine Szene nach der anderen, einen Satz nach dem anderen. Und über den Rest mach ich mir keine Sorgen. Schritt für Schritt, früher oder später, wird mich diese Reise ans Ziel bringen.“* Seine einzige Sorge sei, dass die Serienmacher von HBO ihn einholen. Der Wettlauf hat begonnen, aber es gibt Licht am Ende des Tunnels.

QUELLEN

Dieses Buch wäre nicht möglich gewesen ohne die zahlreichen Quellen, die Hintergrundinformationen zu George R. R. Martins Leben, seiner Arbeitsweise, der Umsetzung der Fernsehserie und vielem mehr geliefert haben. An erster Stelle seien hier George R. R. Martins Panels auf diversen Conventions sowie die tagebuchähnlichen Einträge auf seinem Internet-Blog „Not a Blog“ (grrm.livejournal.com) zu nennen. Aber auch die Informationen, die seiner offiziellen Website (www.georgerrmartin.com) zu entnehmen sind, waren stets hilfreich. Einige Informationen konnte ich zudem dem offiziellen Promo-Material von HBO entnehmen sowie den Interviews mit den Schauspielern und der Crew, den Making-of-Videos und den Audiokommentaren der Blu-ray-Fassung von „Game of Thrones“. Viele hilfreiche Hintergrundinformationen zu den Sprachen in „Game of Thrones“ habe ich auf www.dothraki.com, der Website des Linguisten David Peterson gefunden.

Im Folgenden sind weitere wichtige Quellen aufgelistet, die bei der Entstehung dieses Buches hilfreich waren.

BÜCHER

- Fritz Stolz: Grundzüge der Religionswissenschaft. 1988, S. 32 f.
- George R. R. Martin: Dreamsongs (Volume 1): A Retrospective: Book One. Gollancz, London, 2006
- Charles Ross: The Wars of the Roses. Thames and Hudson, London, 1976
- Jürgen Sarnowsky: England im Mittelalter. WBG, Darmstadt, 2002
- James Lowder: Beyond the Wall: Exploring George R. R. Martin's A Song of Ice and Fire, From A Game of Thrones to A Dance with Dragons. Smartpop, Dallas, 2012
- Joseph Campbell: Der Heros in tausend Gestalten. Insel, Frankfurt am Main, 1999
- Albert Zuckerman: Bestseller: Wie man einen Erfolgsroman schreibt. Lübbe, Bergisch Gladbach, 1995
- George R. R. Martin, Daniel Abraham: Game of Thrones – Das Lied von Eis und Feuer – Die Graphic Novel SC 1. Panini, Stuttgart, 2012
- Chelsea Monroe-Cassel, Sariann Lehrer: A Game of Thrones – Das offizielle Kochbuch. Zauberfeder, Braunschweig, 2013

ZEITSCHRIFTEN UND ZEITUNGEN

- Philippe Zweifel: „Bitte keine Gender-Debatte in Westeros!", Basler Zeitung, 24.4.2014
- Karen Duve: „Game of Thrones: What a Beast!", EMMA, Ausgabe März/April 2014
- Clemens Helldörfer: „Ist George R.R. Martin der ‚neue Tolkien'?", Nürnberger Zeitung, 25.3.2012

- [Verfasser nicht bekannt]: „Peter Dinklage Says Tyrion Is ‚Tired of All the Lies‘ in Game of Thrones Season 4“, Vanity Fair, Ausgabe April 2014
- Hanh Nguyen: „Game of Thrones: How to Speak (and Curse!) Like the Dothraki“, TV Guide, 20.5.2011
- Sadie Gennis: „Defending Sansa: Why Game of Thrones' Girly Girl Is The Hero We Need“, TV Guide, 16.3.2014
- Mike Hogane: „‚Game Of Thrones‘: Behind Catelyn's Death Scene With Michelle Fairley“, Huffington Post, 2.6.2013
- Tom Lamont: „Richard Madden: ‚You get a lot of terrified actors tearing through the script, going, Do I die?‘“, The Guardian, 8.12.2013
- Rob Leigh: „‚A moment of tragedy and utter relief‘: Game of Thrones actor Richard Madden on the filming of ‚Red Wedding‘ massacre“, The Mirror, 4.6.2013
- Caroline Frost: „‚Game Of Thrones‘ Star Stephen Dillane Admits The Nudity Is Like ‚German Porn From The 1970s‘“, Huffington Post, 14.1.2014
- Hanh Nguyen: „Game of Thrones' Rose Leslie: Ygritte Will Soften Toward Jon Snow“, TV Guide, 17.5.2012
- Alex Strachan: „Isaac Hempstead-Wright relishes his wild-child role as Bran Stark on Game of Thrones“, Montreal Gazette, 3.4.2014
- Alison Flood: „George R. R. Martin defends Game of Thrones' sexual violence“, The Guardian, 6.1.2014

INTERNET

- Adrià Guxens: „George R. R. Martin: ‚Trying to please everyone is a horrible mistake‘“, Adria's News, 7.10.2012, www.adrias-news.com/2012/10/george-r-r-martin-interview.html
- Dave Itzkoff: „His Beautiful Dark Twisted Fantasy: George R. R. Martin Talks ‚Game of Thrones‘“, ArtsBeat, 1.4.2011, arts-

beat.blogs.nytimes.com/2011/04/01/his-beautiful-dark-twisted-fantasy-george-r-r-martin-talks-game-of-thrones

- Roxane Gay: „‚Game of Thrones' glamorizes rape: That was not consent, and rape is not a narrative device", Salon Magazine, 22.4.2014, www.salon.com/2014/04/21/game_of_thrones_and_the_glamorization_of_rape/
- Daniel Fienberg: „Interview: ‚Game of Thrones' co-star Natalie Dormer discusses her Margaery Tyrell", Hitfix, 31.3.2013, www.hitfix.com/the-fien-print/interview-game-of-thrones-co-star-natalie-dormer-discusses-her-margaery-tyrell
- Aladair Wilkins: „Jason Momoa explains why Conan the Barbarian is a lion, and Khal Drogo is a silverback gorilla", io9.com, 18.8.2011, io9.com/5832337/jason-momoa-explains-why-conan-the-barbarian-is-a-lion-and-khal-drogo-is-a-silverback-gorilla
- „Sean Bean Talks Ned Stark's Shocking ‚Game Of Thrones' Death", access Hollywood, 13.6.2011, www.accesshollywood.com/sean-bean-talks-ned-starks-shocking-game-of-thrones-death_article_49209
- Don Kaye: „EXCLUSIVE: Lena Headey on Game of Thrones and shooting THAT Cersei scene", blastr.com, 6.3.2014, www.blastr.com/2014-3-6/exclusive-lena-headey-game-thrones-and-shooting-cersei-scene
- „Interview With Nikolaj Coster-Waldau", HBO, www.hbo.com/game-of-thrones/cast-and-crew/jaime-Lennister/interview.html
- „Interview with Charles Dance", Westeros.org, 19.3.2012, www.westeros.org/GoT/Features/Entry/Interview_with_Charles_Dance
- James Hibberd: „‚Game of Thrones' Michelle Fairley explains Catelyn's murderous decision", Entertainment Weekly, 3.6.2013, insidetv.ew.com/2013/06/03/catelyn-red-wedding/
- „Mark Addy & Sean Bean ‚Game Of Thrones' Interviews", SciFi-Pulse, 04.2011, scifipulse.net/2011/04/mark-addy-sean-bean-

%E2%80%98game-of-thrones%E2%80%99-interviews/

- Hanna Huge: „Interview mit Sibel Kekilli: Ich werde die Königin“, Serienjunkies.org, 27.4.2014, www.serienjunkies.de/news/interview-sibel-kekilli-knigin-59370.html
- Rob Smedley: „Stephen Dillane on The Tunnel and Game Of Thrones“, Den of Geek!, 13.1.2014, www.denofgeek.com/tv/stephen-dillane/28822/stephen-dillane-on-the-tunnel-and-game-of-thrones
- „Interview With Carice van Houten“, HBO, www.hbo.com/game-of-thrones/episodes/3/28-second-sons/interview/carice-van-houten.html
- „Actor Iwan Rheon: My Game Of Thrones character Ramsay Snow is a right scumbag – and that's fun to play“, Metro.co.uk, 2.7.2013, metro.co.uk/2013/07/02/actor-iwan-rheon-my-game-of-thrones-character-ramsay-snow-is-a-right-scumbag-and-thats-fun-to-play-3864162
- „Game of Thrones: behind the scenes secrets revealed“, RadioTimes, 22.1.2014, www.radiotimes.com/news/2014-01-22/game-of-thrones-behind-the-scenes-secrets-revealed
- Michelle Lanz: „‚Game of Thrones‘: Secrets of Daenerys' and Sansa's costumes revealed“, Southern California Public Radio, 4.4.2014, www.scpr.org/programs/take-two/2014/04/04/36776/game-of-thrones-the-woman-behind-the-costumes-intr
- Rebecca Greenfield: „Deciphering The Hidden Messages In ‚Game Of Thrones‘ Costumes“, Fast Company, 3.4.2014, www.fastcompany.com/3028226/most-creative-people/deciphering-the-hidden-messages-in-game-of-thrones-costumes
- George R. R. Martin: „LiveJournal Entry“, 13.4.2010, grrm.livejournal.com/148593.html
- Katie M. Lucas: „Interview with Linguist David Peterson“, Making Of Game of Thrones, 8.5.2014, www.makinggameofthrones.com/production-diary/2014/5/8/interview-with-linguist-david-peterson

- Steven MacKenzie: „Oona Chaplin: ‚It satisfies desires for nudity and violence‘“, The Big Issue, 4.6.2013, www.bigissue.com/features/interviews/2456/oona-chaplin-it-satisfies-desires-nudity-and-violence

FERNSEHSENDUNGEN

- druckfrisch, ARD, Erstausstrahlung: 23.9.12, 23:35 Uhr
- Who's Afraid of Machiavelli?, BBC, Erstausstrahlung: 3.12.2013, 22:35 Uhr

DANKSAGUNG

Auch wenn bei einem Buch wie diesem nur ein Name auf dem Cover steht, so war es letztendlich doch das Zutun unzähliger Menschen, das die Umsetzung erst ermöglicht hat. Allen voran sei hier Markus Rohde zu nennen, der meine kreativen Ideen stets unterstützt und mich immer wieder ermutigt hat. Dank gebührt außerdem meiner Lektorin Kerstin Feuersänger für ihre unendliche Geduld und den Mitarbeitern des Cross Cult Verlages für ihre uneingeschränkte Unterstützung. Anja danke ich dafür, dass sie mir vor rund zehn Jahren den ersten Band „Die Herren von Winterfell“ mit dem hässlichen 80er-Jahre-Cover in die Hand gedrückt und mich damit das erste Mal nach Westeros geschickt hat. Und nicht vergessen möchte ich George R. R. Martin, der mit seiner schier unbegrenzten Fantasie und Wortgewalt eine einzigartige Erzählung geschaffen hat, die mich stets aufs Neue mitreißt, fasziniert und inspiriert. Ich freue mich bereits auf den nächsten Band. Write George, write like the wind!

STEFAN SERVOS – DER AUTOR

Stefan Servos (Jahrgang 1975) entdeckte schon in Kindertagen seine Leidenschaft für das phantastische Genre. Mit 11 Jahren prägte ihn der Roman „Der kleine Hobbit“ von J. R. R. Tolkien und „Star Trek – The Next Generation“ begleitete ihn durch die Jugendzeit. Er ist aktives Mitglied der Deutschen Tolkien Gesellschaft, spielt in seiner Freizeit „Dungeons & Dragons“ und geht regelmäßig auf Liverollenspiele. Neben seiner hauptberuflichen Arbeit als Fernsehredakteur (WDR, SWR, KABEL 1, RTL) schreibt der Diplom-Journalist regelmäßig für diverse Online- und Printmedien, unter anderem für das Magazin Geek!. Zudem hat er bereits Hintergrundbücher zu Filmen wie „Der Herr der Ringe“, „Troja“, „Alexander“ oder „Der Hobbit“ veröffentlicht. Persönlich trifft man den Betreiber diverser Fan-Websites, u. a. herr-der-ringe-film.de, vor allem als Vortragenden auf Conventions wie der RingCon oder der HobbitCon.